河北省高等学校人文社会科学研究项目（SQ141175）
廊坊师范学院科学研究项目（LSBS201312）
河北省专业综合改革试点资助项目

中国现代小说与革命文化

ZHONGGUO XIANDAI XIAOSHUO
YU GEMING WENHUA

王宁　贺莹　著

河北大学出版社

图书在版编目（CIP）数据

中国现代小说与革命文化 / 王宁，贺莹著. -- 保定：河北大学出版社，2015.12

ISBN 978-7-5666-0297-8

Ⅰ. ①中… Ⅱ. ①王… ②贺… Ⅲ. ①现代小说－小说研究－中国 Ⅳ. ①I207.42

中国版本图书馆CIP数据核字(2016)第024295号

责任编辑：梁志林
装帧设计：王占梅
责任印制：靳云飞

出版：河北大学出版社（保定市五四东路180号）
经销：全国新华书店
印制：保定市北方胶印有限公司
开本：710mm×1000mm　1/16
字数：190千字
印张：11.75
版次：2015年12月第1版
印次：2015年12月第1次印刷
书号：ISBN 978-7-5666-0297-8
定价：28.00元

前言

20世纪上半叶，中国人民在中国共产党的领导下，不屈不挠、英勇抗争，迎来了中华人民共和国的成立。回首雄关漫道，小说启蒙革命、召唤革命、载写革命，承负着珍贵的革命文化记忆。

自“小说界革命”开始，小说即与中国的社会革命缔结了不解之缘，并注定在社会革命中发挥不同寻常的作用。梁启超在《论小说与群治之关系》中发振聋发聩之音：“欲新一国之民，不可不先新一国之小说。故欲新道德必新小说，欲新宗教必新小说，欲新政治必新小说，欲新风格必新小说，欲新学艺必新小说，乃至欲新人心、欲新人格，必新小说。故今日欲改良群治，必自小说界革命始。欲新民，必自新小说始。”现代小说发生之初，果以思想革命的利刃指向既有文化秩序。开篇之作《狂人日记》以叛逆的知识分子的全新目光重新度量一切，颠覆着现实的文化秩序，也深刻地质疑着文化与历史。潮涌的问题小说在新的价值标准下发现“问题”，也发现了社会阶级。在冰心的《分》中，那“道旁的小草”勇敢、坚毅、充满自信和力量，发布了底层人民的宣言。而20世纪20年代的乡土小说则在斑斓的乡土色调中呈现了老旧中国的底层人生。

大革命失败后，时代青年在迷茫中摸索自己的道路，也探寻民族的前途。一方面，“高觉慧们”对封建专制大家庭的认识越来越清醒，以青春的热血发布叛逆的宣言，成为“大胆的叛徒”；另一方面，蒋光慈这个“革命文学的拓荒者”已然将中国共产党领导的革命与小说创作严密整合，“不少青年也因为他昂扬的歌声而得到鼓舞，迈上了革命的第一步”。更具代表性的是丁玲，在莎菲式的苦闷中挣扎，在革命者的鲜血面前警醒，终于认识到《水》中“那冲决一切的力量”才是民族的希望所在。在这片浸染了鲜血的土地上，还生活着千百年来日复一日劳作着的人民，他们与整个民族一起遭受苦难，为了生存而挣扎，有的被命运的车轮碾碎，有的却在熊熊的烈火中最终觉醒、反抗，涅槃新生。茅盾一方面通过《子夜》的创作，谱写一曲气魄宏大的“都市——农村交响曲”，来论证中国社会处在怎样的社会发展阶段，又将何去何从；一方面以“农村三部曲”更加深刻地书写中国的半殖民地半封建社会的畸形形态带给农民的致命的磨难。匍匐在苦难的大地上，《为奴隶的母亲》中，柔石以沉痛的笔墨刻写在贫困和陋俗的夹击下，伟大的母爱被戕灭乃至无容身之地的落后农村。萧红，以女性细腻感性的笔调书写东北土地上的农民生的坚强与死的挣扎。抗战爆发，失去了脚下的土地，人民开始反抗，生命的一潭死水自此被搅动了。

1937 年，日本侵华战争全面爆发，中华大地狼烟四起，文学家们用自己的血和笔书写了抗日战争的伟大篇章。在满目疮痍的大地上，小说成为坚定的战书，向日本侵略者宣告了英勇的抗争，激励着无畏的中国人民奔赴抗日战场，挥舞大刀向敌人的头上砍去。紧接着，为争取民主共和国而战。在解放战争的战场上，无敌勇士的故事在回荡在传颂，革命的华章在中华大地上奏响。

战争激人奋起，战争也发人深省。《华威先生》这篇敏锐、深刻而明快的速写，在一般作品尚对抗战工作进行热情鼓动之时，即以喜剧的敏感反省抗战主体本身，揭批抗战营垒内的蠹虫，堪称“慧眼的发现”。而《在其香居茶馆里》则巧妙地在一个世俗的“吃讲茶”的画面中嵌入了涉及民族危亡、反映政治清浊的兵役问题，可谓绵里藏针。两个头面人物的互骂相殴、兵役分派由地方权势和金钱决定、县长的政令在宴席之上化作一纸空文。以一斑而窥全豹，抗战大后方政治上的腐败一览无余，可谓直刺时弊，一针见血。在这样的意义上，小说是一把双刃的战刀，在反抗异族侵略的同时，向旧的时代、腐朽的制度宣战，向民族的痼疾宣战。而后者更深刻地体现在萧红最后的文字中。《呼兰河传》《马伯乐》《小城三月》交织着对现实的讽刺与对文化的忧思，在追思与内省、希望与绝望中挥别一个即将逝去的时代。

对照鲜明的是，解放区作家以明朗的心境去感受、表现和讴歌解放区崭新的天地和人民，以满腔热忱去展示农民的精神面貌、高贵品质和生命活力，充满了革命理性和乐观精神，创作了一大批老百姓喜闻乐见的小说作品。这些作品确实起到了对旧文化“攻城略地”的胜利，充实、健康了群众的精神文化生活。赵树理的《小二黑结婚》启迪了多少青年关于恋爱自由的情思与遐想，孙犁的《荷花淀》就牵扯了少妇的思念，马烽、西戎的《吕梁英雄传》与袁静、孔厥的《新儿女英雄传》的英雄情怀怎样纵横驰骋在民众的脑海中，柯蓝的《洋铁桶的故事》中飞鸟闻声而落的绝技又怎样令万人神往……

几代人披荆斩棘，多少年浴血奋战，新时代的太阳正待升起。丁玲多次参加河北地区的土地改革运动，创作了《太阳照在桑干河上》。小说深入发现：土改运动使农民阶级推翻地主的统治，获得经济独立和政治自由，同时也改变了农民因袭的封建思想和既有心理程式，使农民在获得阶级解放的同时，有可能获得人的尊严、人的自由。柳青的《种谷记》更具前瞻性。这部早期的反映合作化的小说，尽力诠释、憧憬、寻找着新的生产方式、新的社会图景，同时也尊重了人与乡土社会的真实。如果说《种谷记》以生活的忠诚进行着朝向未来的书写，迎接新中国的太阳，那么，马烽、西戎、柯蓝、孔厥等解放区成长起来的青年作家则在新中国的曙光穿破黑暗之际，按照历史的要求，以极强的党性、胜利者的姿态和豪情记录着这个血与火交织的时代，讲述着人民苦难中的挣扎，敌人丧心病狂的侵略，建构了新英雄传奇，也建构了新中国的壮丽史诗。

毛泽东在《在延安文艺座谈会上的讲话》中讲到“我们要战胜敌人，首先要依靠手里拿枪的军队。但是仅仅有这种军队是不够的，我们还要有文化的军队，这是团结自己、战胜敌人必不可少的一支军队”。中国现代小说在中国人民的革命历史中战胜敌人，也向旧思想、旧文化的堡垒宣战。今天，伟大的中华民族、伟大的中国人民昂首阔步在复兴之路上，革命的历史尤应铭记，革命的文化记忆尤应珍存。这是重拾、梳理现代小说中的革命文化的初衷，也是写作中的深切感受。笔者学识有限，不当之处，方家不吝赐教。

王宁

2013年9月

目 录

第一章 文学革命 思想革命

1917年，新文化运动发生。文学革命在语言革命与思想革命的两翼下展开，讨伐旧思想、旧秩序是“新文学”的应有之义。现代小说冲锋在前，开篇之作《狂人日记》以叛逆的知识分子的全新目光重新度量一切，“从来如此，便对么?”颠覆着现实的秩序，也深刻地质疑着文化与历史。满纸仁义道德的礼教实质是吃人的，那么“没有吃过人的孩子，或者还有?”痛心疾首的呼号“救救孩子……”，也是对“真的人”的召唤。相比于“狂人”对文化的彻底地质疑与猛烈地抨击，潮涌的“问题小说”主要瞩目于现实。问题小说家们在新的价值标准下发现“问题”，也发现了社会阶级。在冰心的《分》中，那“道旁的小草”勇敢、坚毅、充满自信和力量，发布了底层人民的宣言。20世纪20年代的乡土小说是坚实的为人生派，在斑斓的乡土色调中呈现了老旧中国的底层人生。沉重的叹息、深沉的悲哀与游子的眷恋叠加在一起，酝酿着新生的渴求与希望。

文学革命正文学之名为“人的文学”，现代小说始而担负起沉重而光荣的使命。从思想革命走向社会现实、底层民众，辟路者披荆斩棘，开拓着文学朝向革命的路径。

一、先驱的呐喊：鲁迅与《狂人日记》

(一)“从小康人家坠入困顿”

1881年(清光绪七年)9月25日，鲁迅出生在浙江绍兴，初名樟寿，后改名树人。周家是一个人丁兴旺的大家族，祖辈出过举人、秀才，广置田产，可谓耕读传家。到鲁迅这一代，“家里还有四五十亩水田，并不很愁生计”，况且祖父周福清是个进士，做过正七品的朝廷命官，有一定社会地位。父亲周凤仪也是个读书人，中过秀才。鲁迅的外祖父鲁希增中过举人，做过户部主事，母亲鲁瑞虽生在偏僻的小村庄，但“以自修得到能够看书的学力”。

鲁迅是家中长子，备受宠爱，领受了乡风民俗中关于健壮、平安的种种祈愿。童年是安静而快乐的。祖母常常为他讲“猫是老虎的先生”“白蛇传”等民间故事。保姆长妈妈真诚、朴实的关爱、对各种禁忌的讲究与遵守也给鲁迅留下深刻的印象，而她辛苦寻来的绘图本《山海经》则为鲁迅开启了一个神秘而丰富的想象的王国。幼年鲁迅还常常跟随母亲到乡下外婆家去。关于这段经历，鲁迅在《英译本〈短篇小说选集〉自序》中说：

> 我生长于都市的大家庭里，从小就受着古书和师傅的教训，所以也看得劳苦大众和花鸟一样，有时感到上流社会的虚伪和腐败时，我还特羡慕他们的安乐。但我母亲的母家是农村，使我能够间或和许多农民相亲近，逐渐知道他们是毕生受着压迫，很多苦痛，和花鸟不一样了。①

鲁迅在《社戏》中以无限眷恋的笔触写到的“平桥村”就是外婆家的小乡村安桥头了。鲁迅七岁的时候，远房叔祖父周兆蓝为他开蒙。这位秀才丰富的藏书引起了鲁迅对书的兴趣。十二岁的时候，鲁迅进三味书屋上学，塾师是“本城中极方正，质朴，博学的人”，鲁迅在那里读过了十三经。

鲁迅在《〈呐喊〉自序》中写道：“有谁从小康人家而坠入困顿的么，我以为在这途路中，大概可以看见世人的真面目。”② 鲁迅十三岁的时候，祖父因“科举舞弊案”落狱，这是周家灾难性的转折点。鲁迅的二弟周作人在《鲁迅的青年时代》中回忆道：“因为这是一个‘钦案’，哄动了一

① 鲁迅：《英译本〈短篇小说选集〉自序》，《鲁迅全集》（第 7 卷），人民文学出版社，2005 年版，第 411 页。

② 鲁迅：《〈呐喊〉自序》，见《呐喊》，《鲁迅全集》（第 1 卷），人民文学出版社，2005 年版，第 437 页。

时，衙门方面的骚扰由于知县俞凤冈的持重，不算利害，但是人情势利，亲戚本家的嘴脸都显示出来了。”① 鲁迅兄弟被送到外婆家以避纷乱，在这期间少年鲁迅品味到寄人篱下的滋味。1894 年，风波略平，鲁迅兄弟回到家中，而就在这一年初冬，鲁迅的父亲病倒了。鲁迅在《〈呐喊〉自序》中讲到：

我有四年多，曾经常常，——几乎是每天，出入于质铺和药店里，年纪可是忘却了，总之是药店的柜台正和我一样高，质铺的是比我高一倍，我从一倍高的柜台外送上衣服或首饰去，在侮蔑里接了钱，再到一样高的柜台上给我久病的父亲去买药。回家之后，又须忙别的事了，因为开方的医生是最有名的，以此所用的药引也奇特：冬天的芦根，经霜三年的甘蔗，蟋蟀要原对的，结子的平地木，……多不是容易办到的东西。然而我的父亲终于日重一日的亡故了。②

祖父仍然在狱，父亲撒手人寰，这一房只剩下孤儿寡母。年仅十五岁的鲁迅不得不顶立门庭。鲁迅的小说《孤独者》中，魏连殳的话“我父亲死去后，因为夺我的屋子，要我在笔据上画花押，我大哭着的时候，他们也是这样热心地围着使劲来劝我”显然存有当年本家会议的影像。特别是逼他签字的长辈竟是他满怀敬意的开蒙老师周兆蓝。就是在此事发生的后一年，鲁迅只身离开了故乡。

（二）“我以我血荐轩辕”

1898 年，十七岁的鲁迅怀着对故乡的复杂感情，怀着对人情冷暖刻骨铭心的感知，挥别亲人，到南京求学。迈出人生征程的第一步，青年鲁迅的五味杂陈在《〈呐喊〉自序》中有所表露：

我要到 N 进 K 学堂去了，仿佛是想走异路，逃异地，去寻求别样的人们。我的母亲没有法，办了八元的川资，说是由我的自便；然而伊哭了，这正是情理中的事，因为那时读书应试是正路，所谓学洋

---

① 周作人：《鲁迅的青年时代》，河北教育出版社，2002 年版，第 2 页。

② 鲁迅：《〈呐喊〉自序》，见《呐喊》，《鲁迅全集》（第 1 卷），人民文学出版社，2005 年版，第 437 页。

务，社会上便以为是一种走投无路的人，只得将灵魂卖给鬼子，要加倍的奚落而且排斥的，而况伊又看不见自己的儿子了。然而我也顾不得这些事，终于到N去进了K学堂了。①

不久，鲁迅又考取了矿路学堂。鲁迅国内求学的这几年正是清末维新运动从风起云涌到失败的阶段，维新思想令这个年轻人兴奋不已，他如饥似渴地阅读着。毕业后，鲁迅获得了官费出国留学的资格。学习科学知识，救亡图存，这是鲁迅渴望的。而且当时的日本也是孙中山、章太炎、梁启超等活动频繁的地方，这更令鲁迅兴奋。他是江南班中第一个剪去辫子的勇士，也是同乡刊物《浙江潮》上慷慨激昂的作者。在赠好友许寿裳的诗中蕴蓄着深沉痛彻的报国热情：

灵台无计逃神矢，风雨如磐暗故园。
寄意寒星荃不察，我以我血荐轩辕。

正是出于拯救民族危亡的考虑，于弘文学院毕业后，鲁迅赴仙台医学专门学校学习。当时的“梦很美满”，“预备卒业回来，救治像我父亲似的被误的病人的疾苦，战争时候便去当军医，一面又促进了国人对于维新的信仰”。然而，在校期间的两件事刺激了鲁迅。一是“漏题事件”。由于鲁迅与藤野先生交往密切，且考试成绩达到中等水平，一些歧视中国人的日本学生歪曲编造说藤野先生向鲁迅泄露了题目，还写匿名信羞辱他，这令鲁迅非常愤恨、悲哀，感受到作为弱国子民的屈辱。二是“幻灯片事件”。课前的幻灯片中，一个为俄国人做侦探的中国人正被日军处决，而众多中国人在麻木地围观、鉴赏。这使鲁迅深切地感到：

凡是愚弱的国民，即使体格如何健全，如何茁壮，也只能做毫无意义的示众的材料和看客，病死多少是不必以为不幸的。所以我们的第一要着，是在改变他们的精神，而善于改变精神的是，我那时以为

① 鲁迅：《〈呐喊〉自序》，见《呐喊》，《鲁迅全集》（第1卷），人民文学出版社，2005年版，第437～438页。

当然要推文艺，于是想提倡文艺运动。①

鲁迅终于提交了退学申请，辞别藤野先生，回到东京。自此，鲁迅开始创办杂志、发表了《摩罗诗力说》《文化偏至论》等论文，与周作人合译出版了《域外小说集》，并为生计辗转各地教书。后来在好友钱玄同的鼓励、敦促下，开始在《新青年》发表小说，一发不可收拾，终于践行了"疗救"国人精神的理想，也成为中国文学的一代巨匠。

（三）"爱情是我所不知道的"

对鲁迅早年创作影响深刻的，还有他的第一次婚姻。

"父母之命，媒妁之言"，这是一桩典型的旧式婚姻。经本家人做媒，母亲为儿子定下了婚约。和那时大多数的结合一样，即将生活在同一屋檐下的两个人素昧平生。母亲不顾儿子提出的"放足""进学堂"的要求，以"母病"为由写信叫鲁迅回去结婚。当鲁迅远渡重洋回到家中，处处已经布置一新，似乎"万事俱备，只欠东风"。被乡邻视为桀骜不驯的鲁迅，被装了一条假辫子，"穿套袍褂，跪拜非常听话"。新人落轿，朱安的半大的脚怯生生从轿帘中伸出来，轿台高，绣花鞋不慎掉落，鞋头塞有一大团棉花，旧式女人的小脚。新婚之夜，鲁迅看到"一张狭长的脸，脸色萎黄，颧骨凸出，前额高而近秃"。朱安大了鲁迅三岁，年届二十九。周作人回忆说"新人极为矮小，颇有发育不全的样子。"当夜，鲁迅坐了一宿，彻夜未眠。此后几天皆在母亲房中看书、入睡。新婚第四天，鲁迅启程东渡日本。比旅程更漫长的是他们有名无实的婚姻。对这桩痛苦的结合，鲁迅在《随感录四十》中表明了这样的态度：

> 但在女性一方面，本来也没有罪，现在是做了旧习惯的牺牲。我们既然自觉着人类的道德，良心上不肯犯他们少的老的罪，又不能责备异性，也只好陪着做一世牺牲，完结了四千年的旧账。②

---

① 鲁迅：《〈呐喊〉自序》，见《呐喊》，《鲁迅全集》（第1卷），人民文学出版社，2005年版，第439页。

② 鲁迅：《随感录四十》，见《热风》，《鲁迅全集》（第1卷），人民文学出版社，2005年版，第338页。

在二十年漫长的婚姻中，鲁迅扔掉了朱安缝制的棉裤，拆乱了朱安铺的被褥，拒绝了朱安做的饭菜。但是，在朱安身体不适的时候，鲁迅亲自陪她到外国人开的医院诊治，伸出手扶她下车。鲁迅与周作人反目后搬到砖塔胡同。搬家之前，鲁迅问朱安的去向——是留在八道湾，还是回绍兴朱家？朱安的回答无尽感伤："八道湾我不能住，我独个人跟着叔婶侄儿侄女过，算什么？绍兴朱家我也不想去。你搬到砖塔胡同，横竖总要人替你烧饭、缝补、洗衣、扫地，这些事我可以做……"① 青春的岁月为痛苦与压抑所磨蚀，所幸的是年逾不惑之际，鲁迅终于对许广平袒露心迹。"你战胜了"，这莫若说是鲁迅对自我的艰难战胜，而朱安却实实在在是"做了一世的牺牲"。

鲁迅在写给好友许寿裳的信中说："仆荒落殆尽……又翻类书，荟集逸书数种，此非求学，以代醇酒妇人者也。"这确实是肺腑之言。鲁迅曾引裴多菲的诗"苛待他吧，使他因此常常唱出甜美的歌来"，命运的苛待确实促成了他思想的深刻与创作精力的旺盛，婚姻的压抑和孤苦烙印在《呐喊》《彷徨》以及此后数量庞大的创作中。

鲁迅青少年的经历与痛苦的婚姻使他真切地感觉到"铁屋"的存在。《〈呐喊〉自序》中讲到这段与钱玄同的辩论，大约曾无数次在内心深处发生吧：

> "假如一间铁屋子，是绝无窗户而万难破毁的，里面有许多熟睡的人们，不久都要闷死了，然而是从昏睡入死灭，并不感到就死的悲哀。现在你大嚷起来，惊起了较为清醒的几个人，使这不幸的少数者来受无可挽救的临终的苦楚，你倒以为对得起他们么？"
>
> "然而几个人既然起来，你不能说决没有毁坏这铁屋的希望。"②

认定了"希望是在于将来，决不能以我之必无的证明，来折服了他之所谓可有"，鲁迅创作了《狂人日记》，这是打破"铁屋"的第一声呐喊。

① 朱正：《鲁迅传》，人民文学出版社，2013年版，第151页。

② 鲁迅：《〈呐喊〉自序》，见《呐喊》，《鲁迅全集》（第1卷），人民文学出版社，2005年版，第441页。

（四）“狂人”的呼号

1918年5月，《新青年》第四卷第五号，发表了鲁迅的《狂人日记》。这是现代小说史的开篇之作，也是巅峰之作。《狂人日记》以其新奇的篇章、笔式，悲怆激越的风格，礼教“吃人”的惊人之语在思想界、文学界激起千层浪。傅斯年随即高呼“疯子是我们的老师”，“我们带着孩子，跟着疯子走，——走向光明去”，吴虞的论文直接以“吃人的礼教”为题称赞《狂人日记》对“带着礼教假面具吃人的滑头伎俩”的揭破。① 徐炳昶在《礼是什么》中讲到“鲁迅先生《狂人日记》上有‘仁义道德均将吃人’之说，其后‘吃人的礼教’一名词，遂常见于报纸上面”，确乎如此。小说掀起激剧的思想浪潮，波波叠叠，奔涌开去。直至今天，礼教“吃人”已经成为一个通俗化了的文化概念。

《狂人日记》的主体是狂人的13则日记，呓语般叙说着意念化了的日常生活与极度敏感、极度紊乱的内在世界。小说高扬着彻底的反封建的战斗精神，剥开“仁义”道貌岸然的伪饰，暴露了封建主义的“吃人”本质。

开篇小序以文言文写到“我”听闻中学好友大病，归乡时前往探望。朋友的哥哥告知“我”朋友早已病愈，到某地候补去了，并把朋友病中日记拿给我看。

第一则：“我”见到三十年不见的大哥感到分外爽快但须小心。“我”对大哥是有亲情的，但是并不能消除忌惮。“那赵家的狗，何以看我两眼呢?”奴性的恶意往往来自主人并且大于主人。

第二则：路遇赵贵翁、路人围观，特别是代表着新生事物、民族的未来的小孩子也在议论我，感到皆想“害我”。

第三则：女人打儿子眼睛却看着我，批判封建家长制，暗示封建文化杀鸡骇猴的拿手好戏。家里人装作不认识我，颜色也同别人一样，揭示封建家长毫无亲情，“存天理去人欲”，作为直接帮凶维护封建礼教，钳制人的自由。想到前几天，狼子村的佃户来告荒，讲述恶人被打死、吃掉心肝的事。记起古来时常吃人，翻开史籍，满本仁义道德的字缝里都是“吃人”！由此洞透封建文化的虚伪性，在温情脉脉的面纱之下隐藏着吃人的

① 吴虞：《吃人的礼教》，《新青年》第6卷第6号。

本质。

第四则：吃鱼看到鱼的眼睛和嘴，同那一伙想吃人的人一样。暗示人性的落后性，人和动物一样有着野蛮的吃人的本性。下筷吃起来不知是鱼是人，便把他兜肚连肠地吐出。大哥延医问诊，我岂不知道这老头子是刽子手扮的！“他满眼凶光，怕我看出”，实质是凶残的，救人实质是害人的幌子。

第五则：“本草什么”上，写着人肉可以煎吃；大哥亲口说过可以“易子而食”；议起不好的人说当“食肉寝皮”。现在方晓得他讲道理的时候，不但唇边还抹着人油，而且心里满装着吃人的意思。封建文化、封建卫道士的道貌岸然之下隐藏着残害人实质。

第六则：“黑漆漆的，不知是日是夜。赵家的狗又叫起来了。狮子似的凶心，兔子的怯弱，狐狸的狡猾……”吃人的旧制度具有多重性格，凶残、欺软怕硬、色厉内荏、善于伪装。

接下来第七则，揣想“吃人”的阴谋：我晓得他们的方法，直接杀了，是不肯的，而且也不敢，怕有祸祟。所以他们大家联络，布满了罗网，逼我自戕。

第八则、第十则：狂人劝诫“吃人”，但被劝者万难悔改。先是追问年青的来人“吃人”之事的存在、正确与否，发出“从来如此，便对么?”的诘问，年轻人回答“我不同你讲这些道理；总之你不该说，你说便是你错!”如此年轻的人与大哥居然是一伙，这一定是他娘老子先教的，还怕已经教给他儿子了，揭示“吃人”文化的代代相传。

第九则：总结封建文化中人在“吃人”与“被吃”之间的悲哀存在：自己想吃人，又怕被别人吃了，都用着疑心极深的眼光，面面相觑……

第十则：大清早，格外沉静、平和劝大哥不要吃人。众人围观，大哥怒斥，我偏要对这伙人说：“你们可以改了，从真心改起！要晓得将来容不得吃人的人活在世上……”狂热发出对“吃人”文化的诅咒与对新世界的呼唤。

第十一则：想起死去的妹妹，时年五岁，可爱可怜。妹子是被大哥吃了，母亲知道没有，我可不得而知。

第十二则：深刻地意识到中华大地是四千年来时时吃人的地方，我也在其中混了多年；我未必无意之中，不吃了我妹子的几片肉，现在也轮到我自己……有了四千年吃人履历的我，当初虽然不知道，现在明白，难见真的人！

第十三则：提出仅存的希望“没有吃过人的孩子，或者还有？”文末发出痛心疾首的呼号：“救救孩子……”，不要让他们沦为食人文化的参与者与被吃者，让他们成长为新世界的“真的人”。

“吃人”是吞噬、毁灭人的肉体，更是戕害人的精神、剥夺人的主体性，因而“吃人”不仅是《狂人日记》中的存在，而是《呐喊》《彷徨》一以贯之的主题。透过夏瑜的被杀被吃、孔乙己的“大约”死掉、祥林嫂身前身后的重重枷锁，我们看到不仅统治阶级是“吃人”者，那些底层的、被压迫的民众在“被吃”的同时又何尝不“吃人”？祥林嫂死了丈夫，被卖到深山，又死了丈夫、死了孩子，她的不幸反而成为她的罪恶，成为她被嘲笑、冷落、歧视的理由。鲁镇的“人们”作为鲁四老爷、婆婆的有力帮凶，他们冷漠的围观、不怀好意的揶揄，捐门槛的奉劝如同利刃，毫不留情，刀刀刺中祥林嫂的要害，甚至知识者“我”关于灵魂有无的模棱两可的回答也成为一个有力的助推。从这个意义上讲，铁屋子的黑暗是沉重而无边的，万难打破。然而，鲁迅不是绝望的，终其毕生精力，鲁迅在反抗着精神的绝望，也在寻求着社会的前途。

（五）“狂人”们的反抗

“狂人”凝聚着先觉者的精神特征。他的“发狂”正如同一代叛逆的知识分子用新的价值观去度量中国人的现实生活，发现人生存的权利、人的价值和尊严从来都是被践踏的；去评判中国的历史和文化，发现原来这种被践踏与践踏他人的行为竟然是“向来如此”的，因而是“对的”。先觉者在世俗社会的孤独处境正如病态的狂人在“正常人”的群体中被投以异样的眼光、被边缘化。《药》中的夏瑜，《孤独者》中的魏连殳，《伤逝》中的涓生、子君，《在酒楼上》中的吕纬甫，在常人的眼中都是被视为异类的，他们组成了一个“狂人”家族，执行着鲁迅从未断绝与放弃的反抗。

鲁迅冷静地赋予了反抗不容乐观的结果：“狂人们”或者毁灭，或者投降。《狂人日记》中，狂人终于在大哥、医生等的关怀下康复，从疯子变成了正常人，并且像所有“有出息”的读书人一样，候补做官去了。这个离经叛道者回归到正途，向既有秩序缴械投降。魏连殳曾经满怀热忱看待世界与人生，却遭到社会的排挤、朋友的不见容，甚至受到孩子的欺凌与践踏，处境恰如狂人。头破血流的魏连殳终于投降，做了某师长的幕僚。饶有意味的是，名誉与地位令他更加痛苦与绝望，终于孤独地死去。吕纬甫则由一个追求个性与真理的斗士变成了一个善良温厚、陷身于凡庸琐事中的消极应付者。相比之下，社会留给女性叛逆者的生存空间更为逼仄，子君仅仅勇敢地迈出了第一步，随后就退回到琐碎的家庭生活中，苟活尚且没有空间，终于在涓生与社会的双重抛弃下窒息而死。这些思想的叛徒被茫茫黑暗所吞没，而思想与社会的双重叛逆者、革命者夏瑜似乎更没有回环的余地。他被杀头示众，被做成人血馒头吃掉，被茶馆里的闲客嘲笑、鄙薄……“狂人”们的悲哀难道仅仅缘自黑暗力量的强大？鲁迅继而以韧性的战斗精神深刻反思了辛亥革命。

《药》总结了辛亥革命失败的“血”的教训，瞩意寻求救国良“药”。夏瑜为解救民众英勇就义，但是他为之献身的底层民众却丝毫不理解。这场资产阶级革命严重脱离了社会下层的广大民众，单枪匹马的夏瑜只能是寂寞地、悲哀地死去。《阿Q正传》以清醒的现实主义批判精神更为深入地批判了辛亥革命的不彻底性。辛亥革命是假洋鬼子和赵秀才的“革命”，阿Q是“不准革命”的。“革命”的结果也仅仅止于砸碎了静修庵一块“皇帝万岁万万岁”的龙牌，顺手抄走了观音娘娘座前的宣德炉。辛亥革命丝毫没有撼动未庄旧有的社会结构与经济、文化秩序。真正能够挽救中国的当然不是假洋鬼子的革命，同时也不应该是阿Q式的革命。阿Q“要什么就是什么”的革命无非是打击报复、侵占财产，是“打倒了皇帝做龙庭”的新的阶级压迫。而臆想中的奴役对象竟是与自己同样处于非人状态的小D，“自己是不动手的，要小D来搬，搬得要快，搬得不快打嘴巴”。郁达夫称赞鲁迅“当我们只看到一部分时，他看到了全部，当我们着急于要抓住现实时，他把握了古今未来”，此言不虚。在总结辛亥革命教训的同时，鲁迅深惮于阿Q式的革命，那里凝聚着更为致命、更为深固的民族劣根性。救人民于水火，救民族于落后与灾难，中国是要革命的，而革命要有先进的理论指导，要有先进的阶级领导。鲁迅的《呐喊》与《彷徨》以沉痛的总结达成了召唤。

鲁迅以犀利的目光洞察着时代与人心，以一支“金不换”的毛笔“白描”了人物与灵魂。鲁迅是大文学家，但不仅仅是。毛泽东说鲁迅是“文化新军的最伟大和最英勇的旗手”，是“最热忱的空前的民族英雄”，“他不但是伟大的文学家，而且是伟大的思想家和伟大的革命家”，继而指出

"鲁迅的方向，就是中华民族新文化的方向"。的确，仅就他的《呐喊》与《彷徨》而言，对旧文化、旧制度的猛烈抨击，对辛亥革命清醒而痛苦的反思已然树立了新文化的猎猎大旗，显示了对文学革命、思想革命、社会革命的企盼与忧思。鲁迅不愧为20世纪中国的思想、文化巨人。

二、"问题"的深度审思：冰心的《分》

（一）冰心：爱的使者、大海的女儿

冰心，本名谢婉莹，清光绪二十六年（1900年）10月出生在福建省福州市三坊七巷谢家大宅。父亲谢葆璋时任"海圻舰"副舰长，他参加过甲午中日战争，后在烟台创办海军学校并出任校长，是一位开明、爱国的军官。母亲杨福慈是一位温柔、安静的女性，身体瘦弱，喜爱读书，处世恬淡而敏感细腻，是一位有文化的贤妻良母。在冰心笔下，父亲是"勇敢而灿烂的太阳"，母亲是"静美的月亮"。这对夫妻感情极好，家庭氛围温暖、和谐。冰心是他们的长女，被视为掌上明珠。童年冰心在爱的滋养下成长。母亲的爱深沉、温柔，冰心说"她是这么一个母亲，她的话句句使做儿女的人动心，她的字，一点一画都使做儿女的人下泪"。① 父亲的爱无微不至，小说《海上》中那位穿着深黑的军服，袖子上缀着几圈金线的海军军官无疑就是父亲的映现。三个弟弟与冰心手足情深，冰心在美国留学时弟弟们写给她的信字字恳挚，"从松树隙间穿过的阳光，就是你弟弟问安的使者；晚上清凉的风，就是骨肉手足的慰语"，冰心则把他们比喻成三颗明亮的星星。爱，是冰心最真切的感受，是她文学创作最重要的内涵。

冰心出生7个月的时候，全家搬到上海，4岁时迁往烟台。在海浪、舰甲、军营中冰心度过了着男装、骑马、射击的少年生活。大海陶冶了她的性情，开阔了她的心胸，中华民族饱受列强欺凌的屈辱历史，更激发了她的爱国之情。黄昏漫步海滩，父亲告诉女儿：北方海岸好看的港湾多的是，威海卫、大连、青岛，都是很美的。他愤怒地拒绝了女儿想去看一看

① 肖风：《冰心传》，十月文艺出版社，1987年版，第3页。

的请求，告诉她这些都被外国人占领了："现在我不愿意去！你知道，那些港口现在都不是我们中国人的，威海卫是英国人的，大连是日本人的，青岛是德国人的，只有，只有烟台是我们的，我们中国人自己的一个不冻港！"冰心对父亲、大海的热爱是一体的："父亲啊＼我怎样的爱你＼也怎样爱你的海"，父亲与大海共同赋予了她坚定、勇敢与担当，《往事（二）》中做一个汪洋大海里的灯台守的想法就是通过与父亲的对话展现的。"灯台守的别名，便是'光明的使者'"，青年冰心随即开始寻找光明、守卫光明的漫漫征程。

1913年冰心的父亲出任海军部军学司长，冰心全家迁到北京。一年后，冰心入贝满女中读书。这是一所教会女中，冰心在这里接受了系统的科学教育。1915年，冰心在风起云涌的爱国运动裹挟下，参加了反对"二十一条"、反对袁世凯称帝的示威游行和募捐活动。1918年的夏天，冰心升入协和女子大学理预科，在这里迎来了五四运动。五四运动唤起了冰心的爱国热情，童年时代父亲播种在她心田的爱国思想的种子在萌动。她被选作协和女大自治会的"文书"，做文字宣传工作。为了慰问、援救被捕的同学，冰心和她的女同伴们还到处去募捐、演剧筹款。最重要的是，冰心开始写作反帝反封建的文章，她的处女作《二十一日听审的感想》就在这个时候发表在《晨报》上。在这篇文章中，她如实记录了庭审爱国学生的法庭斗争的始末，用事实呼吁公众主持正义和公道。五四运动的浪潮将冰心冲出家门，卷上了社会与时代的风口浪尖，推上了写作的道路。

冰心晚年在《世纪印象》中写道："九十年来……我的一颗爱祖国，爱人民的心，永远是坚如金石的"。确实如此。大学毕业后，她留学美国、燕园执教、与吴文藻结成伉俪、参加中华全国抗敌协会，新中国成立后回到祖国怀抱，直至鹤年仙逝，一直信守爱，葆有社会关怀，尽到了一个"灯塔台守"的职责。

（二）《分》：深沉的社会现实关注

1931年1月，冰心的短篇小说《分》发表在《新月》第3卷第11期上。《分》选取"我"——一个初生婴儿作叙事者，讲述呱呱落地时的所见所闻，与父母的"交谈"、与同时出生的小朋友的"对话"，直到与一同出生、一同出院的小朋友的分开。小说中两个婴儿在同一家医院、同一个时间出生：一个白净清秀，一个黝黑壮实；他们的母亲一个住在头等病房，一个住在慈善机构介绍的普通病房；他们一个回家有奶粉吃，有橘子汁喝，还将有摇篮和小自行车，一个妈妈将要去当奶妈，只能喝米汤和吃糕干；一个被设计成文学家、音乐家或是科学家，一个自觉“要去宰猪，也宰那些猪一般的尽吃不做的人”。出院的时候，一个穿着柔软漂亮的毛衣，一个穿上成人粗硬的“大厚蓝布棉袄，袖子很大很长，上面还有拆改补缀的线迹；底下也是洗得褪色的蓝布的围裙”。一个坐在汽车上，依在父母爱的怀抱；一个伏在贫寒的爸爸的肩头，雪花落在他的眉间、颊上，“他已开始享乐他的奋斗”。小说剪裁别致，叙述巧妙，以孩子的口吻讲述了一个残酷的现实：人生而不平等。婴儿从呱呱坠地之始，就分属于不同的社会人群，有着不同的命运和前途。贫富悬殊的不同的社会层次先天主宰了他们的人生和命运。面对平坦洁白的世界，“我”为这种“分”而哭了。如果说“平坦洁白的世界”如同冰心苦心营构的爱与美的精神家园，那么“我”的哭则内含着冰心对现实的成熟冷峻的认识。

《分》是诗化了的小说。那诗一般热烈而精练的语言，冷静而细致的笔触，强烈的对比，传神地再现不同家庭出身孩子们的命运。

> 我笑着招呼说：“小朋友，我看见我的父亲了。他也极好。他是个教员。他和母亲正在商量我将来教育的事。父亲说凡他所能做到的，对于我有益的事，他都努力。母亲说我没有奶吃不要紧，回家去就吃奶粉，以后还吃橘子汁，还吃……”我一口气说了下去。
>
> 小朋友微笑了，似怜悯又似鄙夷：“你好幸福呵，我是回家以后，就没有吃奶了。今天我父亲来了，对母亲说有人找她当奶妈去。一两天内我们就得走了！我回去跟着六十多岁的祖母。我吃米汤，糕干……但是我不在乎！”①

然而，冰心在“人生而不平等”的现实体认下，并非居高临下表达对穷苦人家孩子的怜悯。恰恰相反，“花房里的一盆小花”是悲哀的，“道旁的小草”动刚决勇毅，自信坚韧，承载着作者热情的赞美。这是对一个正在觉醒、成长、日益强大的阶级的赞美：

① 冰心：《分》，《冰心全集》（第2卷），海峡文艺出版社，2012年版，第369页。

小朋友的眼里，放出了骄傲勇敢的光："你将永远是花房里的一盆小花，风雨不侵的在划一的温度之下，娇嫩的开放着。我呢，是道旁的小草。人们的践踏和狂风暴雨，我都须忍受。你从玻璃窗里，遥遥地外望，也许会可怜我。然而在我的头上，有无限阔大的天空；在我的四周，有呼吸不尽的空气。有自由的蝴蝶和蟋蟀在我的旁边歌唱飞翔。我的勇敢的卑微的同伴，是烧不尽割不完的。在人们脚下，青青的点缀遍了全世界！"

我窘得要哭，"我自己也不愿意这样的娇嫩呀……"我说。

小朋友惊醒了似的，缓和了下来，温慰我说："是呀，我们谁也不愿意和谁不一样，可是一切种种把我们分开了，——看后来罢！"①

屠户的儿子长大后不仅宰猪，也宰那些"尽吃不做的人"的"骄傲勇敢的光"，以及对富者儿子"似怜悯又似鄙夷"的神态，展现出底层人民从小不甘忍受命运的安排，要砸碎一个不平等世界的志愿。

《分》的发表与冰心的长子的出生一前一后，体现了冰心作为一名母亲与一位人文知识分子的双重情怀。不同于《六一姊》《最后的安息》对贫苦孩子的同情，《分》不仅用爱抚慰劳动人民心灵的伤痕，同时直言不讳地赞赏他们的坚韧与反抗。如果说对人生、对现实的真实揭示体现着作者深沉的社会现实关注，那么对两个阶级的不同情感、不同寄语则坦诚地展示了作者的姿态与立场，标示着思想的高度。对现实的揭示与讽刺，对劳动者的同情与歌颂，这是冰心思想的成熟与飞跃。

（三）冰心创作道路上的《分》

冰心说，"五四"的"春雷"将她"震"上了文坛。时代精神感召下，这位年轻女作家的创作呈现喷涌的状态。1919 年 9 月到 1920 年 9 月间，《晨报》连载了她的小说《两个家庭》《斯人独憔悴》《秋风秋雨愁煞人》《去国》《庄鸿的姊姊》《最后的安息》《骰子》《还乡》《一个兵丁》《一个奇异的梦》《一个忧郁的青年》《三儿》《忏悔》《鱼儿》《国旗》等，加上发表在《燕大季刊》上的《世界上有的是快乐……光明》《小家庭制度的牺牲》约 20 篇。这些小说展现了冰心观察到的方方面面的社会问题，冰心

① 冰心：《分》，《冰心全集》（第 2 卷），海峡文艺出版社，2012 年版，第 372 页。

因而成为五四“问题小说”的首席作家。

家庭问题触目可及，是冰心小说最早提出的“问题”。《两个家庭》描绘了两位好友一同留学归来，截然不同的两位主妇给他们和孩子带来迥然不同的影响。“三哥”的妻子亚倩婚前接受了良好的教育，婚后体贴丈夫、教育孩子，家庭幸福美满。陈太太却娇慵、懒惰，不理家务、不教育孩子，整天打扮得珠环翠绕去打牌，竟然将受过良好教育的丈夫逼上了绝路。新型的夫妻关系应该是怎样的？妇女究竟要怎样解放？这是冰心对婚姻家庭提出的问题。《斯人独憔悴》《是谁断送了你》则提出了父与子两代人关系的问题。《斯人独憔悴》中，青年颖铭、颖石兄弟是爱国、进步的青年学生，他们的父亲却是汉奸，在家中的统治专横暴虐。在两代人的交锋中，两兄弟败下阵来，无可奈何做了封建军阀的顺民。《是谁断送了你》的悲剧发生在女儿与父亲之间。父亲封建保守，认为女儿根本不必上学，更不能学那些浮嚣的女学生们，“高谈‘自由’‘解放’，以致道德堕落、名誉扫地”的“轻狂样儿”。怡萱虽然在叔叔的支持下上了学，然而父母轻信流氓的骚扰信而阻止她求学。怡萱冤抑塞胸，一条年青的生命竟然不明不白断送了。

年轻人的出路是一个显著的“五四问题”。《秋风秋雨愁煞人》中的三个女子是同窗好友。其中一位，淑平，年纪轻轻咯血而死。另一位，英云，被父母强指给他的表兄为妻，未来的公公是位司令。尽管她对那种打牌、听戏打发光阴的生活方式极为反感，对荣华富贵、车马呼拥的气派毫不羡慕，但是面对两个顽固的封建家庭却别无选择。英云写信给好友“冰心”道“淑平是死了，我也可以算是死了”。冰心观察到、付诸笔端的“问题”不仅仅是青年女子的，《去国》中的英士怀抱着科学救国的雄心壮志留学归来，但是污浊不堪的社会现状使他感到绝望。既没有改变现状的能力，又不能同流合污，唯有“去国”。英士发出痛苦的慨叹，“可怜啊！我的初志，绝不是如此的，祖国啊！不是我英士弃绝了你，乃是你弃绝了我英士啊”，再次远涉重洋。

冰心曾在《我的童年》中回忆道：“我的游踪所及，是旗台，炮台，海军码头，火药库，龙王庙。我的谈伴是修理枪炮的工人，看守火药库的残废兵士，水手，军官，他们多半是山东人，和蔼而质朴，他们告诉我许多海上新奇悲壮的故事”。[①] 下级士兵的生活是冰心的“问题”之一。《一个兵丁》里的老兵思念远在家乡的儿子，却只能与住在兵营附近的孩子小玲嬉戏以寄托思念。《一个不重要的军人》里的士兵福和朴实、善良，为保护卖花生的孩子被踢伤，害痨病去世。然而这样善良的士兵却要面对战场厮杀，《鱼儿》《一个军官的笔记》则直面了朴实的士兵在战争中失去胳膊、失去兄长的悲剧。因而，《一篇小说的结局》中士兵的迷惑正是作者的迷惑：“我爱我的祖国，我爱我的母亲。母亲啊！世界为什么要有战争？我们要爱国，为什么就要战争、就要杀人呢？母亲啊！”[②]

冰心写作“问题小说”时，不过19岁到20多岁的年龄，从幸福单纯的家庭来到纷繁的社会，思考复杂的人生。“问题”是多的，情绪是忧郁的，思考是浅显的，“问题”即便得到解答也是理想化的。《超人》中的何彬是一名患有阴郁厌世的青年，小朋友禄儿以母爱启发了他，“我有一个母亲，她因为爱我的缘故，也很感激先生。先生有母亲么？她一定是爱先生的。这样我的母亲和先生的母亲是好朋友了。所以先生必要收母亲的朋友的儿子的东西”。何彬因而泪流满面，表示“世界上的母亲和母亲都是好朋友，世界上的儿子和儿子也都是好朋友，都是互相牵连，不是互相遗弃的”。童心与母爱是冰心针对问题的“药方”，然而，现实生活中的问题恐怕并不能够迎刃而解。

1922年以后，冰心很少写作小说，1931年发表《分》，给人的感觉焕然一新。茅盾这样评论《分》：“谁也看得出，这篇《分》跟冰心女士从前的作品很不同了。如果我们把她最近的一篇《冬儿姑娘》合起来看，我们至少应该说，这位富有强烈正义感的作家不但悲哀着‘花房里的一盆小花’，不但赞美着刚决勇毅的‘小草’，她也知道这两者‘精神上，物质上的一切都永远分开了’!”茅盾的评价是高屋建瓴的。的确，《分》之“分”，是两个婴儿的分别，两个阶级的区分，还是冰心创作的分水岭。与前述问题小说相较，《分》透露出新的“消息”：其一，人生而不平等，即便母亲的爱也难以等同。“小朋友，难道上天生人有厚薄？无贫富、无贵贱，造物者都预备有一个母亲来爱他”，《寄小读者》中的这段话可以看作冰心“母爱的圣经”。然而《分》中屠户的妻子为了生计被迫做奶妈，初

---

① 冰心：《我的童年》，《冰心七十年文选》，上海文艺出版社，1996年版，第43页。

② 冰心：《一篇小说的结局》，《冰心全集》（第1卷），海峡文艺出版社，2012年版，第171页。

生的婴儿失去了母亲乳汁的滋养。其二，底层人民不再是逆来顺受的，不再是感恩于施舍的，屠户儿子发出了“宰尽猪一般只吃不做的人”的壮语。随后发表的《冬儿姑娘》莫若说是《分》的续篇，冬儿敢于和社会的不平等现象抗争，争取生存的立锥之地。这篇小说被鲁迅、茅盾选入了《草鞋脚》。此外，如果说《分》借婴儿之口对有产阶层表示了不屑，那么《我们太太的客厅》则直接对“太太”的沙龙嗤之以鼻。如果说《分》仅仅透露了母爱的“无力”，《相片》则无情揭露了“母爱”“慈善”背后的虚伪和自私。而李天赐则以其爱国、自尊挣脱着“道袍加身”，显示出倔强的叛逆姿态，这是冰心创作分水岭后的新人。

在此后漫长创作生涯中，冰心以《第一次宴会》《南归》进行着心灵的倾诉，更以《萨镇冰先生》《二老财》书写着传奇英雄，以《张嫂》《我的学生》《我的朋友的母亲》等收入《关于女人》的篇章记录着抗日……可见，确如茅盾所说“世界的风云，国内的动乱”是吹动了冰心的思想的，而最早带给我们“消息”的正是《分》。

（四）“问题小说”流向中《分》

《分》不仅是冰心创作道路上的分水岭，而且在问题小说的流向中具有标志意义。

问题小说是“五四”时期开始出现的文学现象，与它同期的还有问题剧。“五四”在思想文化领域里除旧布新，闪耀着思想解放的理性之光，造就了“思考的一代”。“人”的意识在觉醒，“人生究竟是什么”被郑重的提了出来。在对人生、社会重新深思的同时，“问题”涌现出来。在冰心的《一个忧郁的青年》中，有着真实的描述：

> 从前我们可以说都是小孩子，无论何事，从幼稚的眼光看去，都不成问题，也都没有问题，从去年以来，我的思想大大的变动了，也可以说是忽然觉悟了。眼前的事事物物，都有了问题，满了问题。
>
> 世界上一切的问题，都是相连的。要解决个人的问题，连带着要研究家庭的各问题，社会的各问题。要解决眼前的问题，连带着要考察过去的事实，要想象将来的状况。——这千千万万，纷如乱丝的念

头，环绕着前后左右，如何能不烦躁？①

因而周作人在《中国小说里的男女问题》中概括说："问题小说，是近代平民文学的出产物。这种著作，照名目所表示，就是论及人生诸问题的小说。"关于具体的内容，陈望道、沈雁冰等认为：问题小说就是"以劳工问题、子女问题以及伦理、宗教等等问题中一问题为中心的小说"。同时，俄国文学、东欧文学、北欧文学特别是易卜生密切关心社会现实问题的进步倾向，也构成了中国问题小说兴盛的助推力。在这样的文化背景下，《每周评论》发表了胡适的小说《一个问题》，《新潮》发表了汪敬熙的小说《谁使为之？》罗家伦的《是爱情还是苦痛？》叶绍钧的《这也是一个人？》，连同前述冰心的《两个家庭》等，大批问题小说涌现出来。这些小说有的连题目都带着问号，可见当初作者问题意识的突显。

不独冰心，早期的问题小说中，比如颇具代表性的王统照、许地山的创作，也常常以"美"和"爱"作为解决问题的钥匙。王统照早期创作以《雪后》《沉思》为代表，被茅盾评价为"憧憬着'美'和'爱'的理想的和谐的王国"。洁白无垠雪世界，两个孩子盖起一座美丽的小楼。一夜枪声，天亮后不见了那精美小建筑，只有纵横的马蹄印、粗重的皮靴印，"娇嫩的童心里添了层重大的打击"。这是《雪后》的童话世界。《沉思》则讲述了一个女演员对艺术的崇尚与现实的不见容。琼逸有着献身艺术的精神，怀着坦荡、磊落的襟怀愿意给一位名画家做裸体模特，愿他画出"一副极有艺术价值而可表现人生真美的绘画"。追求她的男友竟然为此不再爱她，一个娇贵傲慢的官吏也粗暴地横加干涉。琼逸愁肠百结，独自跑到湖边沉思："到底我有我的自由啊！"《一叶》是一部长篇小说。主人公天根的父亲被族人逼死；自己与少女伍慧的恋爱被拆散，痛失情侣；好友被诬入狱，染疾而终。天根入京求学，寄人篱下，性情忧郁，悲哀于"为何生命是永久地如一叶飘坠地上？为何悲哀是永久而且接连着结在我的心底？"似乎唯有爱与美可以弥补人间的缺憾，天根的书房挂着一幅赤臂女神的画片，她"代表人生的全体"，代表"爱与光明"，以其爱的眼泪润洗生命之珠。王统照的"爱"与"美"带有明显的基督教泛爱的色彩，《微

① 冰心：《一个忧郁的青年》，《冰心全集》（第1卷），海峡文艺出版社，2012年版，第131页。

笑》即是一个明证。一个盗窃犯人精神麻木，在看到皈依基督教的女犯人的微笑后，竟然心灵复苏，出狱后成为一个有知识的工人。

“爱”与“美”同样是许地山早期小说奉献的金钥匙，所不同的是身世飘零带给许地山小说复杂醇厚的韵味与佛、道、基督三教的错综、深固的影响。《命命鸟》中世家子弟加陵与优伶之女敏明是佛教学校的同学，二人相知相爱，遭到阻挠后双双殉情，足以见得对恋爱自由的热忱追求。如果说这对青年男女欢欢喜喜赴水自杀，由抗争而解脱，那么《缀网劳蛛》中的尚洁则以佛陀般的慈悲和基督式的泛爱达成了对自我、对他人的双重救赎。尚洁搭救受伤的盗贼遭到丈夫的误解，她毫不怨恨，只身到土华岛独立生活。丈夫被基督精神所感化，尚洁遂原谅了他，而丈夫自觉到海岛受苦偿过，她也泰然处之。佛家人生变幻无常的厌世因素，与基督泛爱思想、道家清静无为思想相调和，形成了许地山的“爱的宗教”。这种“爱的宗教”是爱的救赎、是生活的坚忍、是无限的宽容，渗透在许地山《商人妇》《黄昏后》《玉官》等小说中。

恰如冰心在1931年以《分》表达了沉实的社会思考，此前此后，“问题小说”作家陆续构筑了自己的分水岭。王统照1927年秋、1928年夏发表了《沉船》与《刀柄》，写到现实的惨痛与黑暗，更写到农民的强悍性格、反抗精神。自此，王统照将目光转向了北方农村的茫茫原野。《银龙集》中的大部分作品、长篇小说《山雨》中涌动着浩大、深沉的悲哀，火热、激越的愤怒，阶级矛盾显著而深刻。许地山的创作转向是以1934年《春桃》的发表为标志的。杨义在《中国现代小说史》中形容许地山前期小说中的人物“有若翩翩然飞翔于云空的玄鹤”，转向后的小说中的人物“有若负重行进在人生大地上的骆驼”，再形象不过。春桃是一个朴实、坚忍的农村妇女。新婚之日，她和丈夫被兵匪冲散，春桃流落北平，与刘向高相交患难并共同生活。然而，失散的丈夫李茂突然闯进他们的生活，在春桃的极力主张下，“三人开公司”，过起了相濡以沫的生活。春桃有着厚重、达观的生活哲学：“苦也得想法子活。在阎罗殿前，难道就瞧不见笑脸?”她身上凝聚着底层人民朴实、顽强的美，而《铁鱼的鳃》则直指国民党当局的卖国求荣、贪权好利，知识分子雷先生报国无门，举身投入茫茫大海。此后的《在费总理的客厅里》《三博士》延续了《铁鱼的鳃》现实主义的风格，也延续了锋芒毕露的揭露与讽刺。许地山在坚实的大地上走向了深远。

当然，这些“分水岭”之后的小说已经不是严格意义上的问题小说了。它们秉承了问题小说对社会、对人生的真挚关怀，脱离了问题小说的清浅与稚嫩，随着浩浩文学洪流，向着时代的更前沿、向着社会的更深处奔涌开去。

三、“人生”的底层观照：彭家煌的《怂恿》

（一）人生写实派的乡土小说

20世纪20年代，一批年轻的作者勤恳耕耘在新文学的田野上，并且取得了创作的丰收。没有统一的社团组织，没有固定的刊物作为阵地，然而共同的艺术追求、鲜明的艺术特色使得他们的创作成为一个重要的流派。这就是乡土小说。鲁迅在《中国新文学大系·小说二集·导言》中讲到一段著名的话：

> 蹇先艾叙述过贵州，裴文中关心着榆关，凡在北京用笔写出他的胸臆来的人们，无论他自称为用主观或客观，其实往往是乡土文学，从北京这方面说，则是侨寓文学的作者。但这又非如勃兰兑斯所说的‘侨民文学’，侨寓的只是作者自己，却不是这作者所写的文章，因此也只见隐现着乡愁，很难有异域情调来开拓读者的心胸，或者炫耀他的眼界。①

这段话常常被用来界定20年代乡土小说，侨寓异地、写故乡、地方色彩三个要素准确地奠定了乡土文学的早期形态。当时，王鲁彦、蹇先艾、许钦文、彭家煌、许杰等年轻作者师承鲁迅，《故乡》《风波》《祝福》浓郁的浙东乡土色彩、坚实沉郁的现实主义风格成为乡土小说的艺术楷模。不同于郁达夫自叙传小说的浪漫感伤，不同于早期问题小说的浅显和稚拙，乡土小说是坚实的人生写实派。随着创作的成熟与深入，许钦文的

① 鲁迅：《中国新文学大系·小说二集·导言》，见《中国新文学大系·小说二集》，上海良友图书印刷公司，1935年版，第9页。

《石宕》《鼻涕阿二》，蹇先艾的《盐巴客》《在贵州道上》，王鲁彦的《黄金》《野火》，台静农的《地之子》许杰的《惨雾》彭家煌的《怂恿》以现实主义的笔触深入到故乡，呈现了色彩斑斓的风情画，更揭示了苦难深重的现实人生。

20年代乡土小说郑重而平等地发掘了农民身上的闪光点。王鲁彦的《童年的悲哀》怀念一位多才多艺的青年农民阿成哥，是他把“我”引领进音乐的世界。蹇先艾的《老仆人的故事》中的林富同样有着高贵的品质，他忠厚、和蔼、童心未泯，和儿童几成忘年之交。这种发掘既与鲁迅的“闰土”书写有着直接的师承，又深受五四“人”的觉醒的影响。“人”的觉醒带来了农民独立价值和意义的发现，农民开始以主人公的姿态出现在文学作品中，他们的喜怒哀乐、生存状态、文化心理受到现代作家的关注。与此同时，一些“类农民”的底层形象也大量出现，如蹇先艾《盐巴客》中每天要背几百斤盐巴，走百十里山道的苦力，王鲁彦的《桥上》中艰难度日的小商人。重压之下的底层人民走向反抗是必然的，许杰的《七十六岁的祥福》中那位老农，忍受着家破人亡的痛苦，送孙子走上革命，鲁彦的《野火》中青年农民奋起反抗，黎锦明的《尘影》中出现了农民运动的领袖。底层人民金子般的品质内里蕴蓄着火山般的力量，这是乡土小说延伸向30年代的发现。

恰如钱理群在《试论五四时期“人的觉醒”》中指出的：“妇女、儿童以及以农民为主体的下层人民独立意义与价值的发现和肯定，就成为五四‘人的觉醒’的一个重要方面。”[①] 农村劳动妇女，这个处在社会最底层的群体，受到集中的关注，许钦文的创作具有代表性。他的中篇小说《鼻涕阿二》中，菊花被轻贱、被侮辱的命运与生俱来：“原来松村人如今重男轻女，产生男孩才算正当，产生女孩是很厌恶的。第一个是女孩，因为以为这是‘头生’，又以为第二个可能是男孩，还不十分厌恶。等到第二个又是不符预期的东西，表示厌恶已极，总是叫作‘鼻涕阿二’的。”[②] “鼻涕阿二”在家里，同奴隶一样烧饭、洗衣、干粗活。她的成长伴随着维新的新风，但维新并没有使她获得人的价值，菊花挣扎在“贱小娘”、做妾的漩涡中，新少奶奶的威风不过昙花一现，随即贫病而死。许钦文的

① 钱理群：《试论五四时期“人的觉醒”》，《文学评论》，1989年第3期。
② 许钦文：《鼻涕阿二》，见《许钦文代表作》，华夏出版社，2009年版，第170页。

《疯妇》则将矛头指向“婆权”。双喜的娘靠着做布的手艺将儿子双喜带大，儿媳妇却只会褙锡箔的新手艺，做布手艺怕是要失传了。此外，这位年老寡居的妇人还有感于“做人实在是空的。多房媳妇，少个儿子”。勤劳厚朴的媳妇既羞愧、委屈，又忧郁、憋闷，终于疯了，不出一个月竟死了。与其说这年青的生命死于婆婆的狭隘、自私、专制与怨毒，不如说死于封建思想、传统习惯、腐朽礼教的威压。社会的等级之下，还有性别的等级，农村妇女受制于封建文化，依顺于婆婆丈夫，勿论人身的独立与尊严，她们甚至被典、被卖、被侮辱、被当作争强赌气的筹码……乡土小说呈现出这个几千年缄默的群体血泪交加的、惊心动魄的真实。

乡土小说的作家流寓现代大都市，在现代文明的启迪下思考人生与社会，当他们再次面对故土，已然是新的目光与视角。老旧中国的文化深处、乡土子民的精神内里令这些青年作家驻足审思，因而宗法制乡土社会麻木不仁的民众是乡土小说的又一聚焦点。《烛焰》（台静农）写乡间愚昧的冲喜恶俗，为了挽救吴家少爷奄奄一息的生命，翠儿在结婚的第二天便成为寡妇。《负伤者》（台静农）、《赌徒吉顺》（许杰）所呈现的卖妻、典妻的落后现象有着同样令人震惊的效果。无奈亲人正是悲剧的推手，无奈甚至承受者都并不自知，更何况《水葬》（蹇先艾）中围观群众的麻木！一个青年因为偷窃被村人处以水葬的极刑，这在村人看来是天经地义的。然而在“天经地义”背后却是一个年轻生命永远的终结，是年迈的母亲挂虑着她的儿子，等待儿子归来的急切心情。村人的可怕在于假借“道德”之名伸张正义，实质上获取了近乎本能的施虐之快，还在于围观、谴责与叫好，同样宣泄着施虐的快感。文本批判旧习俗、揭示麻木的精神，并指向深层人性的剖析。因而鲁迅说：“但如《水葬》，却对我们展示了‘老远的贵州’的乡间习俗的冷酷，和出于这冷酷中的母性之爱的伟大——贵州很远，但大家的情境是一样的。”[①] 民众的精神麻木还带有权力崇拜的意味。近的是对族权，《怂恿》中的政屏不是对牛七言听计从，甚至遭受羞辱、责难后还对着他难为情地鞠躬吗？远的是对皇权。在青雨的《三个真命天子》中，即便清王朝的废帝已经被冯玉祥赶出了故宫，顺八胡子不仍旧是满脑子“真命天子”吗？水灾后的夜谈，他在滔滔不绝，人们正津津

① 鲁迅：《中国新文学大系·小说二集·导言》，见《中国新文学大系·小说二集》，上海良友图书印刷公司，1935年版，第7页。

有味：袁世凯、孙文都不是真命天子，民国成立十几年，尚“不能统一河山”，如今宣统出宫，“大概新真命天子总快要出头了”。落后的信仰、愚昧的意识积重难返，于此可见一斑。这些故事、这些人恰如《故乡》里的闰土，满脸皱纹，穷困木讷，一声声喊“我”“老爷”，恰如《祝福》中的祥林嫂在夫权、族权与神权下的挣扎与死灭，恰如《风波》里的七斤面对皇帝坐龙廷的传言表现出惶惑疑惧的愚昧神情……鲁迅讲到“说到‘为什么’做小说罢，我仍抱着十多年前的‘启蒙主义’，以为必须是‘为人生’，而且要改良这人生”，讲到“所以我的取材，多采自病态社会的不幸的人们，意思是在揭示病苦，引起疗救的注意”。文学启蒙人生，这也正是乡土小说家的文学精神。

当然，远行游子回望故乡时的怀恋也寄寓在乡土小说的写作中。蹇先艾的“贵州道”悬崖峭壁，鸟道崎岖，对面可以打招呼的山崖，走起来却需要半日。山貌水形间可闻民风乡音，与风景同时入画的还有风俗。许杰的浙东山区流水汤汤，河道拐角处有一块可以耕种的沙渚，两个村庄的人们争相垦殖，不惜刀枪相见，血肉横飞。故乡不同，情怀各异，风俗因而各具色彩。同是婚俗描写，鲁彦的《菊英的出嫁》写郑重、排场的婚礼场面，直至迎亲的轿来——一台青轿，读者方恍然大悟，原来是冥婚。《烛焰》则写女子要去冲喜，行前举行辞家别祖的仪式，左烛熄灭，显现出凶兆，气氛阴冷。许杰的《出嫁的前夜》中的女子也即将去冲喜，她的情人却逾墙而入，以刀相逼，显露出殊异的强悍民风。不独械斗、婚娶、丧葬、祈福、聚赌等等各式画面也缤纷呈现，地方色彩浓郁，堪为民俗学者参考。

（二）彭家煌的人生与创作

彭家煌，20 年代乡土小说的代表作家，著有《怂恿》《茶杯里的风波》《平淡的事》《喜讯》《出路》五个短篇小说集和一部中篇小说《皮克的情书》。当年，他正是鲁迅讲的“流寓青年”中颇具代表性的一位。①

1898 年 4 月 1 日，彭家煌出生在湖南湘阴县庙背里（今属汨罗市）的一个破落地主家庭，祖父一代曾是聚丁口近半百，同享祖业的大家族。至

① 以下彭家煌生平简介参见严家炎、陈福康：《彭家煌的生平、创作年表》，《新文学史料》，1987 年第 1 期。

父亲彭焯然一代，屡遭天灾人祸，父亲青年时代当过店员，失业后回家种田，极为清贫。彭家煌兄弟七人，排行第六，兄弟或务农，或做店员，或是手工业者。母亲杨氏是杨开慧的嫡亲姑妈，二嫂杨明慧是杨开慧堂妹。彭家煌所在的家乡十分偏僻和落后，村子附近没有集市。人们日出而作，日落而息，重复着简单而机械的生活。村子沿袭着古老的旧俗，人们守护着祖宗礼法，津津乐道于东家嫁女西家娶亲的故事。故乡生活为他以后的乡土小说创作提供了素材，《怂恿》《美的戏剧》《牧童的过失》等小说中提到的溪镇就是他的故乡清溪乡毛家坊的缩影。

彭家煌五岁开蒙，聪慧过人，勤奋好学，尽管兄弟多，家境较为困难，家人还是节衣缩食供他上学，于是得以在乡间读完私塾和高小。就在即将失学的时候，舅父杨怀中（杨开慧的父亲）将他带到长沙省立第一师范学校读书，少年彭家煌幸运地获得了第二次求学的机会。一年之后，杨怀中执教北平大学，将彭家煌带到北平，安排他一边在北平女子师范大学附属补习学校教课，一边在北平大学旁听。杨怀中还拟荐彭家煌赴法国勤工俭学，孰料天有不测风云，恰在此时杨怀中不幸病逝。彭家煌失去了出国深造的机会。在熙来熙攘、人流如潮的大都市只身漂泊，成了没有依靠的流浪者。

1923 年 10 月，彭家煌考入中华书局出资创办的上海国语专修学校（校长为湖南人黎锦明的哥哥黎锦晖），后进上海中华书局工作，参加编辑《小朋友》杂志。1925 年转入商务印刷馆工作，先后担任《教育杂志》《儿童世界》的助理编辑。就是在这时候，彭家煌开始了文学创作。经过七次修改，趁没人的时候，他把处女作《Dismeryer 先生》放在《小说月报》主编郑振铎的桌上。隔日郑振铎原样奉还了他，遂改投《北京晨报》主编徐志摩。不久，小说在《晨报副镌》上刊登出来，郑振铎看了对他说："老彭，很对不起！你这篇东西做得很好。当时你送来，我实在没有看。"就这样，经过这一点挫折，这一点鼓励，彭家煌逐步走上文坛。

此外，彭家煌追求进步理想，与进步人士广泛接触，与郑振铎、叶圣陶、沈雁冰、冯雪峰、夏衍、潘汉年、金仲华、丁玲等交往密切，这些已有成就的进步作家也给予他不少帮助。1927 年，经郑振铎介绍，彭家煌加入"文学研究会"，他的第一本小说集《怂恿》收入了《文学研究会丛书》。1928 年左右，他开始参加革命活动，他在给友人的信中透露出他不大想写意义不大的小说，而"想干干比这有益于人的玩意，哪怕它失败到底”。1930年冬，经潘汉年介绍，彭家煌加入中国左翼作家联盟。这期间他还秘密担任《红旗日报》助编及通讯员。他的种种革命活动引起了国民党当局的注意，1931年7月16日，彭家煌被国民党当局以“共党嫌疑”的罪名逮捕，投入龙华淞沪警备司令部监狱。关向应以及后来成为知名左翼作家的叶紫，都曾是他同狱的难友。狱中，彭家煌遭受严刑逼供，但他始终保持坚强的革命意志，始终没有暴露革命工作人员的身份，敌人也没有抓到他任何把柄，经营救才总算保住被折磨得奄奄一息的性命。四个月的牢狱之灾后，彭家煌原本年轻、健硕的身体被折磨得瘦弱不堪，他常常胃出血，有时甚至昏厥。在日本帝国主义发动的“一·二八”战争中，商务印书馆和他的家都毁于炮火。他不得不强扶病体，携妻小逃难宁波。幸得中华书局一个老同事介绍，他才得以进入《宁波民国日报》编副刊。这期间，他仍不忘战士的身份，编辑出版了两期“大众文艺专号”，因而遭到驱逐。之后在叶圣陶的鼓励下，彭家煌到宁波民强中学教书。约1932年底，他重回上海，与左联取得联系，开始发表他一生中“最前进的作品”。与此同时，彭家煌的革命活动也并没有停止。他积极支持进步文学青年叶紫、陈企霞等组织的“无名文艺社”，尽管身在病中，家庭经济又极困难，仍不取稿酬为《无名文艺》写稿。他还积极参加党领导的各种群众大会，到码头去欢迎出席世界反战会议的各国代表，散发左联的传单、标语……一直战斗到生命的最后一息。参加革命活动、为生计埋头写作，彭家煌无暇顾及本已病弱不堪的身体。1933年9月4日，彭家煌医胃穿孔，病殁于上海红十字会医院的三等病房中，年仅三十五岁。陈子展有诗《他对得起勇敢的战士》追悼彭家煌，称赞他正直、率真、毫不浮夸的性格，也为他短暂、困厄的一生深深叹惋：

> 他对得起贫苦的朋友，
> 他是同样饿过肚皮的人。
> 他对得起勇敢的战士，
> 他是同样坐过监狱的人。
> 他留下了许多可读的文字，
> 却不曾自夸为天才。
> 他参加了许多人间的工作，

却不曾被称为人才。
他卖过了许多精神的劳力，
却不曾出卖自己的人格。
他是个饿过肚皮的人，
他可告别贫苦的朋友。
他是个坐过监狱的人，
他可告别勇敢的战士。①

《怂恿》是彭家煌的代表作，小说生动地刻画了一幕可笑可怜的乡间悲剧。封建乡绅牛七与冯姓财主早有过节，牛七的族人政屏与冯姓之间两口活猪的交易遂成为他们又一次斗法的角力场。裕兴的老板冯郁益差伙计禧宝贪奸抹油贱买到政屏家的两口猪，又趁政屏不在家未付钱就将猪拉走宰杀。牛七以此为借口怂恿政屏要求"活猪还原"，不然就与冯家拼了，又要政屏娘子（人称二娘子）去冯家老大原拔家上吊，想扩大事态让对方下不了台。老实善良的政屏，虽心不情愿，却满脑子"族长说了算"的封建思想，对牛七言听计从；贤良的二娘子牢牢遵守出嫁从夫、从族的思想，关门痛哭一场之后真的去上吊。结果人未死成反受"通气"之辱，被两个男人，一个吸嘴唇，一个用吹火筒吹屁眼折腾一顿。"盛大汉却是甜津津的在二娘子的樱桃口上用尽了平生的气力来吸吮，如果吸不转气来，他愿意自己也断了气的。"贤淑守旧的二娘子遭受如此轻薄之后被抬回了家，从此不敢出门，"真个，她是被活埋了"。

茅盾在《〈中国新文学大系〉小说一集导言》中，有一段著名的评价：

彭家煌的独特的作风在《怂恿》里已经很圆熟。这时候他的态度是纯客观的（他不久就抛弃了这纯客观的观点）。在这几乎称得上是中篇的《怂恿》内，他写出质朴善良而无知的一对夫妇夹在"土财主"和"破靴党"之间，怎样被拨弄而串出了一出悲喜剧。浓厚的"地方色彩"，活泼地带着土音的对话，紧张的"动作"，多样的"人物"，错综的故事的发展，——都使得这一篇小说成为那时候最好的

① 《书林》杂志编辑部：《现代作家四十人》，上海人民出版社，1986年版，第225页。

农民小说之一。①

《怂恿》的价值首先在于深刻揭露了封建的宗族思想、夫权思想是怎样左右人们的命运，剥夺人们的幸福，扼杀健康的人性的。封建礼教的核心是以“三纲五常”“三从四德”为内容的封建伦理关系。几千年来，封建的君权、族权、夫权、神权像一条无形的枷锁，禁锢了人们的思维，把人们导向一个个悲哀的深渊。

《怂恿》的艺术魅力很大程度上来自备受称道的“localcolor”。《怂恿》中随处可见楚语湘音，如说牛七爱挑事是“随是什么，爱寻缝眼”，爱“称长鼻子”；说一个人不成事是“空的，蛆婆子拱磨子不起”；禧宝能说会道真是“随便放句什么屁，都像麻辣子鸡样塞在人家口里，又厉害，又讨人欢喜。”这样的言语言简意赅，通俗明了，充满了泥土气息与地方性格。我们更会为文本不乏机智幽默诙谐的语句而忍俊不禁，“真个，他俚看二娘子死到几时。大有任其自然之势。二娘子脸上硬是露出死得不耐烦的神情。大概她死了这么大半天，不免有些肚饿和尿涨”。又如“二娘子依然壁直的死着被抬回了家”。这些语句生动而深刻地揭露了二娘子被人糟蹋的悲惨．笑中透着的辛酸与沉重。这种“以笑当哭”的手法在《怂恿》中运用得恰到好处，使整篇小说生动活泼而不失严肃和深沉。随后的《活鬼》《陈四爹的牛》《喜期》无不是带有地方色彩的佳作。

彭家煌写作之初即身处革命思想的氛围中，狱中生活又加深对黑暗现实的认识，写作风格更加深沉和忧郁，直面惨淡的人生，抒发一个有志的青年对丑恶人性的嘲弄，对不平社会的愤懑。彭家煌的创作生涯是短暂的，但是他的创作以及20年代乡土小说却是现代小说不可磨灭的革命印记，并且影响、延伸到30年代的“左翼小说”。

---

① 茅盾：《中国新文学大系·小说一集·导言》，上海良友图书印刷公司，1935年版，第28页。

第二章　时代青年　探寻道路

大革命失败后，以蒋介石为首的国民党新军阀在帝国主义支持下，建立起大地主、大资产阶级联合专政的反革命政权，大肆屠杀共产党人和革命群众。白色恐怖，血雨腥风，时代青年挣扎在低迷的“幻灭”情绪中，摸索自己的道路，也探寻民族的前途。

巴金的小说如同激流，唤醒青年冲出封建专制大家庭，做“大胆的叛徒”，宣布“春天是我们的”。蒋光慈这个“革命文学的拓荒者”已然将中国共产党领导的革命与小说创作严密整合，浪漫热烈的呼喊温暖着青年的心，激荡着他们的热情，“不少青年也因为他昂扬的歌声而得到鼓舞，迈上了革命的第一步”。更具代表性的是丁玲。在莎菲式的苦闷中挣扎，在革命者的鲜血面前警醒，她终于认识到《水》中“那冲决一切的力量”才是民族的希望所在。

一、封建大家庭的叛逆：巴金的《激流三部曲》

（一）早年巴金：踏上创作道路

巴金（1904～2005），原名李尧棠，字芾甘，四川成都人。巴金生于一个封建官僚大家庭，他曾回忆道：“我生在一个古老的家庭里，有将近二十个长辈，有三十个以上的兄弟姊妹，有四、五十个仆人。”[①] 他的曾祖

① 巴金：《短简（一）·我的幼年》，《巴金选集》（第10卷），四川人民出版社，1982年版，第92页。

和祖父多年为官，广置田宅，并有诗文传世。巴金出生于大家庭兴旺鼎盛之际，父亲正任县令，祖父当家。在秩序森严的封建堡垒中，母亲使童年的巴金受到最初的“爱”的教育，是他的“第一个先生”。母亲的“仁爱”思想奠定了巴金人生观的基础，“因为受到了爱，认识了爱，才知道把爱分给别人，才想对自己以外的人做一些事情。把我和社会联系起来的也正是这个‘爱’字，这是我的全性格的根底”。“仁爱”还包含着平等思想，“她教我爱一切人，不管他们贫或富；她教我帮助那些在困苦中需要扶持的人；她教我同情那些境遇不好的奴婢，怜恤他们，不要把自己看得比他们高，动辄将他们打骂”，① 这样，巴金得以接近了另外的“先生”——在与仆人、轿夫等“下等人”的交往中，巴金体会了劳动者生命的尊严，接受了朴实的人生观：“人要忠心”。

但是，“接着‘爱’来的就是这个‘恨’字”。1914 年母亲的早亡使不满十岁的巴金在大家庭中初尝没有母亲的悲哀。1917 年父亲去世，“这个富裕的大家庭变成了一个专制的大王国。在和平的、友爱的表面下，我看见了仇恨的倾轧和斗争；同时在我的渴望自由发展的青年的精神上，‘压迫’像沉重的石块重重地压着”。② 巴金见证了大家庭由盛及衰的过程，体味了封建专制的罪恶。早年人道主义的萌芽与成长中残酷的现实对巴金人生观与创作观的形成具有重要意义。1920 年祖父去世，大家庭最后的支柱倒下了，巴金冲破了罗网，进入成都外国语专门学校读书。当时正是五四运动的风潮席卷全国之际，对于十五岁的巴金而言，“五四运动像一声春雷把我从睡梦中惊醒了。我睁开了眼睛，开始看到了一个崭新的世界。”在纷至沓来的各种文化新思潮中，“无政府主义”最先征服了巴金，与他少年时代萌发的人道主义、反封建情绪一同，长久地影响着他的人生和创作。

无政府主义是曾经流行于西欧的一种思潮，它的基本观点是鼓吹废除一切政权和国家，主张个人意志的绝对自由，其中克鲁泡特金一派倾向于无政府共产主义。无政府主义较马克思主义早些传入中国，对民主革命发生了一定影响，极易成为小资产阶级青年抒发个人主义热情的出口。对于

① 巴金：《短简（一）·我的几个先生》，《巴金选集》（第 10 卷），四川人民出版社，1982 年版，第 102 页。

② 巴金：《忆·家庭的环境》，《巴金选集》（第 10 卷），四川人民出版社，1982 年版，第 62 页。

萌发了“爱”的人道主义思想与反抗封建专制情绪的巴金而言，克鲁泡特金的《告少年》极具吸引力，“这里面全是我想说而没法说得清楚的话”，“而且那种带煽动性的笔调简直要把一个十五岁的孩子的心烧成灰了”①。《告少年》与廖抗夫的剧本《夜未央》是巴金社会思想的启蒙教材，无政府主义成为巴金早期思想的重要构成。此后，他积极参与编写带有无政府主义倾向的刊物《半月》《警群》《平民之声》，组织“均社”，写作《怎样建设真正自由平等的社会》等文章，发表最早的新诗和译作，开始了无政府主义的最初实践。1923年春天，巴金离开成都，在上海、南京、北京之间辗转求学。在这期间，巴金开始了与“精神上的母亲”、著名的无政府主义者爱玛·高德曼的通信，进一步接近了无政府主义。他参与创办《民众》半月刊，发表约二十篇译文、论文，出版了《五一运动史》，自称是“安那其主义者”。

不同于现代文学史上其他作家怀着疗救国民精神、为文艺而文艺、探索人性等初衷而登上文坛，巴金的创作道路是独特的。1927年，为进一步学习经济学、研究无政府主义、考察欧洲社会运动，巴金远赴“革命策源地”——法国。身在巴黎，巴金陷入了寂寞、痛苦与矛盾中。一方面，巴黎并非想象中的穷人的乐土，巴金也未能很好地实现他研究社会运动的初衷，陷入了背井离乡的寂寞；另一方面，在祖国，蒋介石叛变革命，发起了“四·一二”大屠杀。消息传到巴黎，增加了巴金的痛苦和迷惘。此外，两个意大利工人在美国被烧死的事件也令巴金愤怒无比。现实的黑暗是无政府主义的个人行为难以改变的，年轻的巴金需要一个突破口来倾吐他的悲愤。

巴黎圣母院的悲哀的钟声又响了，一声一声沉重地打在我的心上。

在这种时候，我实在没法安静下来，上床睡觉，我有感情必须发泄，有爱憎必须倾吐，否则我这颗年轻的心就会枯死。每天晚上我感到寂寞时，就摊开练习本，一面听巴黎圣母院的钟声，一面挥笔……我写得不能说是小说，它们只是一些场面或者心理的描写……在一个

① 巴金：《短简（一）·我的幼年》，《巴金选集》（第10卷），四川人民出版社，1982年版，第95页。

月中向我写了后来编成《灭亡》头四章的那些文字。①

在翻译大量的无政府主义著作之余，巴金每每情绪波动时就写下一些片断，最后决定连缀成一篇小说——《灭亡》。《灭亡》最初刊登在《小说月报》上，第一次署名“巴金”。“巴”取一位投水自杀的留法同学巴恩波的姓，“金”则取自“克鲁泡特金”，鲜明地烙下了无政府主义的印记。《灭亡》的创作是巴金真正走上文学道路的开始。归国后，面对蒋介石政府的黑暗统治，又历经“九·一八”事变、“一·二八”事变，巴金有着强烈的“发泄”“倾吐”“申诉”“纪念”的情感要求，进入了热情喷发的创作状态。

每天每夜热情在我的身体内燃烧起来，好像一条鞭子抽着我的心，寂寞咬着我的脑子，眼前是无数的惨痛的图画，大多数人的受苦和我自己的受苦，它们使我的手颤动，拿了笔在白纸上写黑字，我不停地写，忘了健康，忘了疲倦地写，日也写，夜也写，好像我的生命就是在这些白纸上面。②

仅从《灭亡》诞生到1933年底的这段时间，巴金就创作了中长篇小说《新生》《爱情三部曲》（《雾》《雨》《电》）、《死去的太阳》《海底梦》《砂丁》《春天里的秋天》和《激流三部曲》之一的《家》，出版了短篇小说集《复仇集》《光明集》《电椅集》《抹布集》。对于立志投身血与火的社会运动的巴金而言，“我有感情必须发泄”成就了他的作家身份，也造成了他的矛盾与痛苦。

是的，把自己关闭在阴暗的屋子里，日也写，夜也写，把自己的心血化成墨水一笔一笔地写在纸上；把自己的苦恼尽量地倾吐出来，变作纸上的一行一行的字迹，这样散布出来……说把纸笔当作武器来攻击我所恨的，保护我所爱的人，而结果我所恨得依然高踞在那些巍

① 巴金：《谈〈灭亡〉》，见《巴金选集》（第10卷），四川人民出版社，1982年版，第182页。

② 巴金：《谈〈新生〉及其他》，《巴金选集》（第10卷），四川人民出版社，1982年版，第128页。

峨的宫殿里，我的笔一点也不能够动摇他们；至于我所爱的，从我这里他们也只得到更多的不幸。这样我完全浪费了我的生命。①

他“不情愿”地走上创作道路，一方面投入生命热情地忘我写作，从而成为当时极受青年欢迎、影响深远的作家，另一方面又不愿承认自己是“文学家”，对自己的创作成绩“从来就没有满意过”。然而，正是热情洋溢的书写令巴金与自己笔下的青年“共同生活”，也与青年的心达成了强烈的共鸣，巴金是青年们足以信赖的朋友。

（二）叛逆宣言与热血文字：《激流三部曲》

1931年，巴金在上海《时报》连载小说《激流》，1933年由开明书店出版单行本时，改名为《家》。1938年、1940年，巴金接续《家》的思路创作了《春》和《秋》，并与《家》合称为《激流三部曲》。《激流三部曲》一面世即引起强烈反响，家弦户颂，妇孺皆知。特别是《家》，1949年之前就已刊印三十多版，行销数十万册。“鲁迅的《呐喊》茅盾的《子夜》，固然都是文坛上首屈一指的名著，但要说到普及这一点上，还得让巴金的《激流三部曲》之一的《家》独步文坛”。② 如果说当年畅销二十多版的《灭亡》使青年们有了自己的时代英雄——一个狂躁的、失败的英雄，《激流三部曲》则呈现了一部大家庭的历史，希望小资产阶级青年能从中摸索出自己的道路。《激流三部曲》不但以青春的梦想、叛逆的宣言鼓舞了那个时代的青年，也打动着一代代的读者；它不但以热情、坦诚的艺术效力成为当时文坛的一个不容忽视的独特性存在，也在现代文学史上树立起一座永恒的艺术丰碑。

《激流三部曲》以三部长篇、洋洋数十万字的浩大规模书写了“一个正在崩溃中的封建大家庭的全部悲欢离合的历史”。《家》主要在“年轻的叛徒”觉慧的视角下展开叙事：高老太爷以“诗礼传家”“教孝戒淫”统治的封建大家庭表面上其乐融融，实际上潜滋暗长着诸多矛盾：各房之间钩心斗角，以高老太爷本人为代表的道貌岸然者荒淫、腐化，觉民、觉慧等青年人正在萌生反抗专制的情绪。觉新三兄弟的爱情婚姻是《家》的主

---

① 巴金：《谈〈新生〉及其他》，《巴金选集》（第10卷），四川人民出版社，1982年版，第130页。

② 王易庵：《巴金的〈家·春·秋〉及其他》，上海《杂志》，第9卷第6期。

要内容。长房长孙的高觉新奉行“作揖主义”，他早年与表妹钱梅芬彼此钟情，但长辈以拈阄的方式替他选定了李家的姑娘。觉新只有顺从地娶了瑞珏，所幸妻子温顺贤良，他们生下了儿子海臣。觉民和觉慧两兄弟在学校感染了新思想，觉民是“温和派”，觉慧则比较激进。觉民与表妹琴萌发恋爱关系，大哥和梅的悲剧正逼近他们。觉慧也对琴有好感，同时被丫头鸣凤的纯洁所吸引。觉慧参与抗议军人暴行的游行被爷爷发现，遭到禁闭。在这段时间里，他对鸣凤的感情加深了。在大家庭庆贺旧历新年、高老太爷做寿期间，冠冕堂皇的长辈们演出了一幕幕闹剧，青年们则分享着青春的欢乐，但是悲剧命运正在降临。觉新与梅再度相遇，梅已经是新寡居家，忧愁多病。这一对旧日的恋人连同瑞珏一同陷入了痛苦；鸣凤被高老太爷当作“礼物”送给了六十岁的孔教分子冯乐山做姨太太，求救无门，跳湖自杀，这个消息令觉慧感到痛苦、自责；由老太爷做主，觉民与冯乐山的侄孙女定亲，在觉慧的鼓励下，觉民离家出走。最终，顺从者与反抗者获得了截然不同的结局。梅愁病交加而死。觉民的婚事在老太爷病危之际得到让步。而为避“血光之灾”，觉新再次委曲求全，安排瑞珏到荒僻的城外生产。瑞珏难产而死。觉慧再也难以在罪恶的大家庭生活下去，走向了广阔的世界。

在《春》中，大家庭继续在崩溃的道路上走下去。高老太爷死了，高克明这位留过学的大律师成为新的“家长”。他继承了封建家长的专制作风，但显然已经不具备高老太爷的权威，一方面克安、克定更加肆无忌惮地干着丑恶勾当，另一方面青年反抗者的队伍也更加壮大。不但觉民由一个温和派人物成长为青年人的轴心，琴从矛盾、犹疑中挣脱为姐妹中的明灯，淑英也加入进来，成为大家庭的又一个叛逆者。高淑英是《春》的中心人物。祖父生前将她许给了吃喝嫖赌无所不为的陈克家之子，专断的父亲和唯唯诺诺的母亲都要她履行婚约。觉慧的启发和觉民、琴的鼓励使她敢于把握自己的命运，在剑云等朋友的帮助下顺利地脱离了封建家庭。作为对照的是，觉新仍旧唯唯诺诺地极力敷衍，蕙身上带着梅和珏的影子，一样不敢把握自己的命运。尽管觉新和蕙彼此钟情，但蕙还是由父亲周伯涛做主嫁给了郑国光。软弱的觉新酿成又一杯爱情苦酒，眼睁睁看着又一个女性一步步走向死亡。无论如何，新的叛逆者在曾经孤独的觉慧身后站了出来，青春的洪流正在以不可抗拒的力量冲决封建专制的堤坝。

《秋》的创作时间与《春》较为接近，故事情节的连续性也较强。高家继续着四分五裂的进程。作为统治者，高克明死去了；作为腐朽者，克安、克定兄弟更加荒淫，为瓜分遗产而争吵不休，第三代的觉英、觉群走向堕落；作为牺牲者，淑贞被逼得跳井自杀；作为新生者，淑华成长为一个乐观、自主的女性。与高家相联系的周家也走向覆灭。在制造女儿的悲剧之后，周伯涛紧接着逼迫17岁的儿子枚娶冯乐山的侄孙女。病弱的枚婚后受尽了长辈和妻子的气，不久就留下妻子和遗腹子病死了。而蕙的悲剧似乎还未完结，郑国光忙于续弦，将近一年也没有安葬她。后来，在觉新和觉民的"胁迫"下，蕙才得以入土为安。周伯涛一方面认为这个百无一用的女婿是旷世奇才，一方面认为嫁出的女儿无权过问，为郑国光百般开脱。《秋》的结尾是温暖、光明的，觉新娶了敬慕他的丫鬟翠环，觉民和琴也将按照自己的意愿举行婚礼。腐朽的大家庭终于被无情地埋葬了。

封建大家庭的腐朽与罪恶、青年反抗专制的斗争是贯穿三部曲的两大基本主题。自新文化运动以来，封建主义就一直未能逃脱众矢之的的命运。几乎与陈独秀、李大钊等思想先驱猛烈攻击封建专制与伦理纲常同时，文学者的鲁迅揭示了封建礼教的"吃人"本质，新文学作者随即对封建礼教群起而攻之。巴金的《激流三部曲》产生于现代中国文学的第二个十年，历数封建大家庭活生生的罪证，矛头直指封建专制制度，"宣告一个不合理的制度的死刑"。首先，《激流三部曲》揭示了大家庭统治者的真实面目。专横是高老太爷、冯乐山、周伯涛、陈克家、高克明以及钱太太等封建家长的一个共同特征。他们对儿女的婚事横加干涉，对儿女的人生道路享有决定权。高老太爷"我说是对的，哪个敢说不对？我说要怎么样，就要怎样做"的话代表了"家长"们的共同态度。高老太爷们并不在乎儿女的情感与幸福，觉民、淑英等对包办婚姻的反抗、觉慧从"洋学堂"得来的自由思想之所以触怒了他们，根本原因在于蔑视了"家长"的权威。这从一个方面证明了专制是封建文化的核心，礼教和纲常不过是维护专制的工具。此外，"拼此残年极力卫道"的封建家长们，荒淫、腐朽的自身行为实际上构成了对"道"的绝妙讽刺。这再次证明了专制在封建文化中的核心性，也揭示了封建文化的腐朽。高老太爷、冯乐山、陈克家等以玩小旦为风雅，以讨年轻姨太太为荣，陈克明更是干出了父子私通一个丫头的丑事。周伯涛式的麻木与腐旧、高克明式的新式市侩与虚伪则从另外的途径展现了封建专制主义的可笑、堕落。当然，高老太爷等也是孤独的统治者，他们无从获得真正的亲情和爱，并终将在自己的权威土崩瓦解之际寂寞死去。作为专制制度的象征，他们注定要灭亡，而作为个体的人，他们无疑也是遭到专制主义异化的牺牲品。

其次，《激流三部曲》还通过大家庭的矛盾与堕落子弟的命运见证了专制制度的不合理。封建家长往往希望实现长宜子孙的奋斗目标、大家庭四世同堂的生活理想，以稳固自己的至高位置。然而，正是这种观念一方面造成了子弟们不学无术、放荡奢华的寄生性，克安、克定以及第三代的觉英、觉群在侵害他人、蛀空大家庭的同时也作为制度的牺牲品存在。这一主题在巴金后期创作的《憩园》中得到延伸和深化。另一方面，大家庭各房之间为争夺地位与财产引发的互相倾轧、钩心斗角也是专制制度的恶果。《家》中已经显露的矛盾随着老太爷、高克明的死，在《春》《秋》中不断激化，终于高公馆被卖掉，大家庭“树倒猢狲散”。

然而，大家庭最震撼人心的罪恶还在于剥夺青年的幸福乃至生命，这是《激流三部曲》猛烈攻击封建专制的根本原因。高觉新是一个首当其冲的牺牲者。顺从家长意志，他先是放弃理想成为家庭重担的承担者，后来又接连痛失梅、瑞珏、蕙三位心意相通的女性。高觉新的懦弱不但陷自己于长久的痛苦、自责中，而且间接逼迫三位他爱的女性走向绝路。此外，他还不自觉地成为封建礼教的执行者，限制着觉民与觉慧的行动。高觉新无疑是善良的，善良得以至于无用。尽管他对爱情诚挚而温情，对兄弟倍加呵护，对下人温和体察，甚至对攻击者也足够宽容，但这位善良的弱者并没有因此获得片刻的安宁，他不但在大家庭争斗中被攻击，在长辈面前代弟弟们受过，还往往被弟弟们指责为“作揖主义者”“懦夫”。高觉新的悲剧当然是一个社会悲剧，但同时也是性格悲剧。他曾经引导两个弟弟一同接受了五四新思潮的洗礼，有过科学报国的理想和纯真的爱情，清醒地认识到封建文化对人性的摧残，但是在现实生活中却怯于行动。长房长孙的地位、父亲临死的嘱托与根深蒂固的孝悌观念时时束缚着他。这种矛盾性令觉新格外痛苦。所幸的是，觉新从支持觉慧出走、到支持觉民反抗包办婚姻逐渐清醒，终于在《秋》中宣布也要做一个“激进主义者”。而《秋》中与高觉新不无相似之处的枚，在苦闷的婚姻生活中抑郁而死，可以说象征着觉新的另一种结局。高觉新身上明显带有巴金的大哥李尧枚的影子。对于这位忍辱负重的“大哥”，写作者充满复杂而深刻的感情，既批判他的不抵抗主义，更同情他的命运、痛心他的牺牲。《家》写至第六章，巴金得到长兄自杀的消息，更激化了愤恨的情绪，开始以一桩桩血案控诉封建大家庭的罪恶。鸣凤之死是《家》的第一桩血案，也是封建专制主义对青年最直接的残害。纯真、美丽的丫鬟鸣凤被卖到高公馆的近八年间饱受主人的责骂，她唯一的精神寄托就是和三少爷之间那一点点明知没有结果的感情。然而，正在这个十六岁的少女刚刚开始做美好的春梦之际，高老太爷却随随便便把她送给了年龄上可以做她爷爷的冯乐山。老太爷的命令没有人敢反抗，求救无果的鸣凤将青春岁月结束在一潭湖水中。鸣凤的悲剧命运固然与她的奴婢身份有关，而她常常羡慕的"有钱人家的少女"也往往难以逃脱专制的魔爪。梅、蕙都是在不幸的包办婚姻中抑郁而终的，淑贞也终于无法忍受封建家长的折磨，跳井自杀。与高觉新相比，女性无一例外也要经受家长专制的残害，而夫权作为另一种专制则进一步扼杀着她们年轻的生命。此外，封建主义还常常使出贞节观念这道撒手锏。促使鸣凤下决心投湖的直接原因，竟是要"落得一个清白的身子"；在兵乱之际，觉新要瑞珏躲起来以"爱惜你自己的清白身子"，还将躲避地点设在湖边，因为她"知道怎样保护她的身子"。瑞珏和梅对此是认同的，避难之际都曾望着湖水想"睡在那下面不知道是什么样的滋味"。可见，封建文化对女性的残害要严酷得多，《激流三部曲》以众多美好女性的苦难与死亡，对大家庭进行了严厉的控诉和无情的诅咒。

正是在揭露与控诉封建大家庭罪恶的基础上，《激流三部曲》发布了愤激的叛逆宣言，颂扬了反抗专制的热血青春。觉慧是第一个"大胆的叛徒"。觉慧在"洋学堂"读书，受《新青年》思想启发而逐渐觉醒。作者在这个典型的"五四"青年形象身上寄托了新生的热望，同时也真实地刻画了一代小资产阶级知识分子的复杂性。觉慧怀有人道主义精神。他立誓不坐轿子，同情靠身体被烧糊口的玩龙灯的人，体察被责骂的下人，给求乞的孩子一点钱，爱上了"下等人"鸣凤。也正是出于人道主义的理想，觉慧对大家庭的腐朽与社会的黑暗充满憎恨。他是大家庭中第一个敢于同高老太爷辩解的人，也是第一个敢于顶撞礼教与迷信，揭露"捉鬼"等丑行的人。基于对封建文化没落性的清醒认识，引大哥的悲剧为鉴，他坚决不再走"做绅士"的道路，并且勇敢地支持觉民抗婚，全然不顾长辈的指责与威逼。这个热情的斗士还突破了"让他们来做一次牺牲品"的家庭抗争，参加游行、编辑进步刊物，对不公平的社会宣战。鸣凤自尽、瑞珏难产而死先后以惨痛的事实教育了觉慧，这个大胆的叛徒毅然突破了"家"的封建堡垒，走向宽广世界中的火热斗争中去。但是，觉慧并不是一个完美的英雄，他不可避免地带有封建思想的残余和小资产阶级知识分子的懦弱性。在爱情方面，觉慧对琴和鸣凤都有好感，但并没有勇敢地去争取。特别是对于鸣凤，他热情地表白了自己的爱情，但是却希望鸣凤出身名门，在鸣凤生死攸关的时刻，这个“少爷”经过一夜思考，“准备把那个少女放弃了”。而某种程度上，鸣凤的死与他充满浪漫激情的爱情启蒙不无关系。此外，觉慧虽然常常在言语上无情地诅咒大家庭，而实际上对大哥、爷爷等有着血缘关系的人，始终怀着难以割断的亲情，对于使奴唤婢、行令饮酒的生活方式，也乐在其中。在反抗家庭与社会的斗争中，这位勇士也暴露了“新思想”的简单和幼稚。觉慧怀有匡世济穷的理想，但是他没有认识到封建堡垒的顽固性，未免显得狂躁和盲目乐观；他的斗争是个人主义的，所参与的社会活动带有较明显的无政府主义色彩，并没有找到真正的出路。唯其如此，大家庭的第一个叛逆者才是真实、感人的。并且，觉慧的的确确是打开了大家庭的一个缺口，以他为榜样，觉民和琴、淑英、淑华、芸才得以冲出重围。在《春》和《秋》中，青年的反抗力量增强了，封建大家庭摇摇欲坠，不堪一击。淑英和淑华有觉慧做榜样，有觉民和琴帮助，所遇到的阻碍也不像觉慧当年那样强大，因而得以更自信地宣称“春天是我们的”。

《激流三部曲》既是对封建专制大家庭无情揭露、猛烈抨击的战斗檄文，也是一曲激扬的青春赞歌。它不但是一部大家庭的历史，也是一个正在崩溃的社会的缩影，一种行将没落的文化的写照。它不但是青年争取恋爱自由的斗争史，也是青年在成长中争取独立人格的历程，是新一代知识者融入社会、改造社会的起点。《激流三部曲》是简单的，它饱含着鲜明的爱憎情感，始终乐观地坚信“青春是美丽的”。同时它又隐含着复杂的因子，对于“家”中人物而言，大家庭的血缘关系是难以割舍的，琴棋游乐是令人沉醉的，春梦是忧伤而甜蜜的。这一点点“留恋”令《激流三部曲》的内容更丰腴、情感更真实，远离了某种公式而更具文学的风采。这一点点“留恋”又“伴着更大的愤怒”，激发作者（以及读者）对爱与美的追求，促使生活的激流最终卷走渺茫的春梦。因而，《激流三部曲》在思想上达成了对“五四”恋爱小说和同时代“革命＋恋爱”小说的双重超越。文本中的无政府主义色彩带有一定的历史局限性，但也鼓荡起时代青年的热情。正如作者所说“我不是一个说教者，所以我不能够明确地指出一条道路来，但是读者自己可以在这里面去找它”。

二、革命文学的热忱探求：蒋光慈和他的《冲出云围的月亮》

（一）革命文学的拓荒者

蒋光慈（1901～1931），出生于安徽霍邱一个小商贩家庭，原名蒋如恒（儒恒），号侠生（侠僧），曾用笔名蒋光赤。受五四运动影响，1919 年芜湖各校成立学生联合会，蒋光慈主编校刊《自由花》，任芜湖学生联合会副会长，是学生运动的风云人物。1920 年，经陈独秀介绍，加入上海社会主义青年团，入中国共产党在上海发起创办的“外国语学社”习俄语。次年 5 月与刘少奇、任弼时等赴莫斯科共产主义劳动大学学习，同时开始文学创作。1922 年，蒋光慈转为中国共产党党员。

1924 年秋天，23 岁的蒋光慈风华正茂，从莫斯科东方大学学成归国。飞机着陆，风尘仆仆，他便按照党的重要负责人、好友瞿秋白的安排，南下到上海大学社会学系任教。当时的上海大学简陋如“弄堂大学”，却聚集了从全国各地涌来探寻新知的青年，瞿秋白、邓中夏、陈望道、沈雁冰、张太雷、恽代英、萧楚女都在这里任教、负责。有了基本安定的环境，蒋光慈展开了革命文学理论建设与创作活动，风头正健。11 月，他与沈泽民等组织春雷文学社，宗旨就是“想尽一点力量，挽回现代中国文学界‘靡靡之音’的潮流”。1925 年元旦，蒋光慈的著名文章《现代中国社会与革命文学》发表，这位“东亚革命的歌者”以直率峻急、颇为不逊的语气提起文学家“高呼狂喊”的责任：

> 中国现代社会再黑暗没有了，所谓一般的民众受两重的压迫—军阀和帝国主义，再进一层说所谓一般劳苦的群众们之受压迫，更不可以想象。在这一种黑暗状态之下，倘若我们听见几个文学家的革命之歌，则我们将引以为荣幸，因为文学家是代表社会的情绪的（我始终是这样的主张），并且文学家负有鼓动社会的情绪之职任，我们听见了文学家的高呼狂喊，可以证明社会的情绪不是死的，并且有奋兴的

希望。

谁个能够将现实社会的缺点、罪恶、黑暗，痛痛快快地写将出来，谁个能够高喊着人们来向这缺点、罪恶、黑暗斗争，则他就是革命的文学家，他的作品就是革命文学。①

几乎同时，蒋光慈的第一部诗集《新梦》出版，这是他留学苏联时的诗，带来了遥远的光明的火种，被钱杏邨称为“简直可以说是中国革命文学著作的开山祖”。② 孟超新中国成立后曾深情地谈道：“老实讲，在没认识他以前，我是早已被他的《新梦》等诗歌触发了革命热情的，而且当时不止我一人受到他的鼓励，不少青年也因为他昂扬的歌声而得到鼓舞，迈上了革命的第一步。”是年2月，蒋光慈参加创造社。4月，到北京参加中共北方区执委会工作。1928年，与孟超、钱杏邨等人成立革命文学团体太阳社，主编《太阳月刊》《时代文艺》《拓荒者》等文学刊物。在《太阳月刊》创刊号上发表论文《现代中国文学与社会生活》《关于革命文学》。1930年被选为“左联”常务委员会候补委员。

蒋光慈的早期小说创作实践了他的文学主张。1926年到1927年，不到两年的时间，他以“蒋光赤”为笔名出版了《少年漂泊者》《鸭绿江上》《短裤党》三书，构成他的“光赤时代”。小说充满浪漫激情，情如烈火，势如旋风，以迸射的革命热情促成了创造社“左”转的飞跃。《少年漂泊者》是一部中篇小说，描述了佃农出身的少年汪中在父母双亡后只身飘零，时代的风雨使他踏上革命道路的生动而曲折的故事。作者在序言中写道：

在现在唯美派小说盛行的文学界中，我知道我这一本东西，是不会博得人们喝彩的。人们方沉醉于什么花呀，月呀，好哥哥，甜妹妹的软香巢中，我忽然跳出来做粗暴的叫喊，似觉有点太不识趣了。不过读者切勿误会我是一个完全粗暴的人！我爱美的心，或许比别人更甚一点；我也爱幻游于美的国度里。但是，现在我所耳闻目见的，都不能令我起美的快感，更哪能令我发美的歌声呢？朋友们！我也实在

① 蒋光慈：《现代中国社会与革命文学》，《国民日报·觉悟》副刊，1925年1月。
② 钱杏邨：《关于〈短裤党〉》，《太阳月刊》，1928年2月号。

没有法子啊！[1]

事实出乎所料，“似一股清泉流向久渴的土地，滋润了那一颗颗奋进的种子”，该书成为风行一时的进步读物，即使反动当局下令各地严加查禁，也没阻挡人们在全国范围内争相传阅。不少青年给蒋光慈写信，称他的这部作品似一盏路灯，为在黑暗中摸索的青年指明了前进方向。在汪中形象的鼓舞下，多少苦恼、忧郁、彷徨不定的青年，纷纷投身到滚滚的革命洪流之中去，其中不少人成为出色的革命者。陶铸曾不无感慨地说：“我就是怀揣着《少年漂泊者》去参加革命队伍的。”陈荒煤也讲过：“堕人‘无声的中国’真是说不出的迷茫和郁闷，蒋光慈的《少年漂泊者》使我当时感动得落下泪来。”[2] 这种“效果”首先来自小说强烈的反抗情绪与革命鼓动性。小说以激进反抗的诗句《怀拜伦》为序：“拜伦啊，你是黑暗的反抗者，你是上帝的不肖子，你是自由的歌者，你是强暴的劲敌。飘零呵，毁谤呵……这是你的命运罢，抑是社会对于天才的敬礼？”[3] 拜伦反抗的“侠魂”成就了汪中“拜伦式英雄”的气质。在汪中四处飘零、流浪的足迹上烙印着他孤独的叛逆、倔强的生命力，也暴露出社会无处不在的黑暗与罪恶。

其后的短篇小说集《鸭绿江上》同样以“粗暴的抱不平的歌者”的激情，为热血青年指引道路。而《短裤党》则是一首粗糙而嘹亮的革命暴动者之歌。1927 年 2 月的一个又冷又黑的夜晚，蒋光慈受命于瞿秋白写一篇“反映上海工人武装起义”的小说，二人一起讨论了写作提纲与章节内容，蒋光慈信心百倍：“放心吧，我将竭力用心血去谱写好这一支党领导工人斗争的颂歌”。作品着力塑造了工人领袖、共产党员等形象，表现了党领导武装斗争的重大意义。这在中国文学史上还是第一次。特别是杨直夫这个勤恳、忠诚、顽强的党的领导者形象，更为打动人心。《短裤党》是中国现代文学史上，第一部描写工人阶级在共产党领导下进行大规模斗争的

① 蒋光慈：《少年漂泊者·序言》，见《蒋光慈文集》（第一卷），上海文艺出版社，1982 年版，第 4 页。

② 转引自杨义《蒋光慈：革命文学的歌者》，见《杨义文存》（第二卷中），人民出版社，1998 年版，第 72 页。

③ 蒋光慈：《少年漂泊者·序言》，见《蒋光慈文集》（第一卷），上海文艺出版社，1982 年版，第 3 页。

作品，是一座值得纪念的历史的丰碑，也是蒋光慈小说创作上的重大收获。

钱杏邨曾讲过这样一段话：

> 我们也可以把《少年漂泊者》《鸭绿江上》和《短裤党》特别的提出来，因为这三部创作里所表现的完全是一部革命青年的三部曲。《少年漂泊者》代表初期的青年，对于一切怀疑，想找出路，而有了革命的要求的时期，但要求那一种的革命，他们是说不出来的。《鸭绿江上》代表了革命青年的第二期，在这一期里的青年是认清了自己所需要的是那一种革命了，然而还没有挺身向前。《短裤党》代表了第三期，代表了青年的革命家表现他们最伟大的力的时期，是青年革命家的血沸腾到最高点的时候，是他们勇敢向前，走上牺牲的血路的时期。①

蒋光慈作为革命文学的先行者在小说创作上走过这样的道路，结合他的理论倡导，完成了“革命文学拓荒者”的历史使命。然而，时代在前进，革命文学在前进，蒋光慈说，“当此社会斗争最剧烈的时候，我且把我的一支秃笔当作我的武器，在后边跟着短裤党一道儿前进”，《短裤党》并非终结，而是新征程的开始。

（二）“革命＋恋爱”的顶峰之作：《冲出云围的月亮》

“四·一二”事变后，白色恐怖笼罩着多灾多难的中国。革命文学创作中著名的“革命＋恋爱”的结构就是在这个时候由蒋光慈开创的。如果说革命题材是刚性的，那么恋爱题材则属于柔性的，二者相结合既有利于克服早期作品的粗而不精，又深含着在历史转折关头，以刚柔并济的手腕表现革命青年苦闷、悲愤与迷惘，鼓舞奋起精神的苦心。

《野祭》是蒋光慈最早尝试的“革命＋恋爱”模式的小说。革命文学家陈季侠赁居于章淑君家中，章淑君对陈季侠体贴照顾，无微不至，从对一个革命作家的仰慕演变成爱慕。但是陈季侠认为她相貌平常，反映淡漠，反而对小学教员郑玉弦一见钟情。淑君求爱无果，发奋阅读革命书

① 钱杏邨：《关于〈短裤党〉》，《太阳月刊》，1928年2月号。

籍，投身到工人运动中。反革命政变发生后，郑玉弦一直托词规避着陈季侠，而章淑君则被秘密处决。陈季侠此时才度量出二者的价值，准备好玫瑰酒和鲜花为淑君举行了深情的野祭。“革命”在恋爱中起到主导作用，既是章淑君所以会对陈季侠产生爱慕的初衷，也是章淑君所以在身后获得陈季侠深情的砝码，“革命＋恋爱”的模式首次呈现。此后的《菊芬》被具有浪漫蒂克情调的革命作家竞相效尤，钱杏邨所言“现在，大家都要写革命与恋爱的小说了，但在《野祭》之前似乎还没有”是客观的，“革命＋恋爱”于是成为左翼文坛流行的书写模式。而蒋光慈自己则接连发表了《最后的微笑》《丽莎的哀怨》，反复书写着“革命＋恋爱”。1930 年 1 月，蒋光慈的《冲出云围的月亮》由北新书局出版，被称为“革命＋恋爱”的顶峰之作。

大革命后期走上革命道路的女兵王曼英，在时局残酷的逆转之后，陷入空虚迷茫中，“与其改造这世界，不如破毁这世界，与其振兴这人类，不如消灭这人类”。她在大上海凭借姿色捉弄买办少爷、资本家的公子、傲慢的政客、蹩脚的诗人，以此报复黑暗的社会。后来逐渐接近革命者李尚志，当初他曾是自己的追求者，但因为不够漂亮又木讷被拒绝。但是，与当初革命又漂亮、后来却投靠了敌人的男友柳遇秋截然不同，李尚志在革命失败之后，扎扎实实地从事工人运动，在追求自己毫无结果的情况下，依然保持着坚贞的爱。钦佩与感激之余，王曼英怀疑自己得了梅毒，失去了再爱李尚志的资格，于是继续放荡的生活，意图用梅毒毁灭万恶的世界。绝望的王曼英意图自杀，然而生机盎然的田园风光唤起她求生的意志，并鼓舞她到纱厂从事工人运动。其间她知道自己并非是患了梅毒，最终以革命者的身份与李尚志重新相爱。作者虽然借王曼英之口说“现在不是恋爱的时候”来表明革命的决心，但这部作品无疑在讲述迷途的革命者在恋爱中涅槃新生的故事。篇末，男女主人公在窗前偎依赏月，女主人公意味深长的话，堪称点睛之笔，“这月亮曾一度被阴云遮掩住了，但现在它冲出了重围，仍是这般的皎洁，仍是这般的明亮!”① 冲出重围的月亮——革命者的新生是通过爱情与革命的双重选择实现的。迷途的王曼英的指路人和救赎者——工人李尚志是作为核心价值代言人出现的，指引王曼

① 蒋光慈：《冲出云围的太阳》，见《蒋光慈文集》（第二卷），上海文艺出版社，1982 年版，第 153 页。

英走上幸福的爱情小道，同时也走上了革命的康庄大道。王曼英这个转变中的人物，是时代知识分子的象征，对她——他们而言，“爱情”与“革命”有着独特的意义。

大革命失败后，白色恐怖笼罩中国，激进的“左”的革命思潮占据党内上风。瞿秋白、李立三等领导者渴望一扫政治高压下的低迷，渴望迅速夺取革命的胜利，在文学创作上则试图把浪漫主义作为越过目前黑暗状态的翅膀，“革命的浪漫蒂克”应运而生。当时的左翼理论家叫喊：“出路！出路！这便是自然主义不同之点，正因为作者是以无产阶级的意识去观察社会，所以才有这么一个出路，它不但写出病状，还要下药，这‘暗示的出路’便是革命文学的活力，没有这个活力，便不成其为革命文学。”可以见得当时的普罗文学被规定为“煽动艺术”，幼稚的政治幻想已经成为强制的理论教条。在这种理论指导下，革命文学不可能再描写黑暗挫折和失败，只能主观主义和教条主义地描写革命成功的光明前途。“革命的浪漫蒂克”曾在革命阵营内产生很大影响，华汉、钱杏邨、娄适夷等一大批创造社、太阳社的作家都曾在革命低潮对革命英雄，革命终将胜利做了标语、口号式的渲染，这种狂热的情绪也确实给低潮之中的读者以强烈的刺激与振奋。其中最典型的代表是蒋光慈的“革命＋恋爱”系列作品，他选择“爱情”作为革命的载体是巧妙的。钱杏邨曾讲到，大革命失败后，“要恋爱成了流行病，人们疯狂的寻觅肉的享乐，新奇的性欲的刺激……在沉静的空气中，烦闷的反映是沮丧消极；在紧张的空气中，是追寻感官的刺激……单身的女子若不同人恋爱几乎罪同反革命，至少也是封建思想的余孽。”① 革命与恋爱，时代青年最瞩目的两种话语在蒋光慈的小说中遇合，及时抓住、迎合、抚慰了敏感青年的心，以爱情的价值选择起到了政治导向的作用，燃起了新的希望与热情。从这个意义上讲，“革命”与“恋爱”的巧妙构设与激情书写功莫大焉。

当然，对于左翼文坛的“革命罗曼蒂克”书写脱离现实、概念化倾向和公式化弊病严重、艺术上简单幼稚的毛病，“革命＋恋爱”模式也难辞其咎。这种模式缺乏文学的独创性，而是通过不断地复制公式化的情节、描写脸谱化的人物，把“革命”与“恋爱”这两个元素简单地相加，缺乏艺术上的现实性而成了简单的公式。随着政治风向急转，“革命罗曼蒂克”

① 钱杏邨：《关于〈短裤党〉》，《太阳月刊》，1928年2月号。

受到了来自左翼文艺批评家的批判，“革命＋恋爱”的文本从人人追捧瞬间沦为众矢之的。茅盾在《“革命”与“恋爱”的公式》一文中颇具嘲讽意味地列举了三种模式：1. 小说的主人公，干革命又闹恋爱，但恋爱会妨碍革命，“为革命而牺牲恋爱”。2. 主人公干革命又闹恋爱，恋爱与革命不再冲突，而是相辅相成，女性最终选择最革命的男性，“革命决定恋爱”。3. 干革命工作的一对男女自然而然地成熟了恋爱，“革命产生了恋爱”。①而钱杏邨的批评更切中“革命＋恋爱”书写脱离现实斗争生活的弊病，“外面在暴动了，我们的男英雄，正在亭子间拥抱着女志士热烈地亲嘴呢。革命的青年，一面到游戏场去玩弄茶女，一面是不断地诅咒资本主义社会，要求革命。那些因恋爱失败而投身的，照例把四分之三的地位专写恋爱，最后的四分之一把革命硬插进去”。②

实际上，蒋光慈自己对“革命＋恋爱”的书写模式也有所反思。早在1929年10月旅居东京时，他就在日记中写到“读完了法节也夫的《坏灭》。法氏的笔调很生动，描写心理尤能精细入微。在艺术手腕上，他比李别金斯基高明得多了。”③ 蒋光慈从1930年3月始，在《拓荒者》上连载小说《咆哮了的土地》，与以往的小说大有不同。尽管还存在书写浮面、结构不甚合理等问题，不容忽视的是，严格的现实主义描写、精细入微的心理分析得到运用。在土地革命的火热斗争中，在农村生活深厚的现实土壤中，这部长篇获得了沉实而舒展的品格。主人公张进德和李杰的形象则超越了他以往塑造的工人和知识分子形象，特别是出身大地主家庭的知识分子李杰，他的成长道路、心灵历程得到细致、合理的展现，体现了革命斗争对人灵魂的塑造与陶冶。

遗憾的是，这是蒋光慈最后的作品。郭沫若曾讲到“假如再多活得几年，以他那开朗的素质，加以艺术的洗练，‘中国为什么没有伟大作品’的呼声怕是不会被人喊出的吧”，④ 对于蒋光慈在著作被查禁、被狂轰滥炸造成的心理与经济的双重压力下的英年早逝，惋惜之情溢于言表。即便是

---

① 茅盾：《“革命”与“恋爱”的公式》，见《茅盾全集》第20卷，人民文学出版社，1990年版，第337页。

② 钱杏邨：《〈地泉〉序》，见《地泉》，湖风书局，1932年版，第2页。

③ 蒋光慈：《异邦和故国》，见《俄罗斯文学》上卷《十月的花》，转引自杨义：《杨义文存》（第二卷中），人民出版社，1998年版，第80页。

④ 郭沫若：《创造10年续篇》，《郭沫若全集》文学编第12卷，人民文学出版社，1982年版，第211页。

《咆哮了的土地》也在仅刊出十三节，不到全篇三分之一的时候，因刊物遭禁而中辍，全书出版迟在作者身后。清算“革命＋恋爱”的公式的荣光，花落于丁玲的《水》。

三、投身到革命的洪流中去：丁玲的《水》

（一）从“莎菲”的苦闷中走出

1904年，丁玲出生在湖南常德一个没落的封建贵族家庭。祖父做过大官，家资颇丰，父亲蒋浴岚十几岁中秀才，后留学日本，聪明、慷慨、洒脱，却又有公子风度，喜欢挥霍，还染上大烟瘾，刚刚三十岁出头就病逝了。母亲姓余，闺名曼贞，生在常德书香人家，幼年读私塾，习诗作画。正如丁玲在《母亲》中所写的：

> 在女人中，她是一个不爱说话的。生得并不怎么好看，却是端庄得很，又沉着，又大方，又和气，使人可亲，也使人可敬。她满肚子都是苦，一半为死去的丈夫，大半还是为怎样生活；有两个小孩子，拖着她，家产完了，伯伯叔叔都像狼一样的凶狠，爷爷们不做主，大家都在冷眼看她……靠人总不能。世界呢，又是一个势力的世界，过惯了好日子，一旦天坍下来，真受苦……①

终于，这位三十岁的母亲，逃离了族人虎狼般的包围，勇敢地走上了自主的道路，与女儿一同进常德第一所女子学堂师范科学习。她放开小脚，忍着剧痛和歧视在广场上跑步出操。两年后，终于成为小学教师。母亲凄凉的处境和坚毅不屈的性格，对丁玲产生着深刻的影响。她自重自爱，性格孤傲倔强，母亲丰富的文化知识和新思想，也使丁玲受到了很深的文化教育和新思想的熏陶。1922年春天，丁玲在母亲的支持下，解除了与表兄的婚约，放弃了即将拿到手的毕业文凭。这个“流放的叛徒”，“像一只放出笼的鸟”同好友王剑虹、王一知、杨之华等七人结伴来到上海。

---

① 丁玲：《母亲》，《丁玲全集》（第1卷），河北人民出版社，2001年版，第141～142页。

1923年夏天，与王剑虹进入共产党主办的上海大学。当时的上海大学，邓中夏任学校总务长，瞿秋白任社会科学系主任，陈望道任教务长，茅盾教小说研究。丁玲在文学系旁听。尽管身在革命知识分子的圈子中，但这位二十岁的少女没有被共产主义吸引住。挚友王剑虹不幸患肺病死去，丁玲更加孤独和寂寞，1924年夏天，她踏上了北去的火车。在北京，丁玲与“勇猛、热烈、执拗、乐观和穷困”的胡也频相爱，他们读《晨报》副刊、《京报》副刊，讨论歌德、海涅、托尔斯泰、莎士比亚、鲁迅……丁玲这时的思想还是非常混乱的，恰如她在《一个真实人的一生》中写道“有着极端反叛的情绪，盲目地倾向于社会革命。但因为小资产阶级的幻想，又疏远了革命队伍，走入孤独的愤懑、挣扎和痛苦”。① 1927年“四·一二”反革命政变爆发，轰轰烈烈的大革命被埋葬在血雨腥风之中，丁玲被惊醒了：

我每天听到一些熟人的消息，许多我敬重的人牺牲了，也有朋友正在艰苦中坚持，也有朋友动摇了，我这时极想到南方去，可是迟了，我找不到什么人了。不容易找人了。我恨北京！我恨死了北京，我恨北京的文人！诗人！形式上我很平安，不大讲话，或者只像一个热情诗人的爱人或妻子，但我精神上苦痛极了！除了小说我找不到一个朋友，于是我写小说了。②

1927年秋天，她开始用丁玲这个笔名创作。第一篇是《梦珂》，以头条的位置发表在同年十二月的《小说月报》上。女主人公逃离了破落的封建家庭，在学校，不满教员对女模特的侮辱而离开，寄住在姑母家，表哥践踏了她的爱情。四处碰壁后，又不能追随“中国的苏菲亚”，从事社会活动，只得当演员，遭到的却是肉体与精神上更大的凌辱，在报纸杂志一派“天香国色”“闭月羞花”的喧嚷中，走向黑暗的深渊。一个孤独的女子与整个污浊的社会相抗争，一个倔强的灵魂在人间地狱中备受煎熬，梦珂的悲剧是一个个性主义者的心灵悲剧。冬天，丁玲写作了《莎菲女士的日记》，再次发表在《小说月报》。诚然是“好似在这死寂的文坛上，抛下

① 丁玲：《一个真实人的一生——记胡也频》，《人民文学》，1950年第12期。
② 丁玲：《一个真实人的一生——记胡也频》，《人民文学》，1950年第12期。

一颗炸弹一样，大家都不免为她的天才所震惊了”，① 主人公莎菲被茅盾称为“五四以后解放的青年女子在性爱上的矛盾心理的代表者”，丁玲一举成名。此后不到半年的时间，《暑假中》《阿毛姑娘》又刊载于《小说月报》的头条位置，并结集为《在黑暗中》，1928 年 10 月由上海开明书店出版。

《莎菲女士的日记》是采用日记体裁，才气淋漓地解剖人物灵魂的心理小说。女主角莎菲从小离家孤身在外，身患肺病，严重失眠，在公寓的生活穷困潦倒。在她身边，有一对情侣，云霖和毓芳维持着精神的恋爱，“不给那肉体接触的机会”。莎菲不以为然，嘲笑这种禁欲主义的“科学”之爱。在她身边，还有两个情人。苇弟忠厚善良，对莎菲体贴入微，但不了解她的心，只会哭哭啼啼地哀求。莎菲同情、感激苇弟，但讨厌他的怯懦，“如若不懂我，我要那些爱，那些体贴做什么”，“有人懂得我，便骂我，我也可以快乐而骄傲”。另一个男人是凌吉士。这位从新加坡来的橡胶园资本家的少爷，有着漂亮的外貌、毫无拘束的谈吐，极为文雅的教养，潇洒的文明风度，令莎菲一见倾心。于是，她搬到离凌吉士近的地方去住，请凌吉士帮她补英文。不久，莎菲就看透了他，这是一个自私自利的小人，他的志趣只是赚钱花钱，吃喝玩乐。一向倨傲骄纵、自视清高，把女性尊严看得高于一切的莎菲陷入了“懊丧”，“想起那落在我发际的吻来，真使我悔恨到想哭了！唉！我应该怎样来诅咒我自己了”，“我决心让那高小子来尝一尝我的不柔顺，不近情理的倨傲和侮弄”。她主动约会凌吉士，在承受了凌吉士那“富于诱惑性的红唇”的吻以后，一脚踢开了他。莎菲陷入更加难以自拔的痛苦和绝望，她决计在无人认识的地方，浪费自己的生命。小说结尾莎菲狂笑地怜惜自己：“悄悄地活下去，悄悄地死去，啊！我可怜你，莎菲！”丁玲用大胆的毫不遮掩的笔触，细腻真实地刻画出莎菲倔强的个性和反叛精神，同时明确地表露出脱离社会的个人主义者的反抗带来的悲剧结果。

丁玲曾这样谈到《莎菲女士的日记》：

有人讲“莎菲就是丁玲，她玩弄男性，追求性爱……”这些人不懂。莎菲怎么能是我呢？我那时与胡也频住在一起，还是比较幸福

① 毅真：《当代女作家论》，《妇女杂志》，1930 年 7 月 1 日。

的，不像莎菲那样，整天关在屋子里很难受。但有没有作家的东西，我认为任何作品都不能超出作家的思想，一定会有，没有不可能。这个作品里，有没有我的东西，有，但不是什么性爱，玩弄男性，主要是一种苦闷的东西，寂寞的东西，我都厌倦了的东西。到底追求什么，自己也不明白，莎菲追求、向往的是她还没有把握的……①

的确，《莎菲女士的日记》呈现出满塞胸臆的苦闷，这种莎菲式的苦闷是属于丁玲的，也是属于那个时代的，恰如茅盾所说："在《莎菲女士的日记》中所显示的作家丁玲女士是满带着五四以来时代的烙印……她的莎菲女士是心灵负着时代苦闷的青年女性的叛逆的绝叫者。"② 然而，莎菲女士的"绝叫"是慷慨快意的、酣畅淋漓的，似乎达到了一个极致，那么背后也必然隐藏着转机。冯雪峰是懂得丁玲的，他说"第二篇问世的《莎菲女士的日记》，是《梦珂》的一个发展，艺术手段也高得很远了；但这发展，同时也就是一个不能再前进的顶点，面临着一个危机了。"③

之后，丁玲创作了《阿毛姑娘》《庆云里中的一间小房里》，对乡间少女、进城为娼的少妇投去深深一瞥。莎菲独特的个性、倔强的性格仿佛还在，写作视点的下沉带给文本沉实的力量。这是丁玲创作走出"莎菲式"苦闷的风向标。写于1930年1月的小说《韦护》取材于挚友王剑虹与瞿秋白的爱情生活。小说写革命者韦护和丽嘉之间的爱情纠葛，尽管反映了小资产阶级知识分子"从黑暗逐步走向光明"时的矛盾与苦闷，然而时代的亮色透了出来，男主角韦护则成为新文学史上最早出现的一批革命者形象之一。无怪乎冯雪峰说"在《韦护》里，作者正在把无政府主义思想和青年知识分子的浪漫生活埋葬"，作品中所流露出的对党领导的红色根据地的热烈向往成为丁玲的世界观走向决定性转变的前兆。1930年5月发表的两篇《一九三〇年春上海》把男女主人公的活动放置在极其广阔的社会生活基础上，革命运动正在猛烈兴起、发展。人物的思想行为不再是孤立的、个人化的，而是紧紧与时代、与群众革命斗争联系在一起。他们或者

① 孙瑞珍、李扬：《丁玲》，见阎纯德主编：《二十世纪中国著名女作家》，黑龙江人民出版社，1983年版，第10页。

② 茅盾：《女作家丁玲》，《茅盾全集》，第19卷，人民文学出版社，1991年版，第434页。

③ 冯雪峰：《从〈梦珂〉到〈夜〉——丁玲〈文集〉后记》，见袁良骏主编：《丁玲研究资料》，天津人民出版社，1982年版，第295页。

为革命而极力摆脱恋爱的束缚，或者要与爱人共同奋斗，无不以真切的时代的浪潮、群众革命斗争为背景。尽管小说中爱情的结局带有悲剧意味，但作品一扫她早期创作中感伤、忧郁乃至绝望的情调，代之以一种明快、乐观的基调。尽管丁玲自己也曾说她这一阶段的创作落入了“光赤式的陷阱”，我们仍然要认识到这是丁玲创作走出“莎菲式”的苦闷，冲击到时代风口浪尖、深入到工农群众火热斗争生活的一座必不可少的桥梁。

（二）冲决一切的力量：《水》

1932年9至11月，丁玲的短篇小说《水》在《北斗》第1～3期连载。小说以1931年夏天中国16个省的水灾作为背景，以灾难中的农民群众为主人公，以鲜明的阶级观点、粗犷奔放的笔触描绘出农民与水灾搏斗的惊心动魄的场面、搏斗中体现出的巨大力量，以及他们逐渐觉醒的过程。这场大水冲毁了他们的家园，也冲破了他们对官府的幻想，他们终于将忍耐化作怒火，“凶猛的，朝镇上扑过去”。“水”明显具有两重寓意：其一是无情的洪水给人民带来的巨大灾害，而反动政府比洪水还凶残，人们能逃脱洪水袭击，却逃不脱反动政府的压榨；其二是觉醒的农民“群”的力量如洪水奔腾般势不可挡。

《水》获得左翼文学界的一片赞誉：茅盾指出《水》的发表“不论在丁玲个人，或是文坛全体都表示了过去的‘革命与恋爱’的公式已经被清算”。阿英说“《水》的发表是左翼文艺运动在一九三一年最优秀的成果”。冯雪峰则认为：“《水》的最高价值，是在最先着眼于大众自己的力量”，并宣告了“一种新小说的诞生”，对后来出现的以丰收成灾为题材的小说产生了深刻的影响。确实，《水》的创作终于突破了个人创作的瓶颈，丁玲因而脱胎换骨为“我们所需要的新的作家”（即党的革命作家），它同时也冲决了“革命＋恋爱”的左翼小说模式，被认定为整个左翼文学的分水岭。继《水》之后，丁玲又先后创作了反映走投无路的农民去上海找活路，结果怀着失望的心情徒步回家的《奔》，歌颂革命志士壮烈牺牲的《某瘦》，赞美工人阶级觉醒的《消息》《夜会》，揭露帝国主义破坏工人运动的《诗人亚涪夫》以及控诉日寇入侵和蒋介石政府不抵抗主义的《多事之秋》……这些作品猛烈抨击了国民党反动统治，喊出工农抗争的吼声，描绘了一幅幅30年代风起云涌的时代画卷。

鲁迅甚至说“丁玲是我们最优秀的作家。近来她很努力，茅盾都要写不过她的。”① 丁玲以爆发的创作力不断趋向社会政治思想的新高度，在亢奋突进的创作状态背后有着巨大的思想、情感的推动力。在黑暗中经过一段大胆的探索之后，丁玲、胡也频这一对革命伴侣、青年作家，思想前进了，感情升华了。胡也频正式加入了中国共产党，他们的小家频频成为会议召开的场所，丁玲备受感染。1931 年 1 月 17 日，胡也频被捕，丁玲内心痛苦地呼喊着：“我要救他，一定要把他救出来，我实在不能没有他，我的孩子也不能没有爸爸。”然而，她四处奔波，组织、同志、朋友也在多方营救，却毫无结果。2 月 7 日，左联革命作家胡也频、柔石、冯铿、李伟森、殷夫及其他革命者共二十三人，饮弹倒在龙华的荒野上……丁玲在《一个真实人的一生》中纪念道：

> 想到他的勇猛，他的坚强，他的热情，他的忘我，他是充满了力量的人呵！他找了一生，冲撞了一生，他受过多少艰难，好容易他找到了真理，他成了一个共产党员，他走上了光明大道。可是从暗处伸来了压迫，他们不准他走下去，他们不准他活……悲痛有什么用！我要复仇！……问题横竖是一样的。他的一生就这样结束了，他用他的笔，他的血，替我们铺下到光明去的路，我们将沿着他的血迹前进。②

在危难时刻，丁玲的意志没有被瓦解，而是变得更加倔强坚定。她把刚满三个月的婴儿送回湖南老家，又奋不顾身地投入更残酷的斗争中。彼时的上海，白色恐怖日益严重，进步刊物屡遭查禁，左联书店被封闭，丁玲毅然挑起了创办《北斗》的重担。鲁迅借回答《北斗》杂志的询问，发表了《答〈北斗〉杂志社问》，并为《北斗》翻译和撰写过许多文章。瞿秋白写杂文是从给《北斗》写稿开始，并以此为阵地，发表了大量论文与翻译作品。冯雪峰、阿英、周扬、夏衍以及谢冰心、陈衡哲、凌叔华、沈从文等著名作家，都在《北斗》上发表作品。著名诗人艾青的第一首诗也是在《北斗》上发表的。《北斗》还积极参加文艺大众化的讨论，经常召开读者座谈会，发现培养了不少文学新人和工农作者。丁玲还参加广泛的社会活动。1931 年 5 月，她到光华大学演讲，题目是《我的自白》，6 月又

---

① 转引自张永年：《鲁迅访问记》，《文艺月报》，1933 年 6 月创刊号。
② 丁玲：《一个真实人的一生——记胡也频》，《人民文学》，1950 年第 12 期。

去中国公学青白文艺社演讲《死人的意志不在大家身上吗?》。“九·一八”事变后，她参加了上海反日大同盟的游行示威，她化了装，穿起皮大衣、高跟鞋，为贴标语的同志放哨。丁玲还一度上前线参加救护慰劳工作。12月9日，丁玲与文化界夏丏尊、周建人、胡愈之、叶圣陶、郁达夫等二十多人发起组织上海文化界反帝抗日联盟。1932年1月，她与楼适夷等人参加中国著作者协会。2月3日又同鲁迅、茅盾等四十三人签名发表《上海文化界告全世界书》，抗议日本帝国主义侵略中国、制造“一·二八”事件。这年春天，丁玲加入了中国共产党。在上海南京路大三元饭店，瞿秋白参加了丁玲及田汉、叶以群、刘风斯等人的入党仪式。丁玲举起右手，庄严宣誓：“我只是一个同路人的作家是不满足的。我要当一颗革命的螺丝钉”。瞿秋白曾说丁玲是“飞蛾扑火，非死不止”，赞颂了她对革命的赤诚和追求。下半年，丁玲接替钱杏邨的工作，担任了左联的党团书记。在文艺大众化的讨论中，丁玲到工人中开展工人通讯运动，她还到“大世界”旧书摊做社会调查……在活动、斗争中，丁玲成熟为一名出色的党的文艺、社会工作者，她的创作得到有力的推动。

但是，另一方面我们也应该承认，文学艺术作为一种特殊的意识形态，不是以抽象概念的形式，而是以感性的形象来把握生活的。丁玲这一阶段创作在题材内容转变的同时，也进入了一个陌生的感知世界。由于缺乏对工农大众真切、细致的感知和对工农生活的自我体验，她只能放弃了自己所擅长的表现人物内心世界的细腻笔法，回避对人物心理进行直率、大胆的剖析，也就缺乏早期小说那种浓重的抒情色彩。尽管与早期小说相比，革命的倾向性得到发展，但早期创作中的某些艺术个性却失落了，其美学价值也相对地有所损失。1933年丁玲的另一部重要代表作、长篇小说《母亲》问世。它标志着丁玲的创作在思想和艺术上都开拓了一个新的境界，跨上了一个新的艺术起点。自此，她不但突破了女性文学的狭小格局，而且从根本上纠正了前一阶段创作中由于放弃自己的艺术个性而造成的内容与形式的矛盾。栉沐了人生的凄风苦雨，饱尝了时代的风刀霜剑，在日新月异的时代生活中，在险峻多变的矛盾斗争中，丁玲不断以新的作品剖析时代，回应生活，她的创作不断攀上新的高峰。

第三章　蹈苦难而涅槃新生

1927年蒋介石在发动“四一二”反革命政变后，建立了南京国民政府，实行专制统治，在军事和文化上对共产党和进步人士进行反革命“围剿”。同时，国际风云变幻，由于资本主义世界的经济危机，各帝国主义国家加紧了对中国的侵略进程，日本帝国主义更是将魔爪由东北三省伸向了中国的内地。在这样一个内忧外患的时刻，苦难的中国人民奋起反抗，反抗阶级压迫，保家卫国，抵御外侮。在这片浸染了鲜血的土地上，生活着千百年来日复一日劳作着的人民，他们与整个民族一起遭受苦难，为了生存而挣扎，有的被命运的车轮碾碎，有的却在熊熊的烈火中最终觉醒了，反抗了，涅槃而得新生。

当时阶级矛盾和民族矛盾十分尖锐复杂，反“围剿”、反侵略成了文学家们最迫切表达的重大文学主题。有着强烈的历史和社会责任感的左翼作家们，忠于时代的使命，以描绘整个中华民族正在遭受的苦难和唤醒中国人民的觉醒为己任，涌现了一批伟大的作品。茅盾意图通过《子夜》的创作，谱写一曲气魄宏大的“都市——农村交响曲”①，来论证中国社会处在怎样的社会发展阶段，又将何去何从。虽然《子夜》的最终面貌只是匆匆一瞥地写了农民，对于工人罢工的描写也略显浮露，却称得上是当时左翼文学的扛鼎之作，完成了文学家所承担的社会责任。茅盾同时期创作的《春蚕》《秋收》《残冬》农村三部曲中更加深刻地写出了中国的半殖民地半封建社会的畸形形态带给农民的致命的磨难，弥补了《子夜》的缺憾，它们相互弥补，一起描绘了中国社会的全貌。继承鲁迅衣钵的乡土小说派，如王鲁彦、彭家煌、许杰等人，他们在20年代描写了挣扎在苍凉的土

① 茅盾：《〈子夜〉写作的前前后后》，《新文学史料》，1981年第4期。

地上的人们，写出了乡土中国的整体风貌，以批判的态度与反思的视角剖析了传统的宗法礼教影响下的国民精神的特点。到了30年代，这些作家更加注重以阶级意识和改造故乡的意识来描写农村及农民，彰显了时代的精神。同样受到了鲁迅深刻影响的柔石，也抛弃了熟悉的小资产阶级题材，转向了农村题材的描写。在《为奴隶的母亲》中，柔石以沉痛的笔墨写出了在贫困和陋俗的夹击下，伟大的母爱被戕灭乃至无容身之地的落后农村。与鲁迅有着深厚的师生之谊的萧红，以女性细腻感性的笔调写出了东北土地上的农民对生命的冷漠，对死亡的麻木，但是抗战爆发，失去了脚下的土地的他们开始反抗，生命的一潭死水自此被搅动了。

一、社会现实的精确剖析：茅盾的《子夜》

（一）“文学巨匠”茅盾

茅盾在中国文坛绝对是个如雷贯耳的名字，他既是伟大的现实主义文学巨匠，也是一位卓越不凡的评论家，他为文坛发现一大批优秀的作家，装扮和丰富了文学的园地。但是这样一位成就卓著的文学家却在近十几年间遇到了尴尬。1988年和1989年，在“重写文学史”的旗帜之下，短时间出现了一系列猛烈批评茅盾及作品的文章，首当其冲的是他的代表作《子夜》。王晓明在《一个引人深思的矛盾—论茅盾的小说创作》① 中评价并分析了茅盾《子夜》创作的“主题先行”的问题，认为《子夜》人物形象特别是吴荪甫的塑造有其成功之处，但那是根源于茅盾早年的情感体验和旧有的创作习惯，至于失败之处倒证明了其缺乏审美感受，题材的大胆开拓往往造成触目的缺陷。文中对《子夜》“主题先行”写作以及日后的创作的质疑态度不言而喻。还有文章认为“《子夜》读起来就像是一部高级形式的社会文件”②，认为《子夜》基本还处在素材阶段，其文学性水准只限于讽刺艺术和辛辣的幽默上。1994年，北京师范大学王一川主持编选的《20世纪中国文学大师文库》由海南出版社出版，此文库小说卷收录了

① 王晓明：《一个引人深思的矛盾—论茅盾的小说创作》，《中国现代文学研究丛刊》，1988年第1期。

② 蓝棣之：《一个高级形式的社会文件—重评〈子夜〉》，《上海文论》，1989年第3期。

鲁迅、沈从文、巴金、金庸、老舍等9位小说家的作品，却把茅盾排除在外，这一事件披露于多家媒体，一石激起文坛千层浪，在社会上闹得沸沸扬扬。我们必须承认，这些新的研究和评价指出茅盾的创作中存在着一些意识形态化的问题，是有一定道理的。经典作家和作品不是一切都是完美的，也会存在瑕疵，但并不能因此就否认茅盾在文学上的建树和经典意义。

茅盾（1896～1981），原名沈德鸿，字雁冰，出生于浙江省桐乡县（今桐乡市）乌镇。8岁那年，茅盾父亲患病，从此卧床不起，两年后去世。依照茅盾家乡的习俗，小孩中学毕业，即做学徒养家，但茅盾的母亲遵照丈夫的遗嘱，送他去读大学，从而改变了茅盾一生的道路。1913年8月，茅盾赴北京大学攻读预科，读书相当用功。毕业后进入上海商务印书馆编译所工作。1921年，茅盾担任《小说月报》主编，此时用的还是本名沈雁冰，并成为文学研究会的发起人之一。在此期间，他主要从事文学理论与批评工作，成为文学研究会的主要批评家。茅盾在商务印书馆工作期间，积极投身政治运动，1920年10月，他加入上海共产主义小组，成为最早的中共党员之一。1923年，《小说月报》人事变动，茅盾被迫辞去《小说月报》主编一职。此后，他专心于政治工作，1925年后成为一名职业政治活动家。在广州曾担任国民党中央宣传部的秘书和代理部长，在武汉担任左派喉舌《民国日报》主编。

1927年，国共合作破裂，蒋介石镇压了手无寸铁的共产党，轰轰烈烈的大革命失败了。茅盾列入国民党通缉的第一批共产党的名单。他隐匿在家，杜绝与外界的一切来往，过起了与世隔绝的生活，随着政治热情的低落，茅盾灵魂中的另外一半，艺术气质却充分发展起来，他重新拿笔写作。1928年7月，茅盾离开上海避居日本，脱离了共产党，精神上陷入了幻灭和动摇。

他在这个时期完成了《蚀》三部曲《幻灭》《动摇》《追求》，投给《小说月报》，投稿时用“矛盾”作笔名。但是，主编叶圣陶将其笔名改为“茅盾”。从此，沈雁冰就以“茅盾”之名著称于世。为什么用“矛盾”作笔名？茅盾后来说：

为什么我取“矛盾”二字为笔名？好像是随手拈来，然而也不尽然。五四以后，我接触的人和事一天一天多而且复杂，同时也逐渐理解到那时渐成为流行语的“矛盾”一词的实际；一九二七年上半年我在武汉又经历了较前更深更广的生活，不但看到了更多的革命与反革命的矛盾，也看到了革命阵营内部的矛盾，尤其清楚地认识到小资产阶级知识分子在这大变动时代的矛盾，而且，自然也不会不看到我自己生活上、思想上也有很大的矛盾。但是，那时候，我又看到有不少人们思想上实在有矛盾，甚至言行也有矛盾，却又总自以为自己没有矛盾，常常侃侃而谈，教训别人，——我对这样的人就不大能够理解，也有点觉得这也是“掩耳盗铃”之一种表现。大概是带点讽刺别人也嘲笑自己的文人积习罢，于是我取了“矛盾”二字作为笔名，但后来还是带了草头出现，那是我所料不到的。①

茅盾是他发表第一篇小说《幻灭》时开始使用的笔名，此时的他正陷入对生活、政治、艺术理解的矛盾中。他实在是想做社会活动家，大革命的失败却把他打入了艺术家的行列。茅盾有着传统文人的积极入世的情怀，他曾说：“在过去的六七年中，人家看我自然是一个研究文学的人……但我真诚的告白，我对于文学并不是那样地忠心不贰。那时候，我的职业使我接近文学，而我的内心趣味和别的许多朋友……则引我接近社会运动。②”

和许多认同传统文人人生道路“学而优则仕”的现代知识分子一样，茅盾热衷于参加政治运动，不过，茅盾并不具备政治家的气质，相反，其文人气质相当浓郁。美国记者史沫特莱是《子夜》的英译版的翻译，她在看到《蚀》扉页上茅盾的照片后说“像一位年轻的女士”。茅盾性格敏感，观察力很强，对人物的心理有非常细腻的洞察。有评论家说茅盾擅长写弱者的灵魂，抓住细微心理的瞬间，尤其是女性心理，“就是那种与弱者心灵的相通”，“对那些性格比较刚硬或者卑劣的形象，他用墨总是很吝啬，刻画的线条也比较粗。可是，一到写那些善良软弱的人物，他的笔立刻就活了，精彩的细节一个接一个地跳出来。那种由曲折折、进一步退半步的思路，那些稍纵即逝的下意识念头，尤其是女性的那些说不清道不明的心

① 茅盾：《写在〈蚀〉的新版的后面》，《茅盾全集》第1卷，人民文学出版社，2001年版，第425页。

② 茅盾：《从牯岭到东京》，《小说月报》，1928年19卷10期。

理，他都能从容不迫，一笔不漏地写出来”[①]。茅盾似乎更擅长写弱者或强者的弱面。他同时兼具极度理智和极度感性的双重气质，作为优秀文学评论家，他客观冷静，评论文学作品一针见血，犀利而独到。他又是个感情细腻的人，他总是能在平凡的生活中敏感地发现诗意的闪光。正如他的名字一样，茅盾本身就是矛盾而有魅力的。

从1931年开始，茅盾的创作重心由资产阶级女性转向了经济战场上的资本家和经济破产的农村。长篇小说《子夜》，《林家铺子》《春蚕》三部曲等一系列农村题材的短篇和中篇小说，为无产阶级革命文学的发展奠定了基础。

（二）宏大的史诗《子夜》

瞿秋白曾说“一九三三年在将来的文学史上，没有疑问的要记录《子夜》的出版”。“这是中国第一部写实主义的成功的长篇小说。”[②] 他的预言无疑实现了，《子夜》的确是一部影响深远的现实主义的史诗巨著。1933年1月，茅盾创作的《子夜》由上海开明书店出版，小说印出后三个多月销至四版，可见轰动之概。《子夜》出版不久朱自清就评论说：“这几年我们的长篇小说渐渐多起来了，但真能表现时代的只有茅盾的《蚀》和《子夜》[③] ”。

小说把背景设置在1930年，这一年，汪精卫联合冯玉祥，和蒋介石展开中原大战。而中国共产党则在农村发动起义，在上海组织工人罢工。《子夜》的故事就发生在这样动荡复杂社会背景下。茅盾具有勃勃野心和宏伟的构想，他希望通过这部长篇小说将30年代初中国社会的广阔画面全部囊括，于是他围绕着民族资本家吴荪甫与买办赵伯韬之间的尖锐矛盾，全方位、多角度地描绘了工人罢工、农民暴动、反动当局镇压和破坏人民的革命运动、帝国主义掮客的活动、中小民族工业被吞并、公债场上惊心动魄的斗法、各色地主的行径、资本家家庭内部的各种矛盾……茅盾单刀直入，不惧困难，在《子夜》中描写了社会的大场面，大都市生活、经济生活和工业生活一起展开，涉及近百名人物，有资产阶级、工人阶级、知

① 王晓明：《一个引人深思的矛盾——论茅盾的小说创作》，《中国现代文学研究丛刊》，1988年第1期。

② 瞿秋白：《〈子夜〉和国货年》，《申报·自由谈》，1933年4月2日。

③ 朱自清：《子夜》，《文学季刊》，1934年第1卷第2期。

识分子、军人、妇女等，成为小说之中的巨构。这是多么伟大的艺术野心，多么非凡的文学魄力！将社会的全貌通过这样一部30万字的长篇来展现，这又需要多么高超的艺术技巧！

在现代文坛，有能力驾驭如此庞大叙事的作家屈指可数。《子夜》虽然没能像茅盾所设想的那样囊括社会的全景，却无损于对它的鸿篇巨制、浩大结构的肯定。对于如何结构宏大的题材，茅盾介绍《子夜》的写作方法是这样的："先把人物想好，列一个人物表，把他们的性格发展以及连带关系等等都定出来，然后再拟出故事的大纲，把它分章分段，使它们连接呼应。"《子夜》结构之精心由此可见一斑。它"把好几个线索的头同时提出，然后交错地发展下去，在结构技巧上，竭力避免平淡。①"《子夜》以蛛网一样密实有序的结构交织了众多人物、事件，将这些矛盾像网一样同时铺开，还原生活的真实，艺术地再现了第二次国内革命战争时期的风云，反映了革命星火可以燎原的中国社会风貌。茅盾以《子夜》这部长篇杰作的创作，为中国文学革命事业创造了不可磨灭的历史功绩。

《子夜》以1930年为横截面进行写作，在横截面中以吴荪甫为中心，以赵伯韬为小中心构成网状人物关系图，展开了全篇。《子夜》的主人公吴荪甫出身封建官僚家庭，游历过欧美，他雄心勃勃，精明强干，有雄心、敢冒险，有实力有手腕有理想。他希望做一个正派的民族工业家，在发展民族工业中有所作为，实现他幻想中的"高大的烟囱如林，在吐着黑烟，轮船在乘风破浪，汽车在驰过原野"的工业王国。同时，他又是一个不达目的不罢休的铁腕人物，他兼并工厂不择手段，镇压工人冷酷无情。吴荪甫投下巨资，大力发展他的家乡。在上海，他手下的丝厂业务蒸蒸日上，吞并了不少不景气的小工厂。吴荪甫怀着一颗实业救国的心去打拼，刚开始自信满满，踌躇满志，但是，他的事业却遇到了重重困难，举步维艰。

由于国内政策等众多因素，中国的丝在国际市场上竞争不过日本丝。吴荪甫想降低生产成本，降低工人工资，结果引起工人反抗。工人举行罢工，要求提高工资。而吴荪甫的家乡双桥镇也发生了农民暴动，使他失去了一个重要的经济来源。他不但不能从家乡赚到钱，还要把钱寄回去。在

① 茅盾：《〈子夜〉是怎样写成的》，《茅盾全集》第22卷，人民文学出版社，2001年版，第55页。

维持丝厂运转过程中，吴荪甫遭遇银根紧张。于是吴荪甫开始向公债市场打主意。他在公债市场一路买进，同时策划组建了益中信托公司一下吞吃了八个工厂，一时间他成了上海滩叱咤风云的人物。

但是在公债交易市场上，他受到了买办资本家赵伯韬的打压。公债市场一直是赵伯韬的天下，他被称为公债魔王。是美国金融资本家在中国的代理人，同时他与国民党政界又有勾结。为了操纵公债市场，他可以通过尚仲礼用三十万两银子买通西北军故意后退三十里。他在美国金融资本家的授意下，可以任意摧毁他要摧毁的民族资本家企业，他性格蛮横、凶狠、阴险，生活上荒淫无耻。作为民族资本家的吴荪甫，绝非他的对手。不过吴荪甫自视甚高，一直瞧不起这种金融掮客，加上赵伯韬有意吞并他的企业王国，迫使他俯首称臣，更加强了他要和赵一决雌雄的决心。

壮志雄心的吴荪甫解决了一个又一个危机，最后却还是在公债市场栽倒了，他把工厂和住宅全部押掉做“空头”，用以对抗赵买进看涨的策略。同时，他的姐夫杜竹斋倒戈相向，使吴荪甫彻底破产。破产之后的吴荪甫心灰意冷，曾想自杀，但后来突然又想通了，决定和赵伯韬同流合污。

（三）冷静的社会分析

茅盾在 1930 年参加了一场关于中国社会性质的论战，这部小说的写作意图同当时颇为热闹的中国社会性质论战有关。当时参加论战者，大致提出了三派论点，一派认为中国社会依然是半封建半殖民地的性质，应该在无产阶级的领导下完成反帝、反封建的任务。另一派认为中国已经走上了资本主义道路，革命任务应由中国资产阶级来担任。还有一派认为中国的民族资产阶级可以建立欧美式的资产阶级政权。

茅盾在《子夜》中用小说这一特殊形态表达了他的思考，即“中国并没有走向资本主义发展的道路，中国在帝国主义的压迫下，更加殖民地化了。”① 小说中吴荪甫的软弱和买办化，论证了民族资产阶级担当不起革命的责任，强烈地驳斥了后两派的谬论。

为了更好地论证中国的社会性质，茅盾在小说开头设计了吴老太爷这个人物，以幽默诙谐的手法描写了从农村逃到上海来的老太爷，力图用这

---

① 茅盾：《〈子夜〉是怎样写成的》，《茅盾全集》第 22 卷，人民文学出版社，2001 年版，第 53 页。

个人物的灭亡来印证中国的社会性质已经由封建转变为半封建、半殖民地。小说开头，满脑子封建伦理纲常的吴老太爷从老家来上海避难，看《太上感应篇》的吴老太爷坐在汽车上看到了现代摩登女郎的浓妆艳抹的打扮，包括自己的女儿儿媳，他认为那都是些夜叉和鬼。“机械的骚音，汽车的臭屁和女人身上的香气，霓虹电管的赤光；一切梦魇似的都市的精怪，毫无怜悯地压到吴老太爷朽弱的心灵上，直到他只有目眩，只有耳鸣，只有头晕！”① 可怜的吴老太爷终于忍受不住这现代都市的刺激一命呜呼了。

老太爷的死说明了中国已经不再是保守封闭的封建社会，旧的落后的东西终将被淘汰，这也预示了落后封建终将走向没落和衰亡，这是对那些封建守旧派的讽刺和批判。只以吴老太爷的死来说明中国的社会性质，似乎还不够透彻，于是茅盾又用显得相当生硬的手法继续深化这一主题。比如，小说第一章设计了一个诗人范博文，通过他就老太爷之死发表如下议论：

> 老太爷在乡下已经是古老的僵尸，但乡下实际就等于幽暗的坟墓，僵尸在坟墓里是不会风化的，现在既到了现代大都市的上海，自然立刻就要风化。去罢！你这古老社会的僵尸！去罢！我已经看见五千年老僵尸的旧中国也已经在新时代的暴风雨中间很快地很快地在那里风化了！

茅盾在《子夜》中深刻思考了当时最为紧迫的社会问题：中国将往何处去和谁才能救国的问题，并对此给出了自己的回答。《子夜》中的灵魂人物吴荪甫承载了茅盾对于社会的认知和分析。就吴荪甫的性格来说，他是一个乐观、事业心强、足智多谋、爱国、果断的民族资产阶级代表。在当时的社会大背景下，他一边做大做强自己的事业，一边还要抵住那多如潮水的压力。外部有外国资本的竞争、买办资本的兴风作浪，使那些实业救国的爱国民族资产阶级的失败成为了历史不可阻挡的趋势。内部有工人罢工和农民运动的频繁发生，以及政府的苛捐杂税的增加，这些因素使吴荪甫的失败成为必然。在冷酷的现实的打压下，吴荪甫倒下去了。吴荪甫

---

① 茅盾：《子夜》，《茅盾全集》第3卷，人民文学出版社，2001年版，第14页。

对日益高涨的工农革命运动胆战心惊，必要时不惜借反动武装镇压罢工。这些民族资本家们充分表现出他们作为资产阶级的软弱性、妥协性和反动性。

在某种程度上来说，吴荪甫是个英雄。通过这样一个有理想、有魄力还有实力的人物的失败，说明了失败并非因为个人能力的缺乏，而是阶级属性决定了他的命运的走向。实业救不了中国，民族资本主义的道路在半殖民地半封建的中国是走不通的。即使是像吴荪甫这样的强者在中国发展资本主义，也是办不到的。作品通过吴荪甫的遭遇命运和最后不得不走向破家的结局的描写，证明了茅盾的论断：中国依旧是半封建半殖民的社会，而且更加殖民地化了。

与此同时，从这些资本家的口中，我们知道了共产党的势力一再的壮大，他们活跃于大半个中国，给资产阶级带来了很大冲击。资产阶级对这支队伍从不关心到关心最后到惧怕，这说明无产阶级革命队伍在全中国，点燃了星星之火，将有燎原之势。他们组建起来的队伍为最广大的人民群众欢迎和支持。用吴荪甫代表的民族资本家走投无路的命运以及如火如荼的农村革命来印证中国革命的领导力量应该是无产阶级，也只有无产阶级才能领导中国革命，资产阶级没有能力承担这项伟大的历史使命。

《子夜》这部著作不论从历史还是文学角度来看都具有很高的研究价值。深厚的社会积累和文学修养是茅盾创作出《子夜》这样鸿篇巨制的必要条件。他 1921 年入党，是中共最早的党员之一，亲自参加工人运动和大革命的实践。1927 年以前，茅盾以原名沈雁冰在文坛崭露头角，主要从事的是文艺理论的研究工作。所以，一个革命家的头脑、一个理论家的头脑、一个艺术家的头脑，三位一体，必然会创作出这样伟大的小说来。

茅盾是个富有政治家的气魄的文学家，他在《子夜》中用艺术的手段阐释了一个宏大的政治主题。但是用文学来回答政治问题，就使文学失去了自身的丰富性和生动性，退化成为一种百科全书似的生硬解读。文学有自己的园地，就是用生动形象来展示人生的高远，非要去回答社会政治问题，有时难免力不从心，人物形象也会因功利性太强变得单薄无力。当时就有作家吴组缃看到了茅盾的创作弱点：

他作品的主题，往往似乎从演绎而来，而不是从归纳下手，似乎不是全般从具体的现实着眼，而是受着抽象概念的指引与限制。因此，他的一部小说，往往似乎只是为社会科学理论之类举出一个例证，作为艺术的创作者，就似乎缺少一点活生生的动人心魄的什么。最明显的是他的人物的描写。……这些人物都是作者根据推理设想出来的，而不是根据深刻的实际观察与体验创造出来的，使人对这些人物感觉隔膜，邈远，不可把捉。①

这一批评是比较中肯的，而且现在这种批评的声音也越来越多了。但是值得注意的是，任何一部文学作品都会带上时代的烙印，正是因为如此，我们才更不应该忽视，茅盾是在当时的高压政治条件下，白色恐怖的包围中，以崇高的社会政治责任感和坚定的革命信念写成的“时代感”如此之强的《子夜》。这种精神值得后人的尊重，《子夜》虽在艺术创作上有瑕疵，但是其整体布局上具史诗般宏阔，写大场面波澜壮阔，酣姿喷薄，细节描写的笔触又极为委婉细致，剖析人物心理，刻画出微妙颤动的波纹，无一不彰显出茅盾身为“大家”的风姿，只是斤斤计较于艺术的某些瑕疵，有损于对茅盾的全面认知和公正评价。

二、匍匐在苦难的大地上：柔石的《为奴隶的母亲》

（一）“红色文学家”柔石

柔石（1902～1931），原名赵平复，浙江省宁海人。世称“正学先生”的一代名臣方孝孺，便是宁海先贤。在方孝孺祠堂和柔石家连通的小巷的拐角处，有一方长条石，镌有“金桥柔石”四字，所以他就以“柔石”“金桥”为笔名。

因家境贫寒，柔石十岁才开始读书，1917年毕业于纪念方孝孺的正学小学。1918年考入杭州省立第一师范学校。1924年在一所小学担任小学教师，并开始从事创作。1925年初到北京，为北京大学旁听生，常听鲁迅先生的课。1926年回到浙江后，先后在镇海中学、宁海中学任教。1928年任宁海县教育局局长，从事教育改革，该校成为中共地下党的据点之

① 吴组缃：《评〈子夜〉》，《文艺月报》，1933年6月1日。

一，不少教师和学生后来投身了革命。1928 年夏，宁海农民暴动失败后，柔石协助友人逃难，只身赴上海从事文学活动。

在上海，柔石与鲁迅日渐熟识，经鲁迅推荐，柔石于 1929 年年初接手主编上海版《语丝》周刊，又与鲁迅同办“朝花社”，出版社刊《朝花》。柔石工作热情很高，不避烦琐的工作，常常到文具社、印刷所跑制图、校字之类的杂务。1930 年 3 月中国左翼作家联盟成立，柔石任执行委员、编辑部主任，负责左联机关刊物的《萌芽月刊》的编辑。1930 年 5 月加入中国共产党，以左联代表资格，参加全国苏维埃区域代表大会。

柔石为人诚挚，忠厚朴实，一心投入工作不计较个人利益得失，温柔敦厚却不失刚介耿直，很有几分硬气。鲁迅曾对他的性格做过评价：“他的家乡，是台州的宁海，这只要一看他那台州式的硬气就知道，而且颇有点迂，有时会令我忽而想到方孝孺，觉得好像也有些这模样的。”[①] 与柔石同为一方山水养育的方孝孺，他的“硬气”青史留名，夺得皇位的明成祖朱棣逼迫方孝孺投降并起草即位诏书，他却大义凛然地写下了“燕贼篡位”四字，最终被诛十族。柔石的个性也是如此，当他在面对敌人的屠刀时，台州宁海人的“硬气”再次撑起了不屈者的脊梁，为中国的革命史写下了重重的血染的一笔。1931 年 1 月 17 日，柔石因参加革命工作被租界警察逮捕，2 月 7 日深夜，被国民党枪杀于上海龙华警备司令部，终年三十岁，是“左联五烈士”之一。

噩耗传来，鲁迅深为震惊和悲痛。为了纪念这位热血青年，鲁迅写了《柔石小传》，并写了《中国无产阶级革命文学和前驱的血》[②]，他大声呐喊：“我们现在以十分的哀悼和铭记，纪念我们的战死者，也就是牢记中国无产阶级革命文学的历史的第一页，是同志的鲜血所记录，永远在显示敌人的卑劣的凶暴和启示我们的不断的斗争。”

鲁迅始终不能释怀这位革命青年、忘年之交的牺牲，两年之后，他又写了《为了忘却的纪念》一文，来倾吐他对柔石等五位革命青年作家的深厚情感和思念：“我沉重地感到我失掉了很好的朋友，中国失掉了很好的青年。”在思念和悲愤中，鲁迅写下了一首脍炙人口的诗篇：

① 鲁迅：《为了忘却的纪念》，《鲁迅全集》（第 4 卷），人民文学出版社，2005 年版，第 496 页。

② 鲁迅：《中国无产阶级革命文学和前驱的血》，《鲁迅全集》（第 4 卷），人民文学出版社，2005 年版，第 290 页。

惯于长夜过春时，挈妇将雏鬓有丝。
梦里依稀慈母泪，城头变幻大王旗。
忍看朋辈成新鬼，怒向刀丛觅小诗。
吟罢低眉无写处，月光如水照缁衣。

柔石的一生虽然短暂，创作却非常丰富。目前存有柔石已发表的55万字的创作、63万字的译作和22万字未发表的手稿。主要著作有：《旧时代之死》《二月》《为奴隶的母亲》《一个伟大的印象》，短篇小说集《希望》。译作有：《浮士德与城》《颓废》合译的《丹麦短篇小说集》。同时，他还编辑出版了刊物《语丝》26期、《朝花周刊》20期、《朝花旬刊》12期，以及专门介绍外国版画的画集《艺苑朝华》5辑，对繁荣我国的革命文艺创作，推进新文化运动和扶植新生的木刻艺术有着不朽的功绩。

（二）“典妻”与《为奴隶的母亲》

柔石早期的创作走的是一条抒情浪漫充满人道主义关怀的文学路子，短篇小说《疯人》借主人公的疯狂吐露作者的心声，除爱情外，人间一切都是空，讴歌爱情的尊严和价值。长篇小说《旧时代之死》抨击封建礼教和社会的黑暗，写出了青年人的苦闷与呼号和青年的贫穷与忿恨。社会层面的剖析虽有失深刻，却真实而深刻地描画了青年人在势力的社会中痛苦挣扎的敏感心灵。《二月》是柔石的成名作，沿袭了柔石对人生对心灵的深邃剖析的特点，塑造了在四处辗转中一再碰壁的彷徨无助的孤独的有良知的青年知识者肖涧秋。他逃离都市来到江南小镇寻求心灵的宁静，但是这里也不是世外桃源，文嫂的美好灵魂的消亡使他心灰意冷地离开，再次踏上四处流浪之途。柔石笔下的知识青年们在社会中屡屡碰壁乃至头破血流，他们的灵魂在痛苦中日益敏感，却无力挣扎，无处突破，只好在细细地品味痛苦中做了懦夫和逃兵。

对此，鲁迅有着一针见血的评论：小说描写了“死气沉沉”的旧社会形象，“在寻求安静的青年的眼中，却化为不安的大苦痛。这大苦痛，便是社会的可怜的椒盐，和战士孤儿等辈一同，给无聊社会的一些味道，使他们无聊地持续下去”[①]。“可怜的椒盐”般的“大苦痛”，指的是柔石思想的软弱和对现实的妥协，委婉地批评了小说还缺乏深刻的现实主义精神。一个多月后，鲁迅又意味深长地对柔石说：“人应该学一只象。第一，皮要厚，流点血，刺激一下了，也不要紧。第二，我们强韧地慢慢地走去。”柔石听了后激动地在日记中写道，“我很感谢他的话，因为我的神经末梢是太灵动的像一条金鱼了。”[②] 这或许就是柔石后来创作《为奴隶的母亲》的原因和动力吧。

柔石的《为奴隶的母亲》于1903年3月发表在《萌芽月刊》第1卷第3期。这篇小说一经发表便在当时产生了不小的国际影响。埃德加·斯诺在《活的中国——现代中国短篇小说选》中将此篇编辑入内。远在法国的文豪罗曼·罗兰也对此篇颇为青睐，曾在信中说“这篇故事使我深深地感动”。

柔石在《为奴隶的母亲》中，描写了农村的“典妻”的风俗，成功塑造了饱受精神折磨和肉体摧残的农村妇女——“春宝娘”。“典妻”是一种把自己的妻子当作器物一般出租给别的男人的陋俗，我国的典妻风俗主要流行于南方地区，特别是浙江地区，如宁波、金华、舟山、绍兴、湖州等地，也就是柔石的家乡一带。因为大多数典妻者的目的在于生儿继嗣，所以在浙江也称典妻为“借肚皮”，或“租肚子”。《为奴隶的母亲》所讲述的就是由此陋俗所导致的一个普通母亲的苦难历程，展现了二三十年代的中国农村中被侮辱、被损害、被摧残的劳动妇女的悲惨命运。

春宝爹是个皮贩子，从前还是田里的劳作能手，但是他耽于烟酒赌博，又得了黄疸病，生活难以为继，偏逢地主逼债，他在绝境中听人说李秀才正因没有儿子继承家业而想典一个老实的中年女人，便将主意打到了自己的妻子身上，将妻子春宝娘典押给了李秀才，换得一百元的身价。临典时春宝娘呜呜咽咽舍不得离开，她的儿子五岁的春宝却还不懂得悲哀，母亲还未走远，他已经咿咿呀呀地唱起来了。

“春宝娘”被典到地主秀才家后，操劳着家里的许多杂务事，任劳任怨，秀才对她颇为照顾。后来，她实现了自己的“价值”，生下了一个儿子。新生的婴儿为她和清冷的家庭带来了喜庆，秀才爱子心切，查遍了群

---

① 鲁迅：《〈二月〉小引》，《鲁迅全集》（第4卷），人民文学出版社，2005年版，第153页。

② 柔石：《柔石日记》，山西教育出版社，1998年版，第42页。

书，也难寻一个称心如意的名字。春宝娘不自地又想起了自己的儿子春宝，于是她主张给孩子起名字叫“秋宝”。这正中秀才下怀，因正值其人生之秋，只有春宝娘自己才明白这个名字是因想起了“春宝”。对春宝的思念使她精神恍惚，有时秋宝睡在她的怀里，她却觉得仿佛春宝同时也站在她的旁边，她伸出手去也想将春宝抱住……

在得知春宝病急后，她挂记春宝，终日叹息，瘦的厉害，内心像猫抓一样，焦急不安，有几夜，她搂着秋宝在睡梦中突然喊起来，梦里似乎听见春宝的哭声……她对春宝如此思念，但待到三年满期，她又舍不得秋宝了，却不得不离开秀才家，当她怀着难以言说的痛苦回到自己的家时，挂记了三年的春宝已经不认得她了。

“春宝娘”是浙东一代妇女在典妻陋俗下悲苦命运的缩影，透过她，我们听到了柔石的灵魂之声：这个悲痛欲绝的浙东游子在颤抖、在绝望的哭泣、在嘶喊……

（三）谁之罪？

柔石是鲁迅亲密的同盟战友，鲁迅对柔石的人生规劝、艺术指导促使他的文学创作的题材和风格都产生了巨大转变。柔石继承了鲁迅的“批判国民性”的文学主题，吸取鲁迅的“韧性战斗精神”的创作经验。开始了“流点血，刺激一下”的现实主义批判的文学历程。《为奴隶的母亲》是柔石从小资产阶级作家到无产阶级左翼作家“转换方向”时期的作品。从《为奴隶的母亲》中的“春宝娘”的形象上，我们时时可以看到晃动着的阿 Q、祥林嫂的身影，看到阿 Q、祥林嫂身上所显现的被中国封建伦理扭曲、异化的人性，看到他们因封建伦理和社会压迫所导致的整个精神世界的彻底崩溃。

如果要指出《为奴隶的母亲》与柔石以前作品最大的不同之处，那就是，《为奴隶的母亲》达到了现实主义“真实”观的新的审美境界。柔石把“韧”的精神所代表的对中国传统文化批判的坚持，和“刺激一下”的现实主义创作方法相结合，打破了将知识青年束缚在狭小的世界中品味悲哀的自造的藩篱，以更加冷静地审视写下了人间的惨剧，成功地实践了自己的社会理念，完成了文学观念的转型。

柔石在《为奴隶的母亲》中，提出了春宝娘这样的农村妇女的悲剧到底是谁造成的问题。她们在面对命运打击时，为什么只能忍辱偷生？通过文学作品启发，提高生活在最下层的劳动妇女的觉悟，改变她们思想的愚昧状态，帮助她们从封建礼教的束缚下解放出来，这就是作者创作的主要目的。

经济的破产是造成春宝娘人生悲剧的直接原因。30 年代的浙东地区，柔石的家乡农村经济普遍破产，这是国民党政府的横征暴敛和外来政治经济侵略带来的罪恶后果。所以大批像春宝爹这样的男人没有能力去承担家庭，只好以典妻寻求出路。冯雪峰对此提出了自己的见解，他在刊登柔石这篇小说的《萌芽月刊》编后记中说：“柔石先生的《为奴隶的母亲》，作为农村社会研究资料，有着大的社会意义，请读者们不要忽视此点。”此评语点出了《为奴隶的母亲》的社会批判的内涵。春宝爹为什么会从一个勤快的皮毛贩子和田间劳作能手，堕落到“烟也吸了，酒也喝了，钱也赌起来了”的破落户呢?“然而境况是不佳，债是年年积起来了”又是为何?柔石虽没有解释为何春宝爹如此能干，仍是境况不佳的原因，但在柔石的日记中曾多次出现这样的记载：“溪水泛滥，南门外是白洋洋的一片了。棉花番薯都被浸没，青豆黄瓜多被漂走，多少农人，都纷纷地在那里叹息叫苦。”[①] 这就是春宝一家生存不下去，乃至要典妻的直接原因了。春宝爹的勤劳能干抵不过整个农村经济的破产和灾荒，个人在时代面前的能力是微不足道的。《为奴隶的母亲》虽没有直接反映当时风起云涌的农村阶级斗争，但它接触和描绘了农村中苦难深重的一隅，具有强烈的社会批判性。民不聊生，生存无门，才会为“典妻”的传统陋习提供了滋长的土壤。春宝娘的悲剧虽是偶然的，但又具有必然性，具有广泛的社会警示意义。

春宝娘是畸形的浙东地区的传统风俗“典妻”的受害者，但她的悲剧并不仅仅由重血缘承续的宗法制社会造成，封建伦理的贞节观念也不是造成其痛苦的根源。鲁迅笔下的祥林嫂也是一个嫁过两个男人的农村女性，祥林嫂最大的精神痛苦在于对死后被斩成两半分给两个丈夫的畏惧，在于她捐了门槛之后的充满希望却又经历了希望骤然轰塌的巨大落差。她丧失了生的希望，却又畏惧死后，在战战兢兢中痛苦地死去。祥林嫂的悲剧在于封建伦理的贞节观念对其精神的压迫。春宝娘与祥林嫂经历虽有相同，但是值得注意的是，在整个的出典过程中，春宝娘连普通女性背负的贞节

① 柔石、冯铿：《晨光——柔石冯铿遗稿》，书目文献出版社，1986 年版，第 144 页。

困惑都没有来得及出现，她更没有经历像祥林嫂那样的一女嫁二夫的恐惧，这并不是春宝娘的幸运，而是她更大的不幸。因为她已经彻底沦为奴隶，被社会吞噬的一无所有，她甚至不能称得上是一个人，只是一件可以买来买去的，可以生孩子的货物而已。春宝娘遭受着荒谬的社会带给她道德的冲击，却又无力顾及伪善的社会道德教导女子的驯从和三从四德。男人的出典又将她推向了道德的绝境，她的精神被野蛮的无形鞭子拷打，只能苦苦挣扎。她忍受着社会和男权的双重压迫，她是男人的附属品，男人掌控了她的命运，男人为了生计不无暇考虑她的贞节问题，作为男人附属物的春宝娘自然就没有权利去自怜自哀，自然也就没有了恐惧。她处在社会的最底层，不能选择属于哪个男人，不能选择给谁生孩子，不能选择留在哪个孩子身边，不能为失去的贞节悲悼，这是《为奴隶的母亲》所发出的无力的悲叹和血泪的控诉。

哀其不幸，怒其不争。春宝娘的悲剧在于其不思反抗，处处与生活妥协，满足于“暂时坐稳了奴隶”的现状。她性格软弱，宁可独自背负着失贞的道德枷锁、母子分离的精神裂痕，也没有勇气去反抗施暴的男人和社会，去争得一个女人应有的尊严和地位。几千年封建势力套在妇女身上的种种束缚，使她不敢反抗自己的丈夫，只能顺从地典去了秀才家。春宝娘对不幸的婚姻和屈辱的地位有着深切的痛恨，但她不去反抗，只幻想着命运转机。她愤恨，却顺从、忍耐、苦熬，她对秀才柔顺，对大妻避让，希望能用自己的劳作和儿子来换取暂时稳固的奴隶地位。在生活的泥潭中，她越陷越深，满足于做人的典妻，指望有了秋宝，地主秀会让她在个“新家”长久住下去，“她实在愿意永远在这新的家里住下去，她想，春宝的爸爸不是一个长寿的人，他的病一定是在三五年之内要将他带走到不可知的异国里去的，于是，她便要求她底第二个丈夫，将春宝也领过来，这样，春宝也在她的眼前。①”这当然只是她一厢情愿的梦想，她为大妻所不容，典期一满，她照样被赶出秀才的大门，拖着疲衰之躯，怀着离子之恨回到贫困的旧家，听着春宝爹的训斥，看着日思夜想的春宝陌生惊惧的目光，至此她已完全失去了人生的意义，连暂时的奴隶也做不成了。

① 柔石：《为奴隶的母亲》，《柔石选集》，人民文学出版社，1986年版，第309页。

（四）撕裂的灵魂

《为奴隶的母亲》在左翼文学的革命的阶级的内涵外，还笼罩了一层更为丰富的具有心灵史意义的情感的意蕴。我们能从小说中得到理性的认知：破产的经济、典妻的传统、麻木而驯服的妇女。但柔石是独特的，他的小说蕴有一种奇异的魅力，一股缠绵悱恻之情，我们仿佛看到了春宝娘的被撕裂了的痛苦灵魂。我们在痛恨和抨击吃人的封建陋习，痛心于春宝娘的奴隶性之余，还会因为感情的共鸣而心酸不已，发出惋惜哀叹。无私而无望的母爱描写为小说中冷冰冰的社会剖析披上了人情的外衣，我们从中读到了柔石的深挚的情感。春宝娘，这个连灵魂都破碎了的悲惨女性让我们为之落泪，甚至灵魂也为之震颤。

伟大母爱惨遭灭绝人性的典妻制的蹂躏，柔石擅长描摹细致的情感，将母爱写得凄婉哀怨，移情动人。春宝娘并不爱凶狠残暴的丈夫，却深爱儿子春宝，她舍不得离开春宝，又不能不服从丈夫的意志；她惦念春宝的病情，但无钱无权去照料儿子；她想摆脱奴隶的屈辱地位，又不忍丢下为秀才生的儿子秋宝，她甚至想留在秀才家里，守着秋宝长久地过下去，却又时刻忘不掉春宝。柔石残忍地把“母亲”置于矛盾的交会点上，让每个人物的行动都牵动她的神经，勾起她错综复杂的心理活动。文章激励张扬，又含蓄蕴藉，高昂的反抗与批判下涌动着“爱”的激荡的暗流，激起读者对这个爱子心切而又无权做母亲的“母亲”的深切同情。她的母爱是伟大的，使我们为之动容，但她的母爱更是绝望的，让我们为之绝望战栗。她那伟大而神圣的母爱被无情地典当了。她永远无法拥有健全的母爱，她在春宝与秋宝之间不能两全，她短暂地获得了可以付出母爱的同时，无止境地忍受着被割裂了另一半的残缺。

她就是鲁迅笔下的祥林嫂，但是她的痛苦远在祥林嫂之上。祥林嫂所恐惧的是在死后，她因再嫁身体是否会被锯成两半。春宝娘却要在现世就要承受着灵魂被撕裂成两半的痛苦，这是春宝娘的个人的悲剧，人性的悲剧，也是神圣的母爱被随意践踏和摧毁的社会历史的悲剧。

柔石凭借文学的天分，二十八岁就写出了蕴含深刻的《为奴隶的母亲》，他的未来的艺术成就不可估量。他的作品有着鲜明的时代性，同时又具有独特的个性和永恒的艺术魅力，超越了同时代的热衷于口号标语写作的革命作家。他的牺牲令人唏嘘不已，我们只能幻想，若假以时日，他在喋血龙华之前就构思的反映农村长工生活的小说能够完成的话，将会是怎样的洛阳纸贵的场景吧！

三、“生的坚强”与“死的挣扎”：萧红与《生死场》

（一）《红楼梦》里的痴丫头

萧红（1911～1942），原名张迺莹，萧红是她在成名作《生死场》中开始用的笔名，另有悄吟，玲玲，田娣等笔名。她出生在黑龙江的呼兰县城，她家算得上是当地的富贵大户。这位具有“掀天之意气，盖世之才华”的“三十年代的文学洛神①”，用她短短31年的苦难人生，将自己磨砺成为一颗璀璨的珍珠，留给现代文学史近百万字的文学作品。萧红的一生都在乱世中疲于奔命，在动荡不安中挣扎。好友聂绀弩曾打趣萧红，你的才情若放在《镜花缘》中，与榜首也是不相上下，绝不会垫底的。萧红听了笑着说：“你完全错了。我是《红楼梦》里的人，不是《镜花缘》里的人。我是《红楼梦》里的痴丫头香菱。②”

萧红的自道虽是戏语，却也在无意中隐喻了自己在情之路上的“痴”的一生。她的童年被阴暗的灰色笼罩，母亲早逝，父亲无情，唯有曾祖对她宠爱有加，这是在她的童年时，唯一能够得到的安慰和温暖。③ 1929年，萧红的祖父去世，萧红对自己的家再也没有留恋。1930年秋，萧红初中毕业。她父亲要她与自小订婚的王恩甲结婚，萧红不从。为了逃婚，她从东北逃去到北平，进入女师大附中读书。有远亲关系的表哥陆振舜此时就读北平的中国大学，这对表兄妹开始相爱了。第二年春节前夕，他们的生活面临山穷水尽之境，萧红与陆振舜各自回家。萧红这一段没有根基的浪漫情爱，就此终结。

1931年10月，萧红与家庭发生冲突，她不辞而别，只身前往哈尔滨，但却困居旅馆，所带之钱花光，已面临住、食断供的地步。在无可奈何的情急之下，她不得不去求助未婚夫王恩甲。她缺乏关爱，所以无法抗拒别

① 杨义：《中国现代小说史》（第2卷），人民文学出版社，1998年版，第546页。
② 聂绀弩：《回忆我和萧红的一次谈话》，《新文学史料》，1981年第1期。
③ 以下萧红生平简介参见季红真：《萧红传》，北京十月文艺出版社，2000年版。

人的嘘寒问暖，萧红的心又一次沦陷了，王恩甲的出现彻底改变了萧红的人生轨迹。半年后，萧红怀孕，待到临产期，王恩甲却不知去向。萧红在短篇小说《弃儿》中写道：“7 个月了，共欠了（旅馆）400 块钱。王先生是不能回来的。男人不在，（旅馆的老板）当然要向女人算账……①”这正是她窘迫生活的真实写照。

在旅馆充当人质的萧红，向哈尔滨《国际协报》写信求助，结识了前来看望她的青年作家萧军。萧红的随意涂抹的一首小诗打动了萧军：

那边清溪唱着，这边树叶绿了，姑娘呵，春天来了！

去年在北平，正是吃着青杏的时候，今年我的命运比青杏还酸？

萧军后来说，任何一个有血气的男人，看了她这首诗都会很感动的。他马上就下了决心，无论如何，自己都要拯救这个有才华的女子。萧红与萧军在乱世中心灵相通，相互慰藉，开始共同生活。两人生活非常清苦，仅仅靠萧军做家庭教师和稿费维持生计。后来，萧红和萧军搬进商市街 25 号有了自己的家。他们相濡以沫地度过了艰难的岁月，这段被萧红称为“没有青春只有贫困”的生活，竟然是她一生中最美好的时光，后来被她不厌其烦地记录到小说《商市街》中。

受到萧军影响，萧红开始了创作，1933 年 10 月，他们合著的小说散文集《跋涉》自费在哈尔滨出版。由于《跋涉》揭露了日伪统治下东北社会的黑暗，引起了特务机关的注意，为避免迫害，萧红与萧军辗转来到了上海。

到达上海后，在鲁迅的支持和帮助下，萧红的作品开始在上海的各种刊物上登载。如《小六》《饿》《三个无聊人》等先后发表。萧红成了上海文坛上的一颗新星。1935 年 12 月，萧红的长篇小说《生死场》在上海出版，在当时文学界引起轰动。

随着文学创作的初步成功和经济生活的逐渐改善，萧红与萧军反而走到决裂边缘。他们之间的冲突日益激烈，直至拳脚相向。关于此事，萧红在《苦杯》诗中写道：“我不是少女，我没有红唇了，我穿的是从厨房带

① 萧红：《弃儿》，《萧红文集》，哈尔滨出版社，1991 年版，第 148 页。

来的油污的衣裳。为生活而流浪，我更没有少女美的心肠。”①

萧红的朋友回忆说，朋友们在一间咖啡店相聚时，萧红为自己青紫的左眼解释：“没什么，自己不好，碰到硬东西上。”一旁的萧军却斥责说：“干吗要替我隐瞒，是我打的！”②

家庭的暴力萧红可以忍受，但是萧军的出轨给萧红在精神上以极大的打击，使她无法再进行创作。她孤身一人再次外出漂泊，这一次她走得更远。1936年7月16日，萧红东渡日本，在日本过着孤独而寂寞的日子，1937年1月，从日本回国。9月，由于战争形势的恶化，萧红、萧军与一些文化界人士撤往武汉。在武汉，萧红结识了青年作家端木蕻良。1938年2月，萧红、萧军与端木蕻良等，随丁玲率领的西北战地服务团来到西安。在西安，萧军与萧红感情彻底破裂，从此正式分手。此时，萧红的肚子里偏偏怀着萧军的孩子。5月，萧红与端木蕻良在武汉结婚。婚礼主持人提议新人谈恋爱经过，萧红讲了一段话：

> 我只想过正常的老百姓式的夫妻生活。没有争吵、没有打闹、没有不忠、没有讥笑，有的只是互相谅解、爱护、体贴。我深深感到，像我眼前这种状况的人，还要什么名分。可是端木却做了牺牲，就这一点我就感到十分满足了。

萧红所奢望的平静的生活，是一个女人对感情的最基本要求，端木蕻良的爱却让萧红对此感恩戴德。婚姻生活伊始，萧红与端木就处在了失衡的天平的两端，萧红又一次地陷入了情感的泥沼。婚后不久，日军迫近武汉，端木蕻良不顾大腹便便的萧红，独自一人前往重庆，萧红历尽周折辗转于汉口、重庆、江津之间。1938年底，在颠沛流离之中，她在江津产下一子，孩子生下不久即夭折。

1940年1月，萧红随端木蕻良离开重庆飞抵香港。她在贫病交迫中坚持创作了中篇小说《马伯乐》和长篇小说《呼兰河传》。1942年12月，病情加重的她被送进医院，因庸医误诊而错动喉管手术，不能说话。萧红去

① 萧红：《苦杯》，《萧红文集》，哈尔滨出版社，1991年版，第1173页。

② 梅志：《爱的悲剧——忆萧红》，转引自季红真：《萧萧落红》，人民文学出版社，2001年版，第1153页。

世前的44天里，端木蕻良基本没有履行作为丈夫的责任，守护在身边的是小她6岁的骆宾基。生命的尽头，萧红在一张纸片上写下："半生尽遭白眼冷遇……身先死，不甘，不甘。"①

文艺批评家李健吾得到消息，在《咀华记余·无题》中写道，他最折服的4位女性作家是丁玲、凌叔华、林徽因、萧红。"最可怜"的萧红"好像一个嫩芽，有希望长成一棵大树，但是虫咬了根，一直就在挣扎之中过活……"②

（二）看，这就是"生死场"

《生死场》是萧红的代表作，1934年秋，萧红在青岛完成《生死场》，次年在鲁迅的帮助下于上海问世。1935年作为鲁迅主编的"奴隶丛书"之三由上海宏光书店印刷出版，出版时鲁迅亲自作序。萧红凭借此书在文坛立足，并受到了左翼文学界的极大关注。

《生死场》以广阔的视角展示了东北农民的苦难。萧红把这一片被日军占领的土地喻为"生死场"，她眼光忧郁地注视这片土地上平凡百姓的生与死。正如鲁迅所说："这自然还不过是略图，叙事和写景，胜于人物的描写，然而北方人民对于生的坚强，对于死的挣扎，却往往已经力透纸背。"③

《生死场》的故事跨越十年，20年代东北哈尔滨附近农村中的农民们，一直过着同动物一样"忙着生、忙着死"的悲惨而空洞的生活。他们在空寂而又骚动的"生死场"上过活，时而如猪，时而像狗，生得沉重，死得毫无动静和哀悯。

《生死场》没有严密而完整的故事情节，只是展示了众多故事片断像，用电影"蒙太奇"式的结构方法把它们组接起来。小说讲了几户人家的故事：

二里半跛了脚还要辛苦劳作，一家为找那只迷了路的老山羊丧魂落魄，他们生命的意义和牲口紧紧拴在一起。

嫁过几个男人的王婆，小女儿跌在铁犁下身亡，儿子当"胡子"被杀害，大女儿参加抗日不幸牺牲，而她自己曾因悲愤服毒自杀，被装进棺材

① 骆宾基：《萧红小传》，黑龙江人民出版社，1981年版，第64页。

② 李健吾：《无题·咀华余记》，《世纪风》，1945年9月12日。

③ 鲁迅：《〈生死场〉序》，《鲁迅全集》（第6卷），人民文学出版社，2005年版，第422页。

又活过来了，王婆以坚韧的生命承受着永难结束的苦难。赵三卖掉赖以耕作的老马靠编鸡笼当佣工维持生活。

金枝与成业偷情而怀孕，可她嫁给成业后却常常受到虐待，在夫妻口角中，成业摔死了刚出生一个月的女儿，但金枝那无情命运的轨迹由此才刚刚开始转动。

月英是打鱼村里最漂亮美丽的女人，她那双多情的眼睛常使人感到“落到棉绒中那样愉快和温暖”①，可是现在完全消失了，无情的病魔摧残着她只剩下“线条组成的人形，只有头阔大些，头在身子上仿佛是一个灯笼挂在杆头”，“她像一头患病的猫儿，孤独而无望”。瘫痪后的月英被丈夫视为累赘，任其痛苦地哀号，下体泡在粪便中，腐烂生蛆，活活烂死。

五姑姑的姐姐就要分娩，躺在连草也不给铺的土炕上呻吟，丈夫仍不放过对她的折磨。而此时，“屋后草堆上，狗在那里生产”，人连狗都不如，她们都是卑微无告的生灵。

女人们在冬闲的季节喜欢在炕头聚堆、笑闹，却不能抵御贫病折磨和丈夫虐待，受苦受罪，虽生犹死。男人们自发地组织“镰刀会”，要求地主减租，却被地主硬压软拉，分化瓦解，以失败告终。《生死场》好几户人家都是平行发展，没有主次章节的伸展，起伏变化仿佛任其自然但又与生老病死紧密地联系在一起。除了夫妻口角，邻里交往，春种秋收，生儿育女，浑噩而生糊涂而死外，没有尖锐的矛盾冲突，没有悬念，一切都像一潭死水那样。这就是“生死场”里活得艰辛、苦难、坚韧而又浑浑噩噩的人生图景。

《生死场》在描绘人们如动物一般生死的同时，也生动地展现了人们在苦难中坚强的生存意志，他们虽活得沉默而顺从，却在日本侵略者入侵时焕发出的惊人的反抗意志。十年之后的“生死场”上，黑色的血液凝固在这块土地上，日本旗在空中飘扬。受尽地主压榨的广大农民又受到高举“王道”招牌的侵略者的践踏、烧杀、抢掠、强奸。血的事实，生的愿望使王婆、赵三等愚夫愚妇们震惊觉醒。日本侵略者的烧杀掳掠，使生死场中的人们饱含亡国之恨。终于，在昔日镰刀会的领导者李青山的带领下，他们奋起抗争，对天盟誓，慷慨赴敌。

① 萧红：《生死场》，《萧红文集》，哈尔滨出版社，1991年版，第70页。

四月里晴朗的天空从山脊流照下来，房周的大树群在正午垂曲地立在太阳下。畅明的天光与人们共同宣誓。

寡妇们和亡家的独身汉在李青山喊过口号之后，完全用膝头曲倒在天光之下。羊的脊背流过天光，桌前的大红蜡烛在壮默的人头前面燃烧。李青山的大个子直立在桌前："弟兄们！今天，是什么日子！知道吗？今天……我们去敢死……决定了……就是把我们的脑袋挂满了整个村子所有的树梢也情愿，是不是啊？……是不是……？弟兄们……？"

回声先从寡妇们传出："是呀！千刀万剐也愿意！"

哭声刺心一般痛，哭声方锥一般落进每个人的胸膛。一阵强烈的悲酸掠过低垂的人头，苍苍然蓝天却坠了！

誓师大会悲壮而慷慨，寡妇们发出"千刀万剐也愿意"的呼喊，不能冲锋陷阵的老人也表示"生是中国人，死是中国鬼"，显示了中国人民不可征服的力量。就连一向不问世事只关心自己老山羊的二里半，在家破人亡之后，也跌着脚跟李青山追随人民军去了。萧红以女性少有的雄浑粗犷的笔触让我们看到了神圣的民族战争在奴隶们心头点燃的圣火。就像当时评论家说的，"蚁子似地为死而生的他们现在是巨人似地为生而死了"①，沦落在日本铁蹄之下的东三省人民不战斗就是死亡，别无选择！萧红把人的生和死，与民族的生和死联结在一起。这就是作家自作封面，在中华民族的版图上用一条粗暴的直线隔断东三省的立意，她仿佛在向人们说，看，这就是"生死场"！

（三）麻木的生与悲壮的死

萧红笔下的奋起反抗的东北农民形象敲响了中华民族反抗外来侵略、保家卫国的时代之音，但是同时她的笔触又直指病态的国民心理和异化的国民灵魂。萧红既激励东三省乃至全中国的人民奋起反抗日军的侵略，吹响了民族自立、自救的号角，又仍然坚持了对农民蒙昧混沌的生存状态的揭露。在时代的洪流面前，萧红既能乘风破浪勇往直前，又能认真审视脚踏的土地，激进热情却沉着深刻。

① 胡风：《〈生死场〉读后记》，《萧红文集》，哈尔滨出版社，1991年版，第146页。

鲁迅曾在1933年回顾他早期创作时说过："说到为什么做小说罢，我仍抱着十多年前的'启蒙主义'，以为必须是'为人生'，而且要改良这人生。……所以我的取材，多采自病态社会的不幸人们中，意思是在揭出病苦，引起疗救的注意①"。萧红深刻地秉承了鲁迅的创作精神，走上了一条现实主义的创作道路。她的文笔虽稚涩青嫩，却以鲁迅"敢于正视淋漓的鲜血，直面惨淡的人生"的斗士姿态开始了创作的生涯。

萧红的《生死场》力透纸背展示了东北农民在沦陷前后的惰性和麻木，在死的挣扎和生的顽强中，展现出一幅幅惊心动魄的人生苦难现世图景。有学者评价中国人对待生死的态度，认为："本来人的一生只有两大问题，一是生，一是死，中国人把生命看得太轻，把死看得太容易，甚至有一种嗜杀性，动不动就叫人去死。一方面鼓励人去死，又不让人痛痛快快地活，所以中国人的生活就是不死不活，没有波澜，没有光彩，既无生之快乐，也无死之恐惧，我们民族就是在不死不活中过了一个又一个的世纪，整个民族精神趋于平庸化了。"② 针对中国人对现有生命形态的凝固与守旧，萧红理性地认识到旧中国民众的痛苦不仅仅是因为政治地位的低下及经济上受到严重的剥削，更是基于精神上的被统治与被奴役。在表现旧中国的农民阶层时，她习惯于刻画他们的精神面貌，显现他们的身心状态，积极剖析人与人之间的关系，这些都与鲁迅创作时所选取的角度相同。

在"老马走进屠场"一节，萧红写王婆卖了老马以后所获钱财全被地主取走。阶级意识的觉醒促使了人们秘密组织"镰刀会"进行反抗，但残存在农民心里的良心和道德很快被地主东家的"温情"所唤起，消解了阶级的复仇欲望。赵三是组织镰刀会的主要骨干力量，但因误伤小偷被抓去坐牢时被地主东家一句话放了出来，他便开始忏悔，说"人不能没有良心"，每天弄一点白菜给东家送去，弄一点地豆也给东家送去，这样反抗的欲望土崩瓦解，"地租就这样加成了！"赵三的感恩与沉默是作者笔力深厚的表现，暗示了农民身上的阶级意识与根深蒂固的伦理情结的冲突，农民想要完成自身的历史使命和任务，精神觉醒和文化更新是必要和先决条件，否则，就无法完成真正意义上的觉醒和抗争。这是30年代其他左翼作

① 鲁迅：《我怎么做起小说来》，《鲁迅全集》（第4卷），人民文学出版社，2005年版，第526页。

② 钱理群：《话说周氏兄弟》，山东画报出版社，1999年版，第36页。

家没有注意到的，他们大都只注重农民身上蕴藏的阶级性和革命性的发掘和渲染，而忽视其自身的弱点和阻碍。萧红走在了时代的前端，既有左翼作家的艺术构思，又有鲁迅式的视野。

（四）漫漫长路我独行

萧红是个极具创造力和天分的作家，与30年代的其他左翼作家相比，萧红的创作虽描写革命、抗战的社会生活，却表现出与众不同的特质，显露出鲁迅式的博大胸怀和认知生活的深广，以及女性的感性与温情。《生死场》所书写是时代需要的反抗日本侵略的题材，萧红的书写却赋予这个普遍的时代命题以个性化色彩，表现出与同时代作家秉异的气质。她不像其他人那样热衷于所谓重大题材的创作。她的笔下没有当时所流行的革命与恋爱的冲突，也没有高大的英雄人物，她拒绝用抽象化概念化的方式塑造形象，避免了初期左翼文学观念大于形象的通病。她的对生命价值的关注弥补了当时流行的文学创作的缺憾。

萧红有一颗异常丰富痛苦的灵魂，其创作的独特在于她不是用思考的理念表达情感，而是用情感的理念表达思考。萧红以女性所独具的视角和敏锐的观察力，在《生死场》中用家庭的各种琐事，寻牛、女子被抛弃、生子、漂泊等情节来表现宏大的启蒙抗战主题。萧红善于用细节展现人物的精神世界，表现深远的时代意义。

《生死场》一书中有好几段关于牲畜的描写非常感人，文笔也极生动。萧红在开头就把注意力集中在农人对家畜的强烈感情上。赵三本有反抗精神，但当赵三因失手杀了小偷而不得不卖牛偿债时，他人生的精神气也就自此消失了。二里半为要加入义勇军，毅然舍弃了他那心爱的老山羊，这就是他决心献身抗日的最佳表现。这种细腻的、感性的、却又十分确切的生活化描写，为萧红的创作增添了女性特有的色彩。

萧红以女作家特有的温情关注着乱世中的女性命运轨迹。萧红笔下的女人或者失掉了性命，或者彷徨于无地，与男人相比，她们更加多灾多难。生死场上的人民觉醒了，他们从对生的麻木，到置之死地而后生，最后在民族的仇恨激发下开始反抗斗争，哪怕是思想最落后的二里半也受到了精神洗礼。男人在抗争中找到了他们的价值归宿。这或许应该是一个圆满的结局，而女人呢？战争是属于男人的，女人仍缺乏她们的生存空间。金枝在乡村与都市都无法待下去，在乡村怕被日本人抓走，到都市又被中国男人诱奸，就连想遁入佛门也无门可入。“金枝又走向那里?”萧红的追问留给我们读者的是更深沉的悲凉。作为一个女人，萧红自己的命运尚且如风中飘絮，无根之萍，她又如何能给读者一个圆满的答案呢?

萧红拖着消瘦的身躯郁郁独行在文学的道路上，精神导师鲁迅曾是她心中永远亮着的指路明灯，随着灯火泯灭，能陪她同行的又有谁呢?在文学道路上，她特立独行的文学风格永远不是文坛流行的风向标，在感情的历程只能怪她的伴侣永远不曾真正与她同心，她是孤独寂寞的。漫漫长路，谁与偕行?

在萧红不足十年的创作生涯中，她用自己的伤痛体悟着旧中国民众心灵的创伤，幻化出笔下形形色色的众生相，装点了30年代中国文学艺术的宝库。她怀着纯洁和美好，如杜鹃啼血般至死不渝地信仰和追寻着温暖和爱，辗转于这个令她蒙尘的世界，受尽生活的苦难和精神的折磨。她曾短暂收获过安慰和关怀，却从未真正摆脱过命运的捉弄。一生坎坷的萧红，最终未能到达彼岸，而是遍体鳞伤地生活在冰冷和憎恶的此岸世界，在世俗的白眼中不甘地黯然离去。萧红，用她一生的坎坷和荣耀，对生命的领悟和对土地的眷恋，谱写了永远萦绕文坛的绝世华章。

第四章　前线烽火　英雄辈出

1937 年，日本侵华战争全面爆发，中华大地狼烟四起，文学家们用自己的血和笔书写了抗日战争的伟大篇章。在满目疮痍的大地上，中国人民从未放弃过希望，因为文学家笔下的抗日英雄的故事在人民中间广为传颂。文学家们蘸着烈士鲜血写就了文学的战书，向日本侵略者宣告了英勇的抗争，激励着无畏的中国人民奔赴抗日战场，挥舞着大刀向敌人的头上砍去。在解放战争的战场上，无敌勇士的故事在回荡在传颂，革命的华章在中华大地上奏响。

一、“大刀向鬼子们的头上砍去”：“前线主义”小说

（一）一寸河山一寸血

在最先燃起抗战烽火的东北沦陷区，一批曾经在东北战斗生活、后流亡到关内的东北作家，如萧军、萧红、舒群、端木蕻良、罗烽、白朗等怀着对故土的深情眷恋和对侵略者的无比仇恨，将满腔的热血寄寓作品中，创作了许多反映东北人民英勇抗击日寇的作品。

萧军在《八月的乡村》中描写了东北沦陷区的抗日游击队的战斗生活；萧红的《生死场》中跨越了时间的长河，写了东北小乡村的农民们从为生挣扎到奋起抗争的变化；舒群的《没有祖国的孩子》，描写了一位流落东北勇敢反抗侵略者的朝鲜少年果里；端木蕻良在《螺狮谷》中赤裸裸地抒发了民族仇恨；罗烽在《一条军裤》中塑造了为救助抗日军人而舍身赴死的英雄石匠，在《特别勋章》中以汉奸卖国求荣的可耻嘴脸反衬爱国

仁人志士的崇高伟大；白朗的《生与死》描写一个由浑浑噩噩到清醒自觉地投身反日斗争的英雄……这些杰作都是东北沦陷区抗日小说中富有代表性的作品。

这些来自东北沦陷区的流亡作家们描写了“九·一八”事变后东北人民的抗日斗争，他们的作品共同洋溢着强烈的爱国主义精神和浓郁的东北地方色彩，激励和鼓舞了广大的中国人民誓死不做亡国奴的抗战决心。

随着日军侵略步伐的扩张，战火由东北燃烧到了中国的腹地。1937年，在“八·一三淞沪战役”后，上海被侵华日军占领，只剩下英法等国控制的租界是日军势力未到的地方，文艺工作者利用租界这一特殊环境进行抗日文学活动，在这片小小的被沦陷的上海包围的“孤岛”上，进步的抗战文学得以在敌人的夹缝中继续存在，并产生了几部很有影响的抗日小说。

谷斯范创作的章回体长篇小说《新水浒》，讲述的是与上海毗邻的江南地区一支抗日游击队在成长中的风风雨雨，围绕真假抗日这一中心，众多人物纷纷登场，故事情节一波三折。在艺术形式上，它采用了传统小说的章回形式，规避旧小说的陈词俗套，语言清新活泼，有泥土的气息。这种新鲜的内容和新颖的形式一下子就赢得了“孤岛”民众的热烈欢迎。谷斯范在“孤岛”特殊环境下，用大众化的文艺形式高举抗日旗帜，真正地将抗日的宣传与民众紧紧地联系在了一起。

程造之的《地下》在“孤岛”文学创作中显得尤为厚重宏大。这篇小说塑造了农民抗日英雄老独、罗三等人的形象，讲述的是江苏南通一带农民自发的抗日武装斗争。与这些英勇无畏的农民相对照的，是那些国难当头妥协退让、出卖灵魂的投降分子。这部作品高举抗战旗帜，讽刺了汪伪政权鼓吹的所谓“和平运动”。正因为有谷斯范、程造之这样一批充满爱国激情的青年作家义无反顾的努力，才使日寇包围下的“孤岛”的抗日文学呈现出繁荣的景观。

在日军的铁蹄的践踏下，中华大地哀鸿遍野、血流成河，但是中国人民英勇不屈的反抗却从未停止过。共产党领导的各个抗日民主根据地，在政治、军事上开展了有力的抗日斗争，在文学上也开辟了抗日的新天地，特别是对“新的人物、新的世界”的开掘，使根据地抗日题材的文学散发出卓越的光辉。

在苏北抗日根据地，投笔从戎的丘东平，亲自奔赴抗日前线，成就了英勇的新四军血染的时代篇章。丘东平当时主持鲁艺华中分院教学工作，是“左联”成员之一，是党内一位杰出的文学家。他早年曾任东江特委书记彭湃的秘书，1932 年，他的第一篇小说《通讯员》发表于周扬主编的《文学月报》第一卷第四期，该期“编辑后记”对这篇小说有如下肯定的推介文字：“《通讯员》便是一篇非常动人的故事，这阴郁、沉毅而富于热情的农民主人公，使人联想到苏联小说中所反映的卷入在‘十月’的暴风雨里俄国农民的性格。”

1937 年“八·一三”事变后，丘东平积极从事抗日工作，与欧阳山、草明、邵子南、于逢合作，丘东平执笔创作了反映抗日救亡重大主题的中篇小说《给予者》。后来他在盐城担任鲁艺分院和苏北文协领导工作，一直没有忘怀自己的文学创作。他始终认为好的文学，需要作家不断深入生活，如果生活体验不足，只能报道式地留下时代的画影，作品就缺乏感染力和号召力。因此，他给陈毅同志打了一份申请报告，要求奔赴抗日前线，在枪林弹雨、硝烟弥漫的战斗中，进一步体验生活，搜集素材，进行抗战题材的创作。陈毅同志在与他面谈后，同意了他的申请。

自此，丘东平根据陈毅的指示，在火热的战斗中从事着紧张的创作工作。他用一个月的时间，集中全力写完长篇小说《茅山下》的前五章，共三万五千字。《茅山下》虽是一篇未完成的长篇遗稿，但由于他有较厚实的生活基础，所以作品以多层次小说构架，描绘了新四军部队和日本侵略军激战的壮丽篇章，展现了茅山地区革命群众生活的动人画面。

1941 年夏，日寇扫荡苏北，丘东平率领鲁艺分院师生突围时，不幸于 7 月 24 日在盐城北秦庄壮烈牺牲，时年三十一岁。牺牲时他的挎包里还放着他的长篇小说《茅山下》的手稿。

（二）人民英雄的海洋

让我们将视角转向中国西北那光明的一角，在那里正在进行着艰苦卓绝的抗战，奔赴延安的广大文艺家也纷纷走向社会、深入工农兵，学习民间艺术，运用群众喜闻乐见的文艺形式，创作出了大批崭新的具有中国气派和民族风格的文艺作品。

解放区文艺家们所进行的抗日题材小说创作，表现出与沦陷区和国统区完全不同的特点。就战争小说而言，沦陷区和国统区的抗战小说主题集中在两个方面：一是农民在侵略者的屠刀下被迫起来反抗的觉醒过程；二是表现国民党爱国将士在当局消极抗战政策的压力下艰难抗日的情形。解放区的抗战小说中，主人公往往是翻身做主人的农民们，他们具有饱满的革命热情，洋溢着乐观主义和英雄主义精神。共产党实行的是与其他区域完全不同的抗日民主政策，翻身解放的根据地人民政治觉悟高，抗战热情高涨。他们积极主动投身抗战，支援抗战，为抗战献身。

这些农民，他们并非出身行伍，只是普通的老百姓，却把抗日大业当作自己的事业，献身于抗战，竭尽所能支援解放区武装打赢这场战争。他们或者帮助营救伤员，或者掩护战士们逃出敌人的追捕，或者为游击队提供情报。他们都是平民英雄，孙犁小说中的荷花淀妇女不为儿女私情所羁绊，深明大义支持丈夫离家打日寇。脍炙人口的小说《鸡毛信》中，儿童团员与敌人巧妙周旋，胜利完成了十万火急送信任务。邵子南笔下的民兵英雄智勇双全、勇于斗争、善于斗争。这些人物身上没有来自生活环境的压抑和苦闷，有的是抗战热情和智慧的淋漓尽致的发挥。

在小说《吕梁英雄传》中，面对日本鬼子的刺刀、机枪，猪头小队长要村民说出谁是民兵时，人们选择了沉默，孟二愣的女人被毒打致死，李元元拒绝回答被杀，小女孩被活活烧死，辛老太婆被刺成血人；《新儿女英雄传》中，为了营救牛大水，老百姓合伙凑钱力保牛大水出狱；崔璇的小说《周大娘》中的周大娘为了掩护伤兵烧了自己的房子；《儿子》中的张大妈也是一位深明大义的伟大的母亲，她忍着丧子的悲痛掩护的八路军战士，曾打死了自己当汉奸的亲生儿子。她内心有过挣扎和矛盾，想为自己的儿子报仇，想对伪军说出八路军战士的藏身之处，但民族大义让她熄灭了自己给儿子报仇的念头。

英勇的解放区的人民，在日本侵略者的禽兽行为面前，毫不畏惧，进行了殊死的反抗。《吕梁英雄传》中的周毛旦面对日军的暴行，奋起反抗，将日军用扁担将其活活打死；张忠老汉为救众人抱住猪头小队长滚下悬崖。正是这些普通的民众面对刺刀的坚贞不屈，对八路军抗日行动的支持和保护，甚至不惜做出牺牲的伟大精神，使解放区的抗战文学充满了神圣的力量，历史的车轮在民众的反抗中被缓缓地推动了，并且声势渐大，走向胜利。

解放区战争题材小说在题材上取得了重大突破，将笔触转向了普通民众的觉醒与反抗。解放区小说中“英雄辈出”，抗日英雄“洋铁桶”吴贵，地雷英雄李勇，伉俪英雄牛大水、杨小梅，吕梁英雄雷石柱、孟二愣、张有义、康明理，小英雄雨来、海娃等，但是真正形成了抗战的海洋的却是那些普通民众，正是这些普通民众为传奇英雄们提供了成长的土壤，正是他们的支援才让“洋铁桶”们完成了传奇的事迹。他们虽然没有抗日英雄那样传奇的本领和经历，但顽强不屈的精神却是相同的。

（三）不朽的民间传奇

在抗日的敌后武装斗争中，英雄们无惧凶恶强大的敌人，依靠熟悉的地形、智慧的斗争策略和群众的支持，与敌人周旋抗争，创造了无数振奋人心的抗日伟绩。解放区战争题材小说取材于这些抗日英雄的事迹，摒弃了平凡的生活素材，选取戏剧性的生活内容，塑造了一大批令人神往的，具有非凡本领和高尚品德的完美英雄，充分彰显了“大刀向鬼子们的头上砍去”的时代豪情，激发了人民的抗日热情和必胜信心。如《洋铁桶的故事》《吕梁英雄传》《新儿女英雄传》等小说中英雄的故事在解放区家喻户晓，广为流传。

这些英雄具有超常的本领和品质，这是他们在无数次战斗过程中锻炼和成长的结果，也符合群众对于横空出世的英雄的期待心理。“洋铁桶”枪法精准、神出鬼没，李四哥飞檐走壁，雷石柱机智勇敢，孟二愣力大无穷，牛大水意志坚强，李勇英勇无畏，小雨来本领高超，小海娃聪明机敏。

传奇性不仅表现在超凡的英雄事迹，还表现在故事情节的曲折跌宕。我们在解放区的抗战小说中可以看到一系列惊心动魄的故事，像洋铁桶钻粪坑逃脱追捕，岳丈害女婿石柱遭毒手，查户口老武遇险，牛大水多次死里逃生，杨小梅只身入城遇险，小雨来水遁逃生，小海娃巧送情报等。英雄因这样传奇性的故事意气风发，小说因这样传奇性的故事更具吸引力。其他的战争题材小说也十分讲求传奇性的故事情节，如罗丹的小说《模范村长》里的村长一眼就识破了假武工队员的真相，把汉奸痛打一顿，让鬼子吃了个哑巴亏；鲁西良的小说《复仇》中的王老二兄弟埋完鬼子尸体回家时被人发现，他二人后来打死了一只狗埋在那里，把鬼子的尸体又埋到别处，骗过了日本鬼子的搜查。这些巧合故事生动地反映了人民群众的智慧和勇敢，显示了传奇性的一面。

小说中的敌人们往往非常凶狠狡猾，诡计多端，他们利用汉奸或者还乡团，凭借着先进的武器，一次次地给予我们很大的冲击。但是我们在小说中更多地看到，英勇的八路军虽然武器落后，但机智勇敢，凭借着民众的支持，把敌人打得人仰马翻、狼狈逃窜。作家的充满革命乐观精神的描写，或许在某些细节方面不够写实，但是他们的创作目的并非单纯地为写战争而写战争，而是借传奇化的战争描写来进行宣传教育，激励广大民众起来投入到武装斗争中去。所以，为传奇的英雄人物和不屈的人民群众谱写青史，亢声讴歌，使之弘扬后世，变为巨大的精神力量，使人民群众从中受到了应有的鼓舞、教益和启迪，这是传奇化小说的主要目的。

这些小说在当时获得了大批读者，受到战士群众的追捧。以《吕梁英雄传》为例，它以山西话写边区老百姓熟悉和关心的战事，讲述了吕梁山中康家寨的村民在日寇的烧杀抢掠中，奋起反抗，在共产党的领导下，成立了以雷石柱、康明理、孟二愣等人为骨干的民兵组织，同日本鬼子和伪军进行殊死搏斗的故事。它成为乡村冬学和民兵集会上的抢手的宣传材料，不少农民和士兵甚至不愿漏读报纸的每一期。群众渴望看到英勇无敌的抗日英雄，这给他们带来希望和力量。解放区的文学家渴望通过作品中的英雄把敌人打得落花流水，满足群众对胜利的深切渴盼。传奇化的战争描写是解放区民众的期冀，是作家的想象和责任。

解放区抗战文学迎合广大群众的传统文化审美心理，善于讲述曲折、离奇、生动的抗战故事，不吝笔墨地描写英雄们在战争中的英勇拼杀，表现他们在战争中的精神品质，在战争描写方面形成了传奇化的审美特征。

（四）时代主题的传统书写

解放区的抗战文学作品注重大众化的艺术表现形式，达到了与民众的真正结合。作家们善用中国民族文学传统和民间文艺形式，熟悉人民的语言，并把它运用到自己的战争小说创作中。特别是在延安文艺座谈会之后，他们更懂得运用群众所喜闻乐见的表现形式，通俗浅显的语言来进行创作，保持与民间传统艺术之间的血肉联系。

解放区的抗日题材章回体小说借鉴了中国古典英雄传奇小说的表现技巧。我国传统小说的兴起是在宋代，宋代商业繁荣，文化生活丰富，民间艺人的说书活动日益活跃。由于听众大多是平民百姓，说书就采用当时最流行的白话来讲述故事。把这些故事记录下来，就是白话小说。

我国传统小说起源于说书人，本来就是以市民作为对象，所以为了适合市民阶层的猎奇与英雄崇拜的心理，传统小说比较注重突出人物的传奇色彩。如诸葛亮形象就是以“多智近妖”的特点而著称，人们一想到诸葛亮就会第一时间想起他的非凡的智慧和能力。而关羽的忠义神勇更是在民间广为流传，甚至被摆上了香案接受供奉，这就是传统小说的魅力所在。它的影响已非一时一地，而是深入到中国人的骨髓里，成为一种集体的审美心理的沉淀。传统小说还注重故事情节的建构，使其生动曲折，引人入胜。解放区的抗战小说就吸取了传统小说的这些经验，塑造了一系列接受战火洗礼的传奇的抗日英雄，同时摒弃了古代章回小说不合时宜的固有程式和俗言套语，使小说具有章回上的自然连缀串联，保持人物和情节的整体感。

解放区抗日题材适应大众的审美趣味和欣赏水平，在当时的历史条件下，其所起到的积极作用是毋庸置疑的。但是，它的历史局限和艺术不足也是显而易见的。比如在中国传统的历史小说中，董卓、曹操、蔡京、潘仁美等道德败坏的反面人物，他们都生的面目可憎，性格乖戾，冷酷无情，身上没有一丝一毫值得称道之处。相貌上也都不怎么英俊，远不如刘备、诸葛亮、卢俊义、宋江、杨继业等正面人物长得仪表堂堂。

在解放区的抗战小说中，也是如此。日寇汉奸们都长相丑陋，坏得流油，贼眉鼠眼。如《吕梁英雄传》中的猪头小队长，独眼窝翻译，松本小队长，汉奸王怀当、康锡雪、康顺风、康佳碧，《洋铁桶的故事》中的山本司令、汉奸赵八爷，《雨来没有死》中的扁鼻子军官，《鸡毛信》中的小胡子太君、歪嘴黑狗等。这些敌人大都看着不顺眼，身体还有缺陷，不是长得像猪头，就是瞎了眼睛，瘸了腿。他们为人也不怎么样，狡猾、愚蠢、贪财、好色，凶狠残暴、无恶不作，是双手沾满了人民鲜血的刽子手。这种塑造人物的惯例虽然大快人心、一血心头之恨，但却不符合生活的逻辑，有违艺术的真实。

解放区的抗战文学昂扬着抵御外侮的热情，一批成长起来的革命战士和觉醒了的民众，在血与火的洗礼中，进行着伟大的民族抗战事业。解放区文学所迸发出的激情和力量是其他地区的文学所无法比拟的。当然在文学创作上还存在缺陷，由于过于强调民族传统、大众化，致使作品的形式和表现手法过于单纯，作品的人物形象或多或少地患了贫血症，不够丰满和深刻。但是瑕不掩瑜，中华民族的抗日文学中，人民发出的国破家亡的愤怒嘶吼，屹立不倒的传奇英雄唱着胜利的凯歌，意味着民族的抗日火焰生生不息，彰显着中国走向更光明未来的力量。

二、抗日的再叙事：柯蓝的《洋铁桶的故事》

（一）柯蓝与《洋铁桶的故事》

柯蓝（1920～2006），笔名亚一、木人，原名唐一正。湖南长沙人。1937年，在湖南第一师范肄业后，像许多有志青年一样，他投奔了延安，参加了八路军，次年在延安加入中国共产党。后到陕北，在炮火硝烟的抗日前线生活、战斗了一段时间，柯蓝又回到延安，先后在陕北公学和鲁迅艺术学院文学系学习。从鲁迅艺术学院毕业之后，他就被分配到陕甘宁边区《群众报》当记者，还兼职做了新华社的战地记者到前线采访，直至成为该报主编。后来一直从事新闻工作，有四十几年的新闻工作经历。新中国成立以后，柯蓝就留在了上海市工作，历任《劳动报》社副社长兼总编辑、市军管会文艺处副处长、市文协党组副书记、市文联党组副书记、华东作协秘书长、上海电影剧本创作所副所长、天马电影制片厂文学部主任和专业编辑、《文艺月刊》编委，兼任中国作家协会理事，还担任过湖南省文化局副局长等职。

他的作品有《洋铁桶的故事》《乌鸦告状》《雪地上的羊蹄》《红旗呼啦啦飘》《祖国的海岸》《蔺铁头的红旗不倒》（与文秋合作）、《风满潇湘》（与文秋合作）等多部。新中国成立后，他的创作重心转向了散文，50年代创作的《早霞短笛》是中国第一部题材、形式多样的散文诗集，改变了中国散文诗的历史面貌，被争相抄诵。我国第一个国际上获多次大奖的电影《黄土地》是根据柯蓝的散文《深谷回声》改编的，开创散文改编电影获国际大奖之先。他参与创作的《话说长江》解说词，在亿万观众中引起了强烈的共鸣……

柯蓝响应《在延安文艺座谈会上的讲话》对文艺工作者的“文章下乡，文章入伍”的号召，深入农民和战士生活。为了反映战士的生活，他曾多次奔赴枪林弹雨的前线。1944年，柯蓝在陕甘宁边区《群众报》上发表了中篇小说《洋铁桶的故事》，发表时题名为《抗日英雄洋铁桶》，此书采用了传统文学中被老百姓所熟悉和喜爱的章回体的形式，反映的是抗日战争时期人民群众开展对敌斗争的故事。这就开了章回小说反映当代劳动人民生活的先河，使大多描写王侯将相、才子佳人、清官佳客、宫闲秽闻之类的章回小说这一旧的艺术形式获得了新生。

这是在延安文艺座谈会召开后，对探索文艺大众化迈出的成功的一步。小说一经发表就受到了广大群众的热烈欢迎，在当时召开的边区文教大会上，代表们津津乐道地谈论着《洋铁桶的故事》，说他们看了这一期报纸焦急地盼着下一期报纸，一张报纸你看了我看，我看了他看，到后来报纸也磨烂了。识字的人看了又讲给不识字的人听，真是不胫而走，无翼而飞。因而，尽管战争年代的印刷条件不比今日，在很短的时间内，长篇小说《洋铁桶的故事》在十一个解放区用九个版本印行，还受到毛主席的推荐，由军调部带到大后方在香港出版，流行东南亚，被日本、苏联翻译。

（二）草莽英雄“洋铁桶”

《洋铁桶的故事》情节跌宕起伏，酣畅淋漓，引人入胜。故事讲的是外号“洋铁桶”的吴贵，他是晋东南沁源县的一条好汉，自幼跟随父亲上山打猎，练得一手好枪法。日本鬼子打来了，“洋铁桶”参加了八路军。他领导的民兵和八路军一道，把鬼子、汉奸和特务打得狼狈逃窜，“洋铁桶”也从此威名远扬。

在土生土长的英雄洋铁桶的领导下，游击队员面对日本士兵的烧杀抢掠，毫不畏惧。虽然敌强我弱，敌众我寡，但他们战术灵活，只用几支步枪，就以少胜多、以弱胜强，把日寇打得丢盔卸甲、溃不成军。洋铁桶这支由农民群众组成的游击队，在日本侵略者占领的区域来无影，去无踪，要打便打，要走便走，活像一支活跃在敌人心脏里的天兵天将。这支队伍在战斗中不断成长，他们愈战愈强，锄奸反特，终于建立了巩固的根据地。《洋铁桶的故事》展现了一幅农民群众英勇抗战的生动图画，充满了鼓舞民众振奋人心的力量

洋铁桶一开始也只是个草莽英雄，他是“为人刚直”[①]“性情暴躁”的神枪手，他打富济贫，很像传统的“梁山好汉”似的人物。他在血与火的洗礼中逐渐成长，成为农民游击队的领袖。在参加革命队伍之后，洋铁桶领导着一支民兵小队，进行过一次又一次的战斗，用自己的行动，完成了

① 柯蓝：《洋铁桶的故事》，人民文学出版社，1959年版，第3页。

由草莽英雄向革命领袖的转变。在一次次生死考验中，洋铁桶的性格逐渐丰满，一个久经考验的无产阶级革命战士的形象跃然纸上。他疾恶如仇、英勇顽强、不怕牺牲，虽然直爽粗犷，却粗中有细、足智多谋，这样的民间英雄既有传统的横刀立马的个人英勇气概，又有新时代英雄的民族大义和无产阶级革命性，完全切合了民众对英雄的传统和现实的预想和期待。

在第一个故事“母猪河枪打乌龟头”中，洋铁桶疾恶如仇的性格被淋漓尽致地展现出来。由于日寇入侵造成了洋铁桶的家破人亡，他漂流异乡，对敌人充满了仇恨。在战斗中，洋铁桶主动请缨，要求独立完成任务：“队长！你们都去打新碉堡吧！咱们这几个月跟随你们打仗，大小战场也上过不少呀，这回让我们单独去打吧，保险捉几个活的回来。”真是斩钉截铁，掷地作金石之声。但是他一见到鬼子，顾不得下命令，就大喊一声，举枪打死了一个鬼子指挥官。此时的洋铁桶刚参加革命，有报国之心，敢打敢冲，却多少缺乏了纪律性，还没有建立作战的集体意识。他还是把未经磨砺的兵器，等待战争的洗礼指引它扬眉剑出鞘，成就战争的传奇。

第二个故事“钻粪坑死里逃生”，则为洋铁桶的莽撞性格添上了另外一面，就是机智多谋。洋铁桶冷静沉着，在危机重重中，竟然闯过了道道关口，从虎穴里安全地回到了民兵小队。特别是在敌人的包围中，他还能手起刀落地杀了指挥官，孤胆英雄在一百多名鬼子眼皮底下死里逃生，从容地全身而退，颇有英雄关羽过五关斩六将、单刀赴会的豪迈风采，让人不得不对这样智勇双全的英雄心生向往。

洋铁桶在战争中不断地成长，安排妙计“刘家庄月夜报仇”。为了替马老汉一家报仇，他派人先去调查城里鬼子的动静，又派人准备好搞破坏的粪便。待准备工作全部就绪以后，洋铁桶他们兵分两路进入城内，开始行动，为了预防不测，还派一队人马在城外山头呼应。由于战前准备工作充分，敌人大败而洋铁桶民兵小队取得全面胜利。洋铁桶在战争中摸索前进，带领队伍独当一面，建立功勋，克服了早期的草莽英雄气，他的英雄形象在此时已经初见端倪。

“西直沟抢粮调虎离山”的故事中，洋铁桶面临的是一个不可能完成的任务：他们要到有铁丝网围着、重兵把守的仓库里抢粮。可是，洋铁桶充分地发挥了战斗的艺术，经过周密布置，制造假象，巧于周旋，一切进程尽在他的掌控中。最终，这支队伍不用一枪一炮就抢走了鬼子仓库里的全部粮食。洋铁桶不仅身手好，而且脑子灵活，具有传奇色彩和强烈的个人魅力。他善于出谋划策，因地制宜，总有奇思妙想来破解一个又一个难题，在实际战斗中形成了自己的一套斗争艺术。洋铁桶形象的刻画由浅而深，由淡而浓，最终清晰起来，被大家广为接受。

（三）通俗文艺的妙用

柯蓝在民族化、大众化、通俗化方面苦心追求，《洋铁桶的故事》采用了传统小说的章回体形式，人物鲜明生动，重笔勾勒人物而不过于渲染背景，语言能读能听，无雕琢之痕。情节曲折离奇，富有传奇色彩。

我国传统的章回小说培养了人民群众的审美和阅读习惯，有很大的受众群体。章回体小说产自民间，民间说书人讲故事时，不能把每段故事有头有尾地在一两次说完，必须连续讲若干次，每讲一次就等于后来的一回。在每次讲话以前，要用题目向听众揭示主要内容，这就是章回小说回目的起源。章回小说的“回目”，是它形式外观上最明显的特征。回目的设定是为了提纲挈领，概括内容情节大要，也是缕清叙事条理所必需的。我们过去的经典小说都是章回体，如《三国演义》《水浒传》《西游记》《聊斋志异》《儒林外史》《红楼梦》等。章回体小说这种形式在民间影响深远，但它的内容反映的是过去时代的社会生活，在新的时代，如何使这种在群众中有广泛影响力的传统艺术形式，发挥更大的作用，表现新时代内容，并为群众喜闻乐见，《洋铁桶的故事》解决了这一难题。

《洋铁桶的故事》在形式上采取了传统的章回体形式，虽然并不称回而是称段，但意义是相同的，全篇一共40段，段与段之间文字连贯，下一段开头时重复上一段的结尾，具有浓厚的中国传统小说的意味。

《洋铁桶的故事》继承发扬了我国古典传统小说与民间艺术的优良传统，成功设置了一系列波澜起伏的故事情节和有声有色的斗争场面，充满地方特色的民间语言十分本色，富有表现力，生动形象，幽默诙谐，这也是群众对此书津津乐道的原因所在。如形容大家谈兴高涨，“大家就三十年后四十年地谈了起来”；形容不知何处着手，“真是老虎吃天，无处下爪”。柯蓝的语言非常生活化，只有对生活精到的观察，才能够写得如此通俗而生动的比喻来。“真是苦到苦瓜把上去了”，“那不是海底捞麻钱”，“刚做上的鞋往沟里丢了咧”这类精彩的话语在文中随处可见。

作者的叙述语言口语化，明快而生动，富于节奏感，没有拿板弄势的文艺腔和八股腔。我们能从作者的叙述语言里听见人物的声音、看见人物的动作。例如，作者在叙述“母猪河枪打乌龟头”这场战斗时，用了极为简练的语言：

> 好个机会，洋铁桶也来不及下命令了，把枪一端，只听见叭的一声，把一个挂指挥刀的军官打翻了，弟兄们猛地听见了洋铁桶的枪声，一时振作，二十几条枪也全开火，一排子弹打过去，打得鬼子无头无脑，一下就死了好几个。等到洋铁桶他们第二次开枪瞄准，哎嗨，河里一个鬼子也不见，只剩五个骡子竖着耳朵在乱跳乱奔，人到哪里去了呀？全给打死了？

这是一段极为生动的叙述。柯蓝在叙述这场战斗时，并没有铺排描写战争场面，烘托战斗气氛，只是不加任何矫饰地明白如话地叙述战斗中人物的行动，就使那场战斗如在眼前。洋铁桶的形象并没有被战争场面给埋没，而是脱颖而出，愈加清晰。“洋铁桶也来不及下命令了，把枪一端，只听见叭的一声，一个挂指挥刀的鬼子军官打翻了”。寥寥三十余字，就把洋铁桶的性格刻画得入木三分，栩栩如生。这里有洋铁桶急不可耐的心情，有极为敏捷的动作，有子弹飞过的声音，有鬼子军官翻身落马的狼狈状，真是如闻其声，如见其人，能使读者展开想象的翅膀，自由翱翔。作者没有进行冗繁的叙述，却刻画出了洋铁桶性格上的精髓。

特别是在叙述这场战斗的尾声时，用了“哎嗨”，这是只有在讲故事时为了引起了听者的注意才会用到的语气词，随后连续的两个问句，又使我们仿佛看到了作者在讲故事时绘声绘色的神态，而读者们也仿佛真的在聆听说书人的故事，心绪随着故事在起伏。

人物语言也非常本色，作为草莽英雄，洋铁桶本来就不会那些文雅的话语，他的语言多为粗糙、市井的，但这也使他的性格更加鲜明生动。在游击队一个多月无粮无草时，游击队指挥洋铁桶心中痛苦难熬。恰在这时，汉奸陈春生诱降送粮，洋铁桶暴跳如雷，竖眉瞪眼地吼：“好他妈的，来劝老子当汉奸了，捆起，把你狗日的捆起打了”。他的豪爽暴躁压制不住自己对汉奸的痛恨，他也不会用出口成章的温文尔雅的言语与汉奸对话，他的出身、经历、修养、性格决定了只有用骂和打表示他对汉奸的态度。“他妈的”“狗日的”只能出自他的口中，“捆起打”也是他所能采取的方式。洋铁桶的生活化的粗粝的语言正是他性格的最好写照，一个地地道道的农民出身的英雄形象在他个性的语言中丰满起来。

我们可以看出，无论是作者的叙述语言和人物语言，都是群众口语，在句法结构和语汇上很符合群众讲话的习惯，少有旧的章回小说中的文人气味，彰显了柯蓝在语言使用方面的功力。

自古以来，中国人就有一种根深蒂固的“侠义”情结，而深受广大人民喜欢的通俗小说往往是以那些侠客英雄、帝王将相为主角。在新的时代，英雄有着新的定义，于是在《洋铁桶的故事》中出现了百发百中的“洋铁桶”，飞墙走壁的李四哥，斗争经验丰富的徐区长。还有许多表现抗日军民机智神勇的斗争场面：“洋铁桶”智杀鬼子队长，钻粪坑死里逃生；“游击队西直沟抢粮调虎离山”；南区老百姓假装八路军背走粮食；群众识破假武工队予以痛打……这些传奇故事为抗日英雄倍添风采，也使整部作品更富传奇色彩，这是中国军民无数伟大抗日业绩的如实再现。小说也不吝笔墨地呈现了日本侵略者的凶残狠毒和斗争的复杂性：伪军队长假扮农民抓人，鬼子医生打毒针，特务假扮算命先生散布谣言……都真实地反映了战争的残酷，激起了广大人民的抗日热情。

当然，《洋铁桶的故事》也是有一定的局限的。受古典小说的影响，《洋铁桶的故事》也时有夸大失真的描写。小说第三段写游击队为马老汉报仇，到城里去埋地雷，结果“死了好几百鬼子”，单枪匹马消灭好几百鬼子，这显然不可能。人物转变也过于简单，如写伪军反正，只是吃了一顿饭，领了路费，或是听了喊话，伪军就立即脱离敌营，投入抗日队伍了。这些都带有一些天马行空的臆造色彩。洋铁桶身怀绝技、智勇双全，简直被作者塑造成了一位古代侠客式的人物。从历史真实的角度来讲，这样富有传奇性的革命英雄人物是根本不存在的。但是在残酷的革命战争年代，这种艺术夸张却通过通俗故事的流传，极大地鼓舞了人民群众战胜侵略者的勇气和信心，起到了激励人民、打击敌人的社会功效。

抗日战争是关系中华民族生死存亡的民族战争，充满着血与火的交战，不可避免地会有痛苦和牺牲。《洋铁桶的故事》的可取之处，在于它写战争的痛苦和牺牲时，字里行间洋溢着革命的乐观主义精神和英雄气概。刘家庄月夜报仇这个故事就是在这方面很突出的例子。鬼子放火烧了刘家庄以后，作品是这样描写当时的惨象的：“只听见烧得噼啪的声音，整个庄子都盖上了一层大火，火上冒出几丈高的黑烟”。祖祖辈辈生活的家园被烧毁，人们的痛苦不可遏制，难免有悲啼之声。然而作品着重描写了群众“气愤得胸口都要炸开”的满腔怒火，以及他们发下的誓言：“沁源人谁不报仇，变了心，我们就这样打死他，一定这样打死他!”在苦难面前，他们发出的是多么豪迈悲壮的呐喊!

《洋铁桶的故事》紧紧把握住了时代脉搏，自觉把歌颂新时代英雄人物的美好品格作为自己的中心任务。这样高昂的调子，不是作者自己的杜撰，而是现实的真实反映。作者谈到这部作品的成因时说过，在山西前线，群众做地雷、挖地道以各种方式抗击日本鬼子的英勇行动，给了他莫大的鼓舞，“在党和战争现实的教育下，我充满了一种民族的乐观主义精神……我不愿在这篇描写抗日战争的小说中，写一些血肉横飞凄凄切切的场面。我要写抗日人民的威武，所向无敌，和人民群众的机智。我们伟大的中华民族，不只是在艰苦地抗击敌人，而是用他们集体的智慧在愚弄敌人，并击败了敌人。”①

应该承认，作者的这一主观愿望收到了预期的艺术效果。强力冲击了当时“亡国论”“唯武器论”等悲观主义叫嚣，鼓舞了全国正在艰苦战斗的抗日军民。

20世纪40年代的神州大地上，一场席卷全国的抗日战争风起云涌。中国人民处在水深火热中，经受着深刻的民族危机的考验。柯蓝把自己的笔同祖国的前途、民族的命运、人民的利益紧密联系起来，以笔下人物高昂的乐观主义精神和抗日英雄真切动人的英雄风采，激励了全中国人民的抗日的热情和必胜的信念。

三、勇士所以无敌：刘白羽的军事小说和《无敌三勇士》

（一）军事小说家刘白羽

如果说瞿塘峡像一道闸门，那么巫峡简直像江上一条迂回曲折的画廊。船随山势左一弯，右一转，每一曲，每一折，都向你展开一幅

① 柯蓝：《我发表的第一部作品》，《柯蓝文集》，河北人民出版社，1996年版，第111页。

绝好的风景画。两岸山势奇绝，连绵不断，巫山十二峰，各峰有各峰的姿态，人们给它们以很高的美的评价和命名，显然使我们的江山增加了诗意，而诗意又是变化无穷的。突然是深灰色石岩从高空直垂而下浸入江心，令人想到一个巨大的惊叹号；突然是绿茸茸草坂，像一支充满幽情的乐曲；特别好看的是悬岩上那一堆堆给秋霜染得红艳艳的野草，简直像是满山杜鹃了，峡急江陡，江面布满大大小小漩涡，船只能缓缓行进，像一个在丛山峻岭之间慢步前行的旅人。但这正好使远方来的人，有充裕时间欣赏这莽莽苍苍、浩浩荡荡长江上大自然的壮美。苍鹰在高峡上盘旋，江涛追随着山峦激荡，山影云影，日光水光，交织成一片。①

我们应该都还记得这篇优美的散文，它令万千的中国人陶醉在长江的如诗如画的景致中，自从这篇散文被收录进高中语文教材以后，又有多少青年人对长江最初的憧憬就是源自刘白羽的《长江三日》呢?

刘白羽（1916～2005)，山东潍坊青州人，出生于北京通州的一个富商家庭。父亲遗弃了他们母子，这给他的童年抹上了一笔暗色，随后而来的是富商大家庭因遗产而起的倾轧、争斗……母亲气病缠绵床榻，少年的刘白羽病床前伺候母亲。他穿着月白色大褂，从夏穿到冬，上面印满污渍还有破口……这时，文学的世界给予了他安慰，在《红楼梦》里，林黛玉的境遇一下子引起他的共鸣。

受家庭传统的约束，刘白羽 14 岁那年，外出学徒，先后换了两家店铺，生活的苦辣酸辛给他敏感的心留下深深的印记。也就是在这时，喜欢古典诗词的刘白羽用临行前母亲塞给他的铜板，买来《冰心女士文集》，由此接触了新文学，这为他打开一扇窗，一个新世界向他迎面而来……

少年刘白羽喜欢壮怀激烈的豪迈之词："金戈铁马，气吞万里如虎"，"醉里挑灯看剑，梦回吹角连营"，也欣赏婉约的"东篱把酒黄昏后，有暗香盈袖……"，但是，"九·一八"事变后，日寇铁蹄践踏了中华大地，刘白羽不能沉湎于诗词中了。尽管他还是个中学生，却无法再忍受封建大家庭的没落、社会的黑暗、亡国的切肤之痛，他愤然离家出走。刘白羽找到了国民党军队，想要一酬报国之志，但是，那不是他理想中的军队，愤懑

① 刘白羽：《长江三日》，《刘白羽散文选》，人民文学出版社，1978 年版，第 225 页。

中，他写下小说《冰天》，这是他文学之旅的发轫，写的是一个旧军人在茫茫雪地中的悲惨命运，揭露了旧军队的腐败。

离开旧军队后，刘白羽回到北平，1934年，考入民国学院中文系继续读书。他在北平图书馆阅读了大量中外文学作品，并开始写作。毕业后，他先后在一个县专员公署和南京警察厅当文书。1936年，他的小说《冰天》《草原上》收入良友出版公司出版的《一九三六年短篇佳作选》。

1937年“七·七”卢沟桥事变后，他来到上海，参加文艺界救亡组织的活动。为了找寻共产党、八路军，他蹲过简陋的船舱，挤过逃难的火车，露宿过街头。1938年2月，在汉口终于找到八路军办事处，奔赴了革命圣地延安。同年加入中国共产党，并参加文艺工作团，辗转于华北各抗日根据地。

受到战火的淬炼，刘白羽创作了不少反映抗战生活、歌颂抗日军民的作品，如散文特写《八路军七将领》（与他人合作）、《游击中间》，小说《龙烟村纪事》等。1944年到重庆，担任《新华日报》副刊编辑，并写了大量介绍边区生活的作品。1946年到东北解放区，任随军记者亲身经历了解放东北、华北等多次战役，后又随军南下，直到解放战争全面胜利。长期的战斗生活为他提供了丰富的创作源泉。他以饱满的热情努力刻画人民解放军广大指战员的英雄形象，创作了短篇小说《政治委员》《战火纷飞》《无敌三勇士》，中篇小说《火光在前》及报告文学集《为祖国而战》等。这些作品洋溢着高昂的激情，具有强烈的战斗气息、朴实无华的艺术风格，影响深远。

其后，他两度奔赴朝鲜前线，写了散文通讯集《朝鲜在战火中前进》《对和平宣誓》和短篇小说集《战斗的幸福》等，揭露了侵略者的暴行，歌颂了志愿军和朝鲜人民军并肩作战的英勇精神及中朝两国人民的深厚友谊。在枪林弹雨中，他积极以新闻报道和战争题材小说为武器，凭借记者的敏锐眼光和作家的多彩笔触，写出了大量具有鲜明时代色彩、思想内涵深刻的独具特色的作品。

1955年后，刘白羽历任中国作家协会副主席、文化部副部长、中国人民解放军总政治部文化部部长。刘白羽在散文领域取得了巨大的成就，《日出》《长江三日》等文笔优美的散文至今仍在引起人们对自然山河的向往，拨动着人们的心弦。刘白羽在古稀之年仍勤奋笔耕，以他长期的革命战争生活积累，特有的激情文采与雄健笔墨，向读者奉献出长篇小说《第二个太阳》，以解放战争时期人民解放军渡江南下为广阔背景，成功地塑造了我军高、中级指挥员和普通战士的光辉形象，情节跌宕起伏，语言优美生动，这部作品获得了第三届茅盾文学奖。

刘白羽早年在记者事业中取得了杰出的成就，他本是作家出身，到达延安之后，政治形势的迫切需要和对革命事业的热爱使他投身到新的战斗领域中，开启了他的职业生涯的一个新纪元。他在《我的记者生涯》中说道："虽然从未做过记者，但为了革命需要，仍无条件服从"，表现出一名军人的服从命令的天职和对党的事业的忠诚。

刘白羽在部队里度过了戎马倥偬的岁月。特别是在解放战争中，他辗转各个战地，以笔为刀，一篇篇及时生动的报道刺向敌人的心脏，激发了全中国人民取得胜利的革命热情。抗战胜利后，国民党为了抢占东北，不承认东北有中国共产党的部队，污蔑东北的共产党军队是敌伪军，要予以剿灭。在这种形势下，党派刘白羽作为第一个进入东北的记者，及时、准确地反映东北的真实情况，证明东北有共产党的部队。由于日本帝国主义封锁东北十几年，世界上都不知道东北的情况。为了让全国全世界了解东北的真相，刘白羽又一次接受了任务。

当时四平保卫战犹酣，他亲临战场，采写出第一篇东北人民武装力量英勇斗争的报道《英雄的四平街保卫战》，发到新华社总社，总社又发到全国，甚至在国际上都产生了影响。接着他又跑遍东北各战场，写出二十多万字的《环行东北》一书。第一次全面报道了东北战场的实况，戳穿了国民党的阴谋。书在上海出版后，引起极大反响。解放战争三年，他一直都在前线当新华社特派军事记者。为了报道我军进入长春的消息，他突破敌机扫射，乘火车飞驶长春，危险重重。在东北的战壕中，有一次两架敌机同时发现了他并向他疯狂扫射，他差点牺牲。刘白羽深入前方战士的生活，在炮火连天中讴歌了无产阶级战士英勇顽强的英雄主义精神，展现人民军队的英雄气概，揭露敌人的滔天罪行，教育和团结人民，鼓舞士气，激励斗志。

刘白羽熟悉并热爱新闻报道这种特殊的文学形式，作为记者，他深知借助于报纸这种大众传媒，使用老百姓通俗易懂的报道语言，新闻报道能产生比文学更及时、广泛的影响。考虑到大众需求和斗争的需要，即使在由记者转变为文学家之后，他仍旧偏爱并积极主动地运用报告文学这种文学形式，因为报告文学是与新闻报道有最近血缘关系的文学样式。"它不是普通的记录，不是有闻必录的记录，不是流水的记录，而是通过作家的锐利的眼光和深刻的理解，从普通生活中把那千万人所会心的最深刻、最优美、最典型的东西描写出来。”① 报告文学既有新闻的快捷平易特质，又有文学悠长深远的审美力量，报告文学在刘白羽的笔下得到了最好的发挥。他报告文学风格刚健雄浑，充满了政治激情，为推动革命斗争的发展起了积极作用。

军旅生活这段经历使他的视野更加开阔，对社会和生活的理解更加深入，作品形成了别具一格的风格。刘白羽时刻把自己看作是人民解放军的一员，前进的脚步紧跟着进军的号角，他的血汗和解放军战士的血汗流淌在一个战壕里。

（二）独臂英雄与他的队伍

刘白羽的战争小说充满了政治激情，重新进行文学创作后的第一篇小说《政治委员》就是以他所熟悉的军队指战员为对象，塑造了善于作政治工作的独臂政治委员吴毅。

吴毅是一位老红军出身的团级政治工作干部。他原来本是湖南农村的一个受尽苦难的放牛娃，十四岁就参加了红军，舍生忘死，身经百战。1936 年他当红军班长时，在抢渡天险黄河战斗中左臂被打断，他在医院里醒来，就问“怎样能快些上前线?”他一心想要重返前线，认为只有在前线才是有用的人，经过一番周折终于被委任到在前方作战的老部队中当团政治委员。一次两军对垒，敌人反冲锋，直逼他所在的营部指挥所，营长牺牲了，一连长率部斜刺杀出，与敌人展开白刃战，挽救了危局。事后，吴毅赞扬一连长机动勇敢，却要他注意隐蔽，他提倡勇猛善战，却反对无谓的牺牲，告诫一连长“勇敢加上灵活的战术动作，才等于胜利”②。

吴毅治军严明，尤其善于发现并遏制部属中贪图享受之风、贪生怕死的念头。沈克是二营教导员，农村小学教员出身，却渐渐腐化，他讲究吃喝，和通讯员玩扑克，要求调离前线回后方城市，造成部队减员。吴毅立即对其展开政治思想工作，让他到警卫班参加诉苦运动，回想起十年前他娘在灾荒年闹水臌症而死的往事。吴毅以身作则，让沈克看到了一个优秀

① 刘白羽《论报告文学》，《刘白羽研究专集》，解放军文艺出版社，1982 年版，第 21 页。
② 刘白羽《政治委员》，《刘白羽小说选》，人民文学出版社，1979 年版，第 7 页。

的指战员的品质，认识到了自己的不足。沈克亲眼看见吴毅要求炊事员不要另做好饭，而把好饭菜送给连队，看到战前各营连踊跃要求主攻任务，士兵要求参加突击班，于是沈克的思想世界发生了巨大的转变。在夺取敌军险要山峰，久攻不下的关键时刻，沈克率先冲上山峰，以肉搏战击溃了敌军。吴毅还知人善任，及时发现、培养、提拔连长文希岗为副营长。

作品成功地塑造了吴毅这位团政委的典型形象，他刚毅干练、热情和蔼、身先士卒、艰苦奋斗、可敬可爱。在他的带领下，战士们改变了不讲究策略一味硬拼的战斗方式，干部们抗住了不正之风的侵袭，一支优秀的革命队伍百炼成钢，思想坚定，政治素质过硬。

《东北日报》上以一版的篇幅发表了这篇小说，有更多的战士以吴毅为楷模，不惧伤病疼痛，慷慨奔赴战场。刘白羽搭火车时，和车上的负伤军人聊天，一个军人说"你看见《东北日报》介绍的那个吴毅了没有？人家少了一只胳膊还上前线，我在后方还待得住？"①

刘白羽是名出色的战地记者，军人的天职促使他追求文学创作的效用，力求能迅捷、及时、紧紧跟上部队的步伐，使自己的作品与时代的脉搏合拍，成为时代的战鼓，而不是在艺术上巧妙构思和在字句上精雕细刻。他笔力雄健、粗犷，具有鼓动力量，这和他的战地记者的身份有着千丝万缕的联系。但是他一度追求小说具有新闻报道一样的社会效应，导致了他的文学作品政治内涵大于人物形象。这种现象在刘白羽随后的小说中得到了纠正，他真正地完成了由战地记者到军事小说家的转变。

（三）在战火中成长

《无敌三勇士》则是刘白羽完成了战地记者到小说家身份的转变的重要作品。刘白羽对军队的生活有独到的观察和认识，他写此篇的初衷是认为有些人把战士想得太简单了，以为只是打打仗，睡睡觉，实际上不是那么一回事。从此，作者开始了《无敌三勇士》的写作，他不再拘泥于对小说的政治性和实效性的追求，而是以普通士兵的独特的内心世界作为描写对象，以拉家常似的口吻，娓娓道来，向读者展示了既平凡又英勇的无产阶级战士的生活。《无敌三勇士》写于 1948 年 2 月，故事内容是三个战士由不团结到团结的转变，以通俗的笔调写出了战士生活的真实面貌，使读

① 刘白羽：《记者生活漫谈》，《新闻战线》，1979 年第 1 期。

者熟悉他们喜爱他们，并且文末点题，指出只有团结才能战胜敌人，也只有团结才能战胜一切。

《无敌三勇士》在三个战士闹不团结中展开了故事。模范班开会欢迎战斗英雄阎成福。阎成福是一位战斗英雄，他性情倔强，有股虎劲，作战很勇敢，在与敌军的遭遇战中，与部队失去了联络，一个人突击前进，用手榴弹打乱了敌人的临时指挥所，还活捉了敌人一个团级指挥官。阎成福伤还没有好利索，就从医院跑回前线来。

故事中另一位战士李发和，外号叫“老油条”，却相当不服气，他觉得自己当兵三四年，打仗百十回，身上连根汗毛也没碰断，负伤的阎成福倒成了英雄。老油条李发和的战术动作快、猛，能出点子，打仗很精明，但是自由主义吊儿郎当，大纪律不犯，小纪律不断，图自在省心，不进步。在欢迎会上，他一句话说恼了阎成福：“我瞧你那英雄牌是碰上的”①，“我大小仗总经过百八十次了，浑身上下没给子弹打过一个眼，这才是真功夫，你英雄倒英雄，战场动作还不大入门”。由此老油条和“得英雄牌”的阎成福闹开了不团结。

赵小义是“解放”过来的战士，年龄不大。表面上活泼、单纯，肚子里却有鬼。他处处爱挑拨，一点小毛病就骂。他在阎李之间一挑拨，矛盾就更加剧了。同时阎李二人也都看不起小赵，认为他是个俘虏兵，直弄得三人谁也不理谁了。

作者这里运用了倒叙的笔法，以不团结的开场，在矛盾冲突中展开故事，使读者看了第一节就急着要往下看。阎成福、老油条、赵小义都在一个班里，自从闹开了不团结之后，“模范班变成不模范班了”，一度难得班长李占彪团团转。他要设法使他们三个人团结起来，然而这三个人谈起来都是明白“为人民服务”，至于团结，就一谈到就走散了，弄得李占彪“一肚子热情换了一肚子苦恼”，在三人之间一点办法也没有，“哭哭不得，笑笑不得”。得了英雄牌的阎成福，自由散漫的李发和，与自卑取巧的俘虏兵赵小义，他们都是依然故我，一点也不为班长李占彪的热情感动，不团结仍然是不团结。

到后来，部队掀起了诉苦运动，正巧班长李占彪在他们一班下战场时，发现了一块死人骨头，在大家的猜测中，他断定，“我看这是穷人的

① 刘白羽：《无敌三勇士》，《刘白羽小说选》，人民文学出版社，1979年版，第48页。

骨头，地主富农有钱人，死了有棺材，怎么也不会乱丢在这里，穷人活着没饭吃，死了也没地方安葬，给风吹雨打，还不是东一块西一块，到处乱丢，穷人有谁管呢?”

这引起了赵小义满腔心酸，当场哭诉他的身世：“我爹放猪，丢了猪挨地主打，气死了，爹还没有埋，我就给国民党抓兵抓来了！……”

阎成福当场就为自己看不起赵小义是“翻身战士”而道歉，也说起了自己的身世：“你给地主害死了爹，我给地主害死了娘……”，他也一样是穷人、苦人，爹被抓劳工后，娘被地主毒死，兄被地主拿钉耙打死。

老油条李发和虽然闷头不语，却想起了自己家产被地主弄光，抛下女人去流浪的往事，“人家是穷人，难道自己是富人吗!?”

在这个事实的教育下，他们三人认识到了彼此都是阶级弟兄，大家都是苦人，把不团结的想法变成了“亲人”的想法了，从此，“火线上生死抱团结”。由于这“生死团结”，在不久之后的炸敌人碉堡的战斗中，他们成了“无敌三勇士”。阎成福抱着炸药冲向碉堡，被敌人的火力压制，赵小义上前接应，也负伤扑倒。李发和上前与赵小义一起吸引敌人火力，掩护阎成福炸毁了碉堡，为部队全歼敌军一个师的兵力打开了突破口。

故事非常简单，却蕴含了深刻的主旨，它说明了为什么我们的革命战士能够在战争中出生入死，情同兄弟。因为他们都是穷苦人，因为他们有着共同的敌人和共同的理想，他们同仇敌忾，即使曾经闹过矛盾，但是阶级友谊又将他们团结在了一起，在战场上互相救助，创造了英雄的伟业。大敌当前之际，他们磨刀擦枪，奔赴前线共同杀敌的英雄主义气概和无产阶级战士们在战场上生死相依的情谊，令人想起《诗经》秦风中的《无衣》一篇：

岂曰无衣？与子同袍。王于兴师，修我戈矛，与子同仇！
岂曰无衣？与子同泽。王于兴师，修我矛戟，与子偕作！
岂曰无衣？与子同裳。王于兴师，修我甲兵，与子偕行！

这部作品中，作者着意强调了人民军队的成员多是备受压迫剥削，苦难深重的劳动人民。他们有革命的理想，有对光明的追求，有为伟大的革命事业献身的精神，这就是解放战争取得胜利的根本保证。但是当他们没有认识到大家都是受压迫的穷苦人的阶级出身的时候，这些可爱的战士们还是会犯些错误的，还会闹起不团结来。《无敌三勇士》写的就是战士们的成长过程，注重从阶级的角度揭示这些普通战士，怎样在共产党的教育与实际战役中，逐步成长为在战场上硬邦邦、响当当的英雄人物。作者清晰地点出了阶级思想教育的重要作用，经过政治思想的教育，战士们会像亲人似的团结成不可战胜的力量。

"我们是穷人，我们有苦处，苦变成力量，团结起来就能天下无敌"，这是班长李占彪的总结语，也是作者的结束语。三勇士团结战斗的英雄行为，显示了他们全新的精神世界的美：他们的团结不是出于家族宗族的人伦血脉关系，更不是出于旧社会桃园结义式的江湖义气，而是因为他们都出身于苦大仇深的劳动人民的家庭。是阶级苦血泪仇，把他们的心凝在一起，为了伟大的革命目标，摒弃了胸襟里了个人的私心杂念，成长为无敌的勇士。

（四）踏着时代节拍

刘白羽具有新闻工作者的敏锐时代嗅觉，他在战争环境中，热切地观察着战争中的各种现象、人物，对人民战争中涌现出来的新精神、新动向、新英雄进行深入的感悟与挖掘，从而能够真实地报道"正在发生的历史"，表现时代的最强音，提炼革命斗争中的"诗意"。一个非常普通的故事，经过刘白羽的观察和妙笔，生发出强烈的时代的、政治的深刻意味。

对于如何挖掘日常生活的素材，刘白羽曾指出："一个特写作者应当头脑经常清醒，善于深入地观察生活，又善于从全局高度来衡量生活，善于从'小事情'里看出重大的社会现象，看出深刻的道理。"① 刘白羽就是从三个普通战士的矛盾中看出了深刻的道理，他真正理解是什么推动了人民子弟兵在火线上冲锋陷阵、英勇无敌，真正洞察他们心灵的奥秘与力量的源泉，从而创造出具有崭新精神境界的典型形象。刘白羽所塑造的就是来源于普通人的英雄，他们对彼此有着生活中的成见，但是为了共同的理想这些都可以摒弃。因为他们是来自同一阶级的遭受苦难的兄弟，他们在战争环境里成长，既有共同的阶级本质——苦大仇深、勇敢顽强、对生活、对同志满腔热情，又各具自己鲜明的个性特征，是来自生活，又经过作者典型化的生动艺术形象。

---

① 刘白羽：《论报告文学》，《刘白羽研究专集》，解放军文艺出版社，1982年版，第25页。

刘白羽的作品洋溢着饱满的革命激情，具有强烈的战斗气息、朴实无华的艺术风格，充满了鼓舞人的力量。他曾经说自己的作品“是一种爱，一种激动，像《红旗》前面的小引，就是火线上的真情实感，是出自衷心的，我情不自禁地对胜利发出的欢呼”①。部队讲究的是组织纪律性，严肃、按部就班是部队生活的必备品质，但刘白羽的军事题材小说并不枯燥无味，作品显得活泼灵动。他对题材的处理十分到位，做到贯穿悬念，一波三折，紧凑流畅，引人入胜，符合大众的欣赏水平和口味。他还善于用民间广为流传的文学样式——古典章回小说写出了人物栩栩传神的个性。同时，小说又用通俗易懂的口语来展开故事情节，比如描写班长苦恼三人的不团结，就是以“哭哭不得，笑笑不得”来表达，简明而确切，具有通俗生动、富有生活气息的特点。这些方面显示出刘白羽小说的中国作风和中国气派。

刘白羽的作品，刚健、清新、隽永。他作为一个为革命出生入死的文艺战士，始终意识到自己崇高的职责，所以，他始终以一个战斗者的姿态对待生活、反映生活，自觉地充当时代的号手，光明的歌者，因此他的作品给人以鼓舞和力量，指引着人们昂奋前进。

① 刘白羽：《〈政治委员〉前记》，《刘白羽研究专集》，解放军文艺出版社，1982 年版，第 66 页。

第五章 挥别一个即将逝去的时代

战争激人奋起，战争也发人深省。抗日战争激励民志，同时也促使文学者执笔深思。1938 年，《华威先生》这篇敏锐、深刻而明快的速写，在一般作品尚对抗战工作进行热情鼓动之时，即以喜剧的敏感反省抗战主体本身，揭批抗战营垒内的蠹虫，堪称“慧眼的发现”。稍后，一个政权的腐朽，一个时代的没落为更多的人所瞩目。《在其香居茶馆里》巧妙地在一个世俗的“吃讲茶”的画面中嵌入了涉及民族危亡、反映政治清浊的兵役问题，可谓绵里藏针。两个头面人物的互骂相殴、兵役分派由地方权势和金钱和决定、县长的政令在宴席之上化作一纸空文。以一斑而窥全豹，抗战大后方政治上的腐败一览无余，可谓直刺时弊，一针见血。在这样的意义上，小说这把战刀是双刃的，在反抗异族侵略的同时，向旧的时代、腐朽的制度宣战。进一步探究与追问，抗战问题中隐含着深在的文化改造的必要。女作家萧红在生命的最后时光，将沉重的忧思化为空灵的文字。《呼兰河传》《马伯乐》《小城三月》交织着对现实的讽刺与对文化的忧思，在追思与内省，希望与绝望中挥别一个即将逝去的时代。

与当时文坛埋葬一个旧时代的喜剧氛围、讽刺意味不同，自称“无政府主义战士”的巴金是以极大的愤恨和悲哀含泪挥别一个社会良知荡然无存的时代、人的同情与爱无从谈起的时代、知识分子理想与尊严破灭的时代。尽管如此，“要别人变得善良些、纯洁些、对人有用些”的理想仍然烛照前行的道路，青春的精神仍然存留，这是巴金独特的意义。

一、批判社会、拷问国民性的讽刺喜剧：张天翼的《华威先生》

（一）张天翼和他的讽刺喜剧

张天翼（1906～1985），原名张元定，字汉弟，号一之，笔名张天净、铁池翰等，祖籍湖南湘乡，生于南京。张天翼在杭州读完小学和初中，中学期间开始写作滑稽、侦探小说。1925年秋，张天翼来到北京，次年考入北京大学预科。1927年曾因不满于学校课程，退学回到杭州。张天翼的叔伯兄姊在国民党军、政界位居要职，但他看穿官场腐败，不屑金钱地位，坚持在南京、上海等地当记者、编辑、小职员，或任教员，以文为乐。即便是在贫病交加的人生阶段，也没有妥协过。1931年，张天翼加入左联。抗战爆发后，他一直在长沙等地从事抗日救亡工作和文艺活动。1942年以后，因患严重肺结核，遗憾地辍笔多年。新中国成立后历任中央文学讲习所副主任、中国文联委员、中国作协书记处书记、《人民文学》主编等职。

张天翼的职业写作生涯要从1929年算起，鲁迅、郁达夫主编的《奔流》第一卷第十号发表了他的短篇小说《三天半的梦》。此后到1938年十年间，张天翼发表了短篇小说近百篇，编为十二集，以及中篇小说《清明时节》，长篇小说《鬼土日记》等。鲁迅一再把他归入新文学运动以来"最好的作家"和"最优异的左翼作家"。[①] 其中，1931年3月连载于《文学生活》的小说《二十一个》写军阀混战中一群劫后余生的士兵对军官产生反抗情绪，并因"乡里连稀饭都吃不着"而参军的共鸣收容敌军伤兵，决心共同寻找新的生路。小说为左翼文学吹进新鲜的风，被冯乃超赞为"在两种意义上，他是新人，——在创造新的形式上，在他是新的作家上"[②]。瞿秋白也肯定了作品"很紧张的表现人生，能够抓住'斗争'的焦点"[③]。真正能赋"斗争"以风格化展现的当是《鬼土日记》。鬼土社会严

① 尼姆·威尔士：《现代中国文学运动》，《新文学史料》，1978年第1期。

② 李易水（冯乃超）：《新人张天翼的作品》，《北斗》，1931年9月创刊号。

③ 董龙（瞿秋白）：《画狗罢》，《北斗》，1931年9月创刊号。

格分为两层，一个是有钱的上流阶层，一个是粗俗而劳苦的下流人阶层。小说以怪诞的手法展现了“鬼土”这个黑暗王国的形形色色、林林总总。上流社会的丑恶，作家、学者的虚伪，国会的钩心斗角尽收笔下。诚如《序言》所述，鬼土这个畸形化的世界与当时社会事件“都是建立在统一原则之上的”，如果说现实社会人事类鬼事，那么《鬼土日记》中的鬼事则皆是人事。《鬼土日记》的最大成功在于初步显示出令人神往的讽刺艺术和幽默天才。譬如对文学家的嘲讽可谓穷形尽相，而象征派文学专家的话则令人捧腹：“因为，你要，猫头上的萝卜是分开夜莺的精密，明白一点说，就是洗脸手巾的香纹路已经刻在壁虎肺上了”，“电气风扇的肝爱上钢笔头之幽灵，得不着火柴的玫瑰的蛆叫眼睛，只看见浪漫的金牙齿的母亲，而这些一切，全在墨水瓶里”。在此之后，张天翼妙笔生花，展现了一个批判现实社会、拷问国民性、糅着眼泪与悲愤的讽刺喜剧世界。

张天翼的讽刺喜剧的第一类主角当是封建卫道士、欺世盗名的伪君子。那些乡绅和政客表面上道貌岸然，实则藏污纳垢、灭绝人性。《脊背与奶子》中的族绅长太老爷想调戏任三嫂，遭到反抗，便巧立名目在祖宗香火祠堂上公审她，用鞭子把任三嫂的脊背打得皮开肉绽，长太爷则睨视着她那双“有若没有蒸透的鸡蛋般的奶子”。随后他又以逼债为名，强迫任三嫂作为债务抵押，按夜服侍他。任三嫂佯装顺从，骗他到桥头迎接，把他打肿脸，推倒在泥地上，连夜与情人远走高飞。长太爷的说教是冠冕堂皇的，“我一定要整顿整顿这风气，给那些相信邪说的无耻之徒看看！孝悌忠信，礼义廉耻一桩都不讲了，这还了得……！淫奔——万恶淫为首……非严办不可！”而他红肿的脸也相传是因为族中出了“淫奔之妇”气肿的。长太爷痛斥“万恶淫为首”的背后正是他依恃权势遂其淫欲的卑劣人格，作者对之进行了快意的嘲讽，发出轻蔑而尖刻的笑。《砥柱》深入一步，对传统文化中的程朱理学进行反思。程朱理学的忠实信徒黄宜庵老先生护送女儿进城与易总办的公子相亲，途中女儿与一个敞胸露奶喂小孩儿的胖妇人谈话，他连忙教育女儿“礼为人之本”，正在此时听到隔壁官舱中淫秽的谈话。这位老先生被挑拨地心浮神摇，却还一本正经教育女儿“听了非礼之言，……也就是自己非礼”，随后气恨恨药去制止隔舱有碍名教的谈话。不料发现谈话的主角竟是自己多年老友·经济研究会会长。情场老手黄老先生遂被招呼加入关于女人经的会谈。他于是把女儿打发到带小孩儿的胖妇人那里，自己畅快地融入意味深长的、颤抖的淫笑声中。这位理学先生自喻能在时局世风恶化之际挽狂澜于既倒，颇类黄河激流中的石岛“砥柱”，而实际上灵魂肮脏，卑污不堪，无疑是虚伪的封建卫道士的一张绝妙漫画图。长太爷与黄老先生堪称双璧，他们道德的虚伪与下文华威先生政治上的虚伪相呼应，构成对上流社会的轻蔑一瞥。

小市民、小公务员是社会上的小人物，他们地位卑下，思想上又带有传统文化的烙印，是张天翼喜剧世界的第二类人物。《包氏父子》中的老包是个老听差，却期望自己的儿子由读书而成为老爷，于是不惜借债供儿子读书，甚至为了让儿子打扮得体面一点儿，去偷主人家的头油。儿子小包想的却尽是巴结阔同学、找女朋友之类的事儿，成绩极差，频频留级。年关到来，债主纷纷上门逼债，又传来小包打伤同学被勒令退学，并要偿付医药费的消息。老包经受不住打击，跌坐在地。颇有意味的是，当老包忽然想要把包国维搂起来，爷儿俩抱着哭——哭他们自己的运气不好时，他发现“包国维走远了。街上许多的皮鞋响，辨不出哪是包国维的。前面有什么在一闪一闪地发亮：不知道是包国维的头发，还是什么玻璃东西”。老包把向上爬的梦想全然寄托在儿子身上，尽管他是忠厚的，却演出了一场含着悲哀的泪水的喜剧。相对而言，《陆宝田》的主人公则真正是一心向上爬而不择手段的代表了。在机关里做小书记的陆宝田热衷于攀缘，却在派系的倾轧中成了殉葬品。他不竭余力巴结上司，却被当成了玩物。樊股长不顾他有严重的肺病，逼他抽烟、喝酒，并在他喝得烂醉之后，逼迫他骑马。终于，陆宝田从马背上摔下来，口吐鲜血，卧床不起。在这样的情况下，他还惦记着将巴结领导的“公事”拿回家来抄，以向长官显示他工作的努力。不想此时长官已因他久假不归，将他开了缺，补上了一个同乡。陆宝田为改善穷困和屈辱的处境，拉关系、走门路，不无可怜之处，但他固执着那个剥夺他生存价值的社会的腐朽法则。正如杨义所言，“是兼具走狗性和牛马性的喜剧形象……是一个甘于当狗、却没有资格当狗、而至死又未减狗性的可怜虫。”对于老包、陆宝田这样的小人物，作者书写他的辛酸，更画他们的灵魂，讽刺是悲哀而含泪的。

在封建卫道士与底层小人物之间，张天翼以知识分子为主角建构了现代版的《儒林外史》。《出走以后》是其中短小而精粹的一篇。何太太在青年时代受到具有新思想的七叔的影响，认识到社会的黑暗腐败，致力于做一个思想自由、坚持独立的青年。经七叔引见，她嫁给了资本家何伯俊。当时何伯俊是一位有报国理想的青年，回国后还准备兴办实业，振兴国家。婚后，何太太过了一段极其安闲享受的生活，之后竟发现丈夫是一位剥削工人的资本家，“这个何伯俊不顾工人的死活，以经济不景气为理由削减工人，压低报酬，还与国外资本家勾结，联合压榨工人的血汗钱”。于是她宣称“我再也不能跟伯俊呆下去！我到现在才明白了他！他简直恶化，腐化，自私自利，国家社会上的罪人”，“我要像《玩偶之家》里那个女主人公一样”。但是原先的精神导师七叔却劝导她：“我们不妨把生活跟思想解释成两回事。思想归思想，生活归生活。”当她考虑到生活时，高尚的理想在现实面前终于投降，她迫不及待地回去了。《猪肠子的悲哀》的主人公，作家猪肠子，曾经是无政府主义者，后加入过共产党，却甘心把自己卖给那个丑陋的阔小姐，还准备去当什么局长。同样，荆野（《荆野先生》）在追寻与探索之后，结局也是娶妻成家，成了一个成功的商人。对于这些知识分子而言，思想和过激的言论只是一种装饰，与行动和道德无关。对于这些身边的人物，张天翼没有丝毫袒护，照样以他锋利无比的讽刺尖刀剖析、嘲讽了他们的灵魂。

（二）叮！华威先生来了

抗战初期，热情的抗战小说风靡一时。如同一个不协调的音符，1938年，张天翼在《文艺阵地》发表讽刺名作《华威先生》。小说通过塑造了一个“包而不办”的国民党官僚形象，揭示国民党消极抗战、不务实际和专门争权夺势的本质，进而对国民劣根性进行了痛切的批判。

华威先生的出场是戏剧性的：“照例——会场里的人全到齐了坐在那里等着他。他在门口下车的时候总得顺便把踏铃踏它一下：叮!”于是，“同志们彼此看着：唔，华威先生到会了。”接着，华威先生在门口伫立一下，让全场为他行注目礼。他不能参加一个会议的全过程，一天开十几个会，总是迟到早退。街上跑的顶快的就是华威先生的黄包车，他穿梭在各种各样的会场，“工人抗战工作协会的指导部今天开常会。通俗文艺研究会的会议也是今天。伤兵工作团也要去的，等一下。你们知道我的时间不够支配：只容许我在这里讨论十分钟”。华威先生的会场表演是精彩的，他总是打断别人的话，表面上鼓励青年热心抗日工作，实质上发布一个领导中心的言论，所谓“青年工作人员要认定一个领导中心。你们只有在这一个领导中心的领导之下，抗战工作才能够展开。青年是努力的，是热心的，但是因为理解不够，工作经验不够，常常容易犯错误。要是上面没有一个领导中心，往往要弄得不可收拾”。而实际上华威先生却毫不作为。小说有着经典的描写：

到门口可又想起了一件什么事。他把当主席的同志拽开，小声儿谈了几句。

“你们工作——有什么困难没有?”他问。

“我刚才的报告提到了这一点，我们……”

华威先生伸出个食指顶着主席的胸脯：

“唔，唔，唔。我知道我知道。我没有多余的时间来谈这件事。以后——你们凡是想到的工作计划，你们可以到我家里去找我商量。”

坐在主席旁边那个长头发青年注意地看着他们，现在可忍不住插嘴了：

“星期三我们到华先生家里去过三次，华先生不在家……”

那位华先生冷冷地瞅他一眼，带着鼻音哼了一句——“唔，我有别的事，”又对主席低声说下去：

“要是我不在家，你们跟密司黄接头也可以。密司黄知道我的意见，她可以告诉你们。”

密司黄就是他的太太。他对第三者说起她来，总是这么称呼她的。①

华威先生冠冕堂皇的言语背后是赤裸裸的权力欲。他不能容忍任何一个群众团体失控，妇女界战时保婴会没有邀请他参加，他随即“担心”它会不会成为“非法团体”，因而使自己成为这个妇女团体的男性委员。当知道青年们的日本问题座谈会没有请到他就开会，立刻称之为“秘密行动”，要追查“到底是什么背景”。这种专横作风正是国民党当局推行的消极抗日、压制民主救国行动的体现。

然而，华威先生又是“温文谦和”的，他的权欲熏心、暴君本色隐藏在几分“平民风度”背后。他曾和我交涉过“称谓”问题：“嗳，你真是!”他说。“为什么一定要个‘先生’呢。你应当叫我‘威弟’。再不然

① 张天翼：《华威先生》，见《张天翼文集》（第4卷），上海文艺出版社，1985年版，第261～262页。

叫'阿威'。"在会场上，华威也总是坐在边远的一角而不肯做主席的。并且华威抗战的热情真真"令人感动"，"王委员又打了三个电报来，硬要请我到汉口去一趟。这里全省文化界抗敌总会又成立了，一切抗战工作都要领导起来才行。我怎么跑得开呢，我的天!"，乃至"我恨不得取消晚上睡觉的制度。我还希望一天不止二十四小时。抗战工作实在太多了。"①

《华威先生》发表后引发了轩然大波，特别是作品被日本人作为侵华的材料介绍到日本去之后，更是引起了极大反响。一种意见认为，《华威先生》"灭自己威风，长他人志气"，并且说"如果对于'医'没有把握，'疾'无论轻重，还是讳一讳好"；而另一部分人则认为，"如果能够彻底地暴露黑暗，或者并不亚于有实感地颂扬光明，因为不击退黑暗，光明也就难于来到"，进而指出，"照上那些幢幢的鬼影，使之无法藏形；指出那些创病之所在，使人们知其所洗治，正是今日文艺的最重要的任务之一。因为这各面的种种黑暗与病根正窒息着民族的生机，正阻碍着胜利的前途"。争论足以见得《华威先生》揭露时弊的力度与深度。这篇敏锐、深刻而明快的速写，在一般作品尚对抗战工作进行热情鼓动之时，即以喜剧的敏感反省抗战主体本身，揭批抗战营垒内的蠹虫，堪称"慧眼的发现"。

深入来看，华威先生这个浮夸、虚伪的官僚，并不是一个偶然的存在。这个形象体现了中国国民性格的劣根性——追慕名分而忽视实践，不顾民族的危亡而膨胀一己的派系。华威姓"华"，他本身正是这种文化心理与官僚阶级相结合浮出来的残渣。蒋星煜认为："华威先生是中国国民精神病状的凝结和综合：他名义上在刘主任那里办事，其实整天在别的地方鬼混，在官场上这种情形最普遍不过了。"②《华威先生》对这位有着伪善外表，忙于开会、宴会和演讲，却不做任何实事的国民党官僚形象的塑造是穿透了时弊，而刺入国民精神的内里的。从这个意义上讲，《华威先生》是张天翼讽刺喜剧的优秀篇章之一。

《华威先生》暴露、讽刺的笔触促使人们正视和思考抗战营垒的阴暗面和妨碍抗战发展的社会隐患。恰如茅盾所说："'华威先生'那样典型的出现，而且引起了普遍的注意（我这里收到了不少读者的来信都是对于华威先生感到很大的'兴味'的），而且更引起了青年作家对于隐伏在光明

---

① 张天翼：《华威先生》，见《张天翼文集》（第4卷），上海文艺出版社，1985年版，第258页。

② 蒋星煜：《论华威先生——华威先生的时代还没有死去》，《民主世界》，第1卷第4期。

中的丑恶的研究和搜索。”[①] 随着抗战进入持久阶段，“华威先生”的问题引起越来越多的人的共鸣。特别是在抗战后期，国民党政权已现出死相疯狂相，抗争和揭发群起。越来越多的人看到，“华威先生的时代还没有死去”，“我们能够静心观察的话，有一个事实是无法否认的：在广大的中国土地上，华威先生之多，犹如恒河沙数，而在日常生活之中我们更不断的接触到，抗战以前有，直到抗战第八年的今天仍旧活跃着”。[②] 甚至茅盾发表于1949年初的短篇小说《春天》，描写在四面楚歌中垂死挣扎的国民党官僚政客，主人公就是“华威先生”。40年代，暴露与讽刺所以成为文学思潮之一，不可否认《华威先生》的影响。

二、辛辣、滞重的乡土书写：沙汀的《在其香居茶馆里》

（一）沙汀和他的巴蜀小说

沙汀（1904～1992），原名杨朝熙，又名杨子青，生于四川安县一个破落的地主家庭。父亲是前清廪生，喜好读书，不善理财，在沙汀五岁时撒手人寰，留下五十亩田产和一座院子。精明强干的母亲偏爱幼子，尽管家道中落，仍然为沙汀延请私塾，并且凡事由着他。少年沙汀经常逃学，到镇子里乱窜，杂货铺、烧腊摊、酱园铺、茶旅馆让他切身感受到原汁原味的四川乡镇文化，卖东西的小贩、山民等让他目睹了底层百姓的生活真实。正如他自己所说：“我可以毫不脸红地自夸，在四川就是有人打个喷嚏，我都能够猜到他的含义。”沙汀的舅舅郑慕周是川西北文化造就的传奇人物，他在辛亥革命时期四川同志会起义中，成为哥老会地方组织的首领，又与官厅不和，自立武装。沙汀十一二岁的时候，即随舅父跑滩，出入了安县的大小乡镇，接触了不少地主豪绅、帮会组织、三教九流。沙汀因而了解这些蛮强人物的生活细节、奇闻轶事。舅父对他产生了父亲般的影响力，在少年沙汀的心目中，舅父就是自己的榜样。但是较有远见的舅

① 茅盾：《八月的感想——抗战文艺一年的回顾》，《文艺阵地》，第1卷第9期。

② 蒋星煜：《论华威先生——华威先生的时代还没有死去》，《民主世界》，第1卷第4期。

父坚决不许家中的男性操袍哥，并且拒绝了他投笔从戎的请求，力劝他不要上军校，也不要再读私塾，而要尽快去成都上新学堂。沙汀因而走出了这片民众茫然死生、实力派人物蛮性统领的乡土，见识到广阔天地中别样的生存方式。

1922 年始，沙汀赴成都入四川省立第一师范学校学习，五年间接受了迟到的新文化启蒙。1927 年夏天，沙汀加入中国共产党，在故乡从事革命活动。不久，成都发生“二·一六惨案”，隐蔽一段时间后，1929 年流亡到上海，与人协同创办“新垦书店”。1931 年，沙汀与从缅甸被逐回国的省一师同班同学艾芜（汤道耕）相遇，携手小说创作。他们联名给鲁迅写信请教写作的困惑，鲁迅迅速回信指点迷津说“选题要严，开掘要深”。①1932 年，沙汀加入“左联”，成为“左翼文学新人”之一。1937 年抗日战争爆发后，他积极从事抗日救亡工作。1949 年新中国成立，沙汀担任全国和四川省文学界的领导工作，任中国社会科学院文学研究所所长、中国作家协会副主席等职。②

短篇小说集《法律外的航线》是沙汀的早期代表作，被茅盾称赞为“一本好书”，“不是蹈袭那个旧公式”，③ 而是“用了写实的手法，很精细地描写出社会现象——真实的生活的图画”，而沙汀自己则认为，“我所写出的只是一些点点斑斑的浮面现象，它还缺乏一件重要的东西：人物。”④突破的契机在 1935 年出现。沙汀因母亲去世，回到四川故乡，重新审视积弊痼疾、人兽兼杂的农村乡镇社会，感受到川西北农村沉滞、阴郁的气息。宗法制下的川西北小城镇从此成为沙汀创作的沃土。

作为“转换作风的起点”之一的作品，《丁跛公》确乎是“一个地道的四川故事”。丁乡约本不跛足，只是年轻时就跟着跛子父亲翻山越村干着收款、派款的工作，在承袭父亲职务的同时也承袭了父亲的诨号。但是，“稍有势力的地主会揶揄他，就是一个毫没眉眼的农夫，也不把他当成一个上头派下来的脚色看待”。直到“他送了几两银子，叩了一些‘响头’，求得袍水大爷承认他是一个哥老会的会员以后”，“那些泥腿杆再也

① 鲁迅：《二心集·关于小说题材的通信》，见《鲁迅全集》（第 4 卷），人民文学出版社，1973 年版，第 377 页。

② 沙汀生平参见吴福辉：《沙汀传》，北京十月文艺出版社，1990 年版。

③ 茅盾：《〈法律外的航线〉读后感》，《文学月报》，第 1 卷第 5、6 期合刊。

④ 沙汀：《纪念鲁迅先生，检查创作思想》，《新华日报》（重庆），1951 年 10 月 19 日。

不敢多和他啰唆了”。儿子到临县当了营长的马弁，丁跛公被人恭称为“老太爷”。他表面和气乐观，被认为浑身有趣味，却能逼得小粮户上吊。他搜刮乡民，独占奖券，奖金却被团总吞蚀，绑匪闯进家里，搜不到巨款，打碎了他的右脚踝骨，“丁跛公”的称号终于名副其实了！作者以喜剧的情趣书写乡间恶势力狗咬狗的争斗，快意地揶揄一个在邪恶竞赛中永远落后的狗腿子。与《丁跛公》堪称姊妹篇的是《代理县长》。前者写猎狗觅食式的杂役，后者则写“瘦狗炼油”式的官吏。县长名义上去城里替难民请赈，实际上是活动行政费捞钱。“阎王不在家”，剩下的人员置灾民的苦难于不顾而自谋“生财之道”。在这位县长眼中，做官就是为了捞钱，“瘦狗还要炼它三斤油哩！”，对待责任却认为“天底下哪有那样多认得真的事呵！”遍地饥荒、满目疮痍之际，他先是让联保主任拦住逃难的灾民，每人收五角钱方可离开，面对老科长“杯水车薪”的感慨，他自信地说：“久坐必有一禅”。计划失败后，他没有气馁，又谋划着让灾民买票等候他都不相信会到来的“赈”，大有不揽到钱不罢休的雄心壮志。地痞和官吏的嚣张当然不是偶在的，而是反映了旧中国当权者涸泽而渔的末代暴君本色。

暴政之下，民众被鱼肉，毫无尊严，命如草芥，这是沙汀巴蜀小说的另一个方面。《兽道》中，一群大兵闯入魏老婆子家，轮奸了她产后尚未出月的儿媳。魏老婆子焦急地恳求、阻拦，竟喊出“嗨！给你们说她身上不干净！——我跟你们来呀”。儿媳羞愤自杀。魏老婆子投告无门，经受着亲家母的指责与兵太太的羞辱。待到她唯一的安慰——初生的孙儿夭折后，一向乐观、充满活力、被称为“朝天椒”的魏老婆子疯了，她下身赤裸，披头散发，一手拿着裤子，一手拿着破竹篙，嚷嚷着“给你们说她身上不干净！——我跟你们来呀”。浓烈的悲剧气氛燃烧着愤恨，“兽道”是对军阀、兵匪严厉而恰如其分的控诉。而底层人民，特别是女性的被侮辱、被践踏似乎被公认为理所当然。《在祠堂中》即呈现了一场宗法制与兵匪作风相媾和的悲剧。连长李海山对自己以财势掳来的、洗衣婆的女儿、“不贞”的太太大发雄威，咆哮和拳头双管齐下：“狗入的！我总要叫你认得我！”并且协同几个下级军官，用手巾堵住太太的嘴，把她塞进棺材里面，活活闷死了。颇有意味的是，在此过程中，无论军官，还是左邻右舍，都只有嘲笑和怂恿而无人劝解。“婆娘家，洗脚水，洗了一盆又一盆”，“贱皮子”，“拿着福享不来”，句句是唇刀舌剑，在祠堂这个“神圣”的所在千刀万剐了一个弱小的女子。周立波评价《在祠堂中》的气氛是

“凄厉”，可谓恰切。

官吏与流氓相合一，兵与匪相等同，更奈何宗法制灰色的大网笼罩着一切。沙汀对川西北小镇的书写充满滞重的悲哀、辛辣的嘲讽。他的巴蜀小说构成对老旧四川、老旧中国的深刻深思，对人性沉沦的悲悯与救赎，更是对国民党黑暗统治的揭露与抨击。抗日战争爆发以后，国民党政权的腐朽毫无遮拦地暴露出来，沙汀的写作以更加犀利的嘲讽、更加深沉的悲哀揭露现实弊政与文化积习，达到他小说艺术的高峰。

（二）绵里藏针而一针见血：《在其香居茶馆里》

抗争爆发后，沙汀四处奔走，渴望到前线去。根据党的工作需要，1937年冬，他从炮火连天的上海，绕道嘉兴去南京搭轮船，几经转折，回到故乡四川从事抗日救亡工作。面对“一切照旧，一切都黯淡无光”的现实，面对官方抗战条文和组织的“底面不符”，沙汀叹息道：“表面上是为了抗战，而实质上，他们的作用却不过是一种新的手段，或者是一批批新的供人们你争我夺的饭碗。所以人们自然地就依然按照各人原有的身份，是在狞笑着，呻吟着、制造着悲喜剧。”① 1938年8月，沙汀来到向往已久的革命圣地延安，在延安城西凤凰山下一座窑洞里，与何其芳、卞之琳一道，受到毛泽东主席接见。在延安，沙汀任教鲁艺、感受延安火热的文化生活，并随贺龙同志去晋西北战场体验生活和实习。1939年冬天，沙汀回到四川，被党组织派往重庆工作。此后，沙汀一方面以报告文学、散文、短篇小说抒写延安生活带来的向往和景仰，充满了理想之光，一方面继续巴蜀小说的书写，更加冷隽、厚重。

《在其香居茶馆里》是沙汀这个时期的代表作。小说开篇写道坐在其香居茶馆里的联保主任方治国看到邢幺吵吵气势汹汹走来。由于方治国的密告，刑幺吵吵缓役四次的二儿子被兵役科抓进城里去了。一场争斗势在必发，而争斗双方都是“头面人物”。方治国是联保主任，掌握着地方政权，而且他这次不怕得罪邢幺吵吵，还有另外两个原因：一是邢幺吵吵的二儿子“因为缓役了四次，好多人讲闲话了”；二是“新县长又是宣布了要整顿兵役的”。邢幺吵吵是真正的地方实力派，他本身就是个土豪，而且大哥“是全县极有威望的耆宿，舅子是财务委员，县政上的活动分子，

① 沙汀：《这三年我的创作活动》，《抗战文艺》，第7卷第1期。（1941年1月1日）

很不好沾惹的”。旗鼓相当的双方各有性格。土豪邢幺吵吵是个“大炮性子”，“是个不忌生冷的人，什么话他都嘴一张就说出来了，不管你受得住受不住”，他自己也说：“老子这张嘴么，就这样：说是要说的，吃也是要吃的；说够了回去两杯甜酒一喝，倒下去就睡。”真真是个飞扬跋扈，横行霸道，不顾一切地泼皮无赖。联保主任方治国却是个奸猾胆怯、善于看风使舵的“软硬人”，“碰见老虎他是绵羊，对象是绵羊呢，他又变成老虎了。”“他说话的声调和表情照例是带着一种嘲笑的意味，至于是嘲笑自己，或者对方，那就要凭你猜了。他经常凭藉了这点武器来掩护自己的，而且经常弄的顽强的对手哭笑不得”。双方分别聚集了一些回龙镇上“人物”：与邢幺吵吵同桌的三个茶客——十年前当过视学的好好先生俞视学；前征收局管账，现在靠着利金生活的黄光锐；会文纸店的老板汪世模汪二；与方同桌的他的“军师”张三监爷和他的“重要助手”黄毛牛肉。

双方从对峙终于交火。邢幺吵吵从含沙射影的骂到得寸进尺地进攻，方治国从小声的嘀咕到以半软半硬嘲笑的口吻应付。斗争发展到这一步，陈新老爷出来“吃讲茶”了——“陈新老爷是前清科举时代最末一科的秀才，当过十年团总，十年哥老会的头目。”这位老爷解决问题的办法是：由邢幺吵吵出钱，由方治国买人替换，并且由方负责进城与邢大哥一道去疏通放人。然而方治国害怕脑袋掉在兵役舞弊上，拒绝了调解。事态演变到大打出手：联保主任被打得“不断淌着鼻血，左眼睛已经青肿起来”，邢幺吵吵也“气喘吁吁地唾着牙血”。正在闹得不可开交时，进城打探的蒋门神带来消息：县长赴了邢大老爷的宴请，结果邢二少爷就因点名时报错了数，被打了一百军棍，已经被开除出来啦。所有在场的人目瞪口呆。斗争双方一个自觉庸人自扰，一个感到枉费心机，陷入了尴尬难堪的境地。小说最后一笔将讽刺定格在绝对的辛辣上：蒋门神半吃惊半讨好地询问两个鼻青脸肿的体面人物：“你牙齿痛吗？你的眼睛怎么肿了？”妙笔天成，令人哑然失笑。

小说及其巧妙地在一个世俗的“吃讲茶”的画面中嵌入了涉及民族危亡、反映政治清浊的兵役问题，可谓绵里藏针。如果说两个头面人物的互骂相殴已然反映了世风，那么“人已经放出来”的消息令纷争戛然而止则进一步揭露了国民党政权的腐败。兵役分派由地方权势和金钱和决定，县长的政令在宴席之上化作一纸空文。一斑而窥全豹，抗战大后方政治上的腐败一览无余，可谓直刺时弊，一针见血。

如果说短篇小说《在其香居茶馆里》截取了一个荒唐的横截面，那么“三记”则展开了一轴悲哀而沉痛的长卷，共同成就了沙汀巴蜀小说的高峰。《淘金记》《困兽记》《还乡记》在沙汀蛰居四川时期完成，以生命的沉潜、浓得化不开的忧患深入了故乡的文化与人生。《淘金记》中，龙哥、林幺长子、白酱丹等城狐社鼠鲜活欲出，难怪卞之琳评之曰“像X光似的照出了我们皮肉底下的牛鬼蛇神，牛鬼蛇神底下的人性”①。《困兽记》转而写乡镇小学教员，刻写知识分子在卑庸环境下，心智百般消磨的痛苦。《还乡记》跳跃到农民和地主的矛盾，农民对统治者发出了“皇帝老倌都要垮台了”的怨咒。“三记”的目光由上而下，从社会上层的黑暗与腐烂、知识分子的追寻与幻灭到底层农民的苦难与抗争，全景式展现了一个即将结束的时代的状貌。“三记”融汇了沙汀的滞重与辛辣，深沉地挥别一个即将逝去的年代。

三、献给老旧文化、病态社会的挽歌：萧红后期作品和《呼兰河传》

（一）意蕴丰富、格调特别的《呼兰河传》

1940年春，萧红由重庆飞抵香港，住在九龙尖沙咀乐道8号。此时的萧红身体已经病弱不堪，然而，直到1941年4月美国进步作家史沫特莱的看望，萧红听从她的建议到玛丽医院做全面检查，才发现患有肺结核。不久，九龙陷于日军的炮火之中。一方面，她病情日益加重，并在错动喉管手术之后，不能饮食，不能言语，极度衰弱；另一方面，战火硝烟弥漫，她忧心如焚，四处辗转。1942年1月22日，在圣提士反的红十字会临时医院，萧红与世长辞。生命的最后两年，萧红异常珍惜创作的机缘，将内心的寂寞、凄苦、忧思和悲愤化作倾向复杂、格调特别的文字。《呼兰河传》《马伯乐》《小城三月》是萧红最后的文字，交织着对现实的讽刺与对文化的忧思，在追思与内省，希望与绝望中挥别一个即将逝去的时代，而

① 卞之琳：《读沙汀〈淘金记〉》，《文哨》，第1卷第2期。

萧红自己竟不能迎接未来与新生了，实在“不甘，不甘”。

大片国土在沦丧，病弱之躯索居天涯一隅，《呼兰河传》遥望承载童年时光的故土，审视沉滞、凝固、窒息的文化传统，向老旧中国病态的社会献上了一曲忧伤的挽歌。哈尔滨的小镇呼兰，那是一个既僻远又热闹的小城。城中的交通要道上坐落着一个“大泥坑”，五六尺深，不下雨那泥浆好像粥一样，一下起雨来，则白亮亮地涨得溜溜地满，涨到两边人家的墙根上去了，把人家的墙根给淹没了。它常常淹死一些骡马和小孩，可居民都在看热闹，没有人出来加以整治。有的说应该拆墙，有的说应该种树，但没有一个人说要填平的，尽管填坑并不难。小城有它自己的文化和盛事。生病的人家请来跳大神的，全身无处不哆嗦，跳到半夜时分，那鼓打得分外地响；呼兰河边是鬼节放河灯的地点，民众齐聚为鬼脱生放灯，由拥拥挤挤变得荒凉孤寂的河灯在黑色的河水中流下去；呼兰河岸还是唱野台子戏的地点，唱大戏是为龙王爷，呼兰人聚集听戏，热闹不已；娘娘庙和老爷庙是呼兰人逛庙会必去之地，拜神，游庙会，是每年必做的事情。四月十八的娘娘庙会，没有儿子的妇女们正在给送子娘娘戴一副眼镜……“我家的院子”住着祖父。“我”的祖父已年近七十，是一个慈祥、温和的老人，家里面只有祖父最关心我，“我”在祖父的庇护、娇惯、溺爱中悠然地、恣意地、任性地成长。一天到晚，门里门外，“我”寸步不离他，他常教“我”读诗，带“我”到后花园游玩，“我”走不动的时候，祖父就抱着我，“我”走动了，祖父就拉着我，祖孙俩相依相伴，有着无穷的快乐。

“我”家有几家邻居，西边的一间破草房租给一家喂猪的，还有一间草房租给一家开粉坊的，他们常常一边晒粉、一边唱歌，过着很快乐的生活。厢房里还住着个拉磨的，粉坊旁的小偏房里还住着个赶大车的胡家。胡家养了个小童养媳——小团圆媳妇。她是个名为十四、实只十二岁的小姑娘，成天乐呵呵的，“一点也不知道羞，头一天来到婆家，吃饭就吃三碗”，而且“十四岁就长得那么高”也是不合规律，总之这小团圆媳妇不像个小团圆媳妇。胡家想给她个下马威，总是无端打她，左邻右舍也支持胡家的行为，都说应该打。胡家就越打越凶，时间也越打越长，小团圆媳妇被折磨得生了病。老胡家听了跳大神的人的话，决定给小团圆媳妇用开水洗澡。洗澡时，很多人来看热闹，只见她被滚烫的水烫了三次，几天后终于死去了。

“我”有一个亲戚叫“有二伯”，他是个老光棍，性情非常古怪，同人不大爱搭腔，却喜欢同石头、麻雀、黄狗谈天。听祖父讲，有二伯三十年前就到了我家，日俄战争时，多亏有二伯在，才守住了家，他最怕人骂他“绝后”，只要听到有人这样骂他，就会伤心的大哭起来。

人们都管拉磨的那个邻居叫“冯歪嘴子”，他不但会拉磨，还会做年糕。有一次，“我”去磨坊买年糕，看到里面炕上躺着一个女人和一个小孩，原来冯歪嘴子成家了，那女人就是同院老王家的大姑娘王大姐。然而，冯歪嘴子的幸福生活遭到了邻人们的羡慕和嫉妒。大家都说王大姐坏，谣言层出不穷。冯歪嘴子受尽了人们的冷嘲热讽。过了两三年，王大姐在生下第二个孩子后因难产死去，冯歪嘴子常常含着眼泪，但他看到大儿子已会拉驴饮水，小儿子也会拍手笑了，他就不再绝望。在儿子身上，他看到了活着的希望。

确如茅盾所言，“《呼兰河传》不像是一部严格意义的小说，而在它于这‘不像’之外，还有些别的东西——一些比像一部小说更为‘诱人’些的东西：它是一篇叙事诗，一幅多彩的风土画，一串凄婉的歌谣。”① 似乎随意的叙事蕴含着作者对老旧中国病态社会的深度思考。小镇呼兰的人们按照旧有的、千百年不变易的习惯生活，理所当然，不假思索。“破草屋有上半间，买上二斗豆子，煮一点盐豆下饭吃，就是一年。”那儿时荒凉的深宅大院，院子西南角上三间破草房里，住着漏粉工人。他们明知这儿间“碴碴”作响的房子随时会倒掉，却无动于衷，“似乎这房子一旦倒了，也不会压倒他们，就像是压倒了，也不会压死似的”。“逆来顺受，你说我的生命可惜，我自己却不在乎。你看着很危险，我却自己以为得意。不得意怎么样？人生是苦多乐少。”漏粉工人凄凉的歌声让人感到“那唱不是从工作所得到的愉快，好像含着眼泪在笑似的”②。这种对生活的重压没有抗争、随遇而安、浑浑噩噩、得过且过的民族心理，对生存环境的漠然心态，是何等的悲哀。

封建积习、老旧传统似乎理所当然地、在不经意间充当了刽子手的角色，杀人不见血，令人发指。老胡家的小团圆媳妇触犯了什么而惨死？她不像个小团圆媳妇——她的健壮、活泼、大方，她的坐得笔直、走得风快

① 茅盾：《呼兰河传序》，《茅盾文集》（第10卷），人民文学出版社，1981年版，第317页。
② 萧红：《呼兰河传》，《萧红全集》（第2卷），北京燕山出版社，2004年版，第271页。

触犯了不成文的团圆媳妇的戒规，而“习以为常”本身就是戒规。而“人们”似乎没有恶意，只是为小团圆媳妇好，为老胡家好。她的婆婆也是为她好：“她来我家，我没有给她气受，哪家的团圆媳妇不受气，一天打八顿，骂三场。可是我也打过她，那是我要给她一个下马威。我只打了她一个多月，虽然说我打得狠了一点，可是不狠哪能够规矩出一个好人来。”① 小团圆媳妇的婆婆因儿子踏死了一只小鸡，打了她三天三夜（身上留有碗口大的疤），而帮助埋葬过小团圆媳妇之后，老厨子和有二伯像过年一样，欢天喜地地赞美酒菜不错。真真“人死不如一只鸡”。更令人悲哀的是，恰恰勤劳的有二伯也是一生受尽歧视和嘲弄，对于同样是被侮辱被损害者，却毫不同情。他和老厨子经常吵骂，认为“介（这）年头是啥年头呢？小团圆媳妇也不像个团圆媳妇了”，而王大姑娘也不该找个磨倌，应该找个穿绸缎的。这个和作者家同宗而又被称为“家族以外的人”背负着生活的重担和精神的枷锁，却自觉地维护封建传统观念。

无论如何，“春夏秋冬，一年四季来回循环地走，那是自古也就这样了，风霜雨雪地，受得住的就过去了，受不住的就寻求着自然的结果。那自然的结果不大好，把一个人默默地一声不响就拉着离开了人间的世界了。至于那没有拉去的，就风霜雨雪，仍旧在人间被吹打着。”② 自然的结果中蕴含着是完全被动的生生死死，然而生命是坚韧的。冯歪嘴子在王大姐死后克尽抚育幼子的责任，作者以含泪的微笑描述这个磨倌历尽艰辛的顽强的生命形态，解释这个北方小城，也是中华大地坚韧的灵魂。“冯歪嘴子自己，并不像旁观者眼中的那样绝望，好像他活着还很有把握的样子似的，他不但没有感到绝望已经洞穿了他。而且他看见了他的两个孩子，他反而镇定下来。他觉得在这世界上，他一定要生根的。要长得牢牢的。”“于是他照常地活在世界上，他照常地负着他的那份责任。”“喂着小的，带着大的，他该担水，担水，该拉磨，拉磨”。③ 韧性的生命在残忍的文化秩序下闪耀出高贵的光辉。

《呼兰河传》构思于“七七”抗战爆发之后，1937 年年底开始动笔于武汉，1940 年 12 月在香港完成。皇甫晓涛认为《呼兰河传》出现在四十年代文坛，恰好契合了“抗战文艺”一条潜在逻辑线索，即民族意识觉醒

① 萧红：《呼兰河传》，《萧红全集》（第 2 卷），北京燕山出版社，2004 年版，第 291 页。
② 萧红：《呼兰河传》，《萧红全集》（第 2 卷），北京燕山出版社，2004 年版，第 325 页。
③ 萧红：《呼兰河传》，《萧红全集》（第 2 卷），北京燕山出版社，2004 年版，第 361 页。

时期自我反思和历史批判的“向内转”逆动审美文化波。指出《呼兰河传》对文学史的贡献在于，它不仅为当时的抗战文艺寻找到一个由表层向历史深层运动的转折点，而且也寻找到了五四以来一度中断的由传统文学迈向新文学的“现代”审美转折点，是萧红对民族文化重负进行全面挖掘的文学思考。① 孟悦、戴锦华的《浮出历史的地表》则认为，“《呼兰河传》是继《生死场》后的又一部历史反思作品，看起来，《呼兰河传》似乎退到了《生死场》之前——作者童年的回忆，但在某种意义上，它却是《生死场》的续篇和重写。作为续篇，出没在《呼兰河传》中的历史形象已不再是《生死场》中那个自然生产方式的轮回，而是死水式的社会病态的文明的因袭，出现在《呼兰河传》中的国民灵魂也不再是动物性、非主体的乡土人众，而是无意识无主名杀人团式的群体。出现在《呼兰河传》中的希望也不再是某一个危机引致的大众觉醒，而是某种未被这文明社会所淹没的生命力。《呼兰河传》是萧红在她生命最后几年里对毕生经历和思想的凝聚。”② “抗战文艺”的“向内转”和历史文化反思的观点实则一致。萧红时刻关注伟大的民族解放战争，在深情怀念沦陷了十年的东北故园之同时，深入探索造成祖国落后的宗法制度和文化心理，民族解放和文化改造的主题从而合一。《呼兰河传》正是以沉重的叹息和游子的眷恋向一个旧有的时代以及它所承载的老旧文化挥手告别，吟唱一曲挽歌的。其思想意蕴的复杂与格调的特别具有独特的美感，恰如茅盾所言：“有讽刺，也有幽默，开始读时有轻松之感，然而愈读下去心头就会一点一点沉重起来。可是，仍然有美，即使这美有点病态，也仍然不能不使你炫惑。”③《呼兰河传》中讽刺、幽默的沉重感与病态的美感在萧红同时期的另两篇小说中分别得到发挥。

(二)《马伯乐》与《小城三月》

《马伯乐》共分两部。第一部写的是马伯乐从家乡青岛到上海，抗战开始后，他的太太和三个孩子也逃难来到上海，马伯乐决定带全家人离开上海去汉口。第二部前四章都是写马伯乐与全家是如何狼狈挣扎在旅途，

① 参见皇甫晓涛：《萧红现象——兼谈中国现代文化思想的几个困惑点》，天津人民出版社，1991年版。

② 孟悦、戴锦华：《浮出历史地表》，中国人民大学出版社，2004年版，第187页。

③ 茅盾：《呼兰河传序》，《茅盾文集》（第10卷），人民文学出版社，1981年版，第317页。

如何由上海经南京，车船辗转到了汉口，后面第五章至第九章写马伯乐在汉口的一场恋爱和失恋。《马伯乐》是一部未竟的长篇，似乎还要写到这家人再逃难到重庆。

马伯乐出身于青岛的一个有钱并且信洋教的家庭里，自幼读《圣经》，守圣礼，讲夹生半熟的外国话，“伯乐”就是圣徒“保罗”的意思。他的父亲绝对地崇洋，然而那点一知半解的道理全都用在了解释他的自私虚伪的合理性上。例如他辞了身强力壮的车夫，用一个又穷又病的车夫，给饭吃不给工钱。这车跑得慢，主人就自我安慰说：“若是跑得快，他能够不要钱吗？主耶稣说过一个人不能太贪便宜。”马伯乐完全继承了其父的品质，又自私又没本事，什么也干不好，但他总能为自己的自私和失败找到各种理由。他又特别善于夸张自己的痛苦和不幸，在被这种自伤自怜和自我激愤的情绪压倒时，随意发泄到弱者头上。遇到什么困境，马伯乐的办法就是逃跑。萧红就在以自私为中心的逃生之旅中展示了他性格的可笑。当他为了追女人逃到上海去时，临走前把太太的小东西都搜刮一空，尤其是拿走了太太俭省没舍得用的花手帕时，得意地心想：“这守财奴呵，你不用你给谁省着?”他又想到这可以送给那个“她”，心里就更甜蜜了。逃跑的喜剧在马伯乐率领全家上火车时达到高潮。在那紧要关头，他一马当先，只顾自己上，同时还算计着太太装着财物的箱子。他给孩子们设计的逃难装备一点不能应付局面，弄得小女孩掉到江里，他自己也落花流水地败下阵来。

萧红写的是战时的生活，在她笔下，马伯乐这种自私自利，就是战时民众的一种真相。这种只求自保的精神状态，就在逃难民众的日常生活中制造着自相残杀的惨剧。她用冷峻的反讽描写人们冲过淞江桥的情形，我们民族自身的劣根性暴露无遗。“那哭声和喊声是震天震地的，似乎那些人们都来到了生死关头。能抢的抢，不能抢的落后。强壮如疯牛疯马者，天生就应该跑在前边。老弱妇女，自然就应该挤掉江去。”“他们这些弱者，自己走得太慢那倒没有关系。而最主要的是横住了那些健康的，使优秀的不能如风似箭向前进，怎么办?”“于是强壮的男人如风似箭地挤过去了；老弱的或者是孩子，毫无抵抗之力，被稀里哗啦地挤掉江里去了。”[①]作品对那种在伟大的民族战争中不顾民族大义，只照顾个人安危，贪生怕

① 萧红：《马伯乐》，《萧红全集》(第3卷)，北京燕山出版社，2004年版，第171页。

死的庸才和懦夫，给予无情的揭露和鞭挞，将自己的讽刺才能发挥到极致。

仍然是对文化的深沉思考，《小城三月》却寄托以春的悲哀和爱的企盼，可谓柔肠寸断。小说以儿童视点叙述了这样一个独特的东方故事："我"的一个叫翠姨的"姨"悄悄地在心里爱上了我的堂哥，然而，"向往着爱的自由"的翠姨，却"不幸"是一位再嫁的寡妇的女儿，而堂哥却是地主家才学出众的公子。在有数千年传统规范约束着的愚昧偏僻小镇，明知不可以，"她觉得自己命运不会好的，现在翠姨自己已经订了婚，是一个人的未婚妻。二则她是出嫁的寡妇的女儿，她自己一天把这个背了不知多少遍。她记得清清楚楚"。于是她将一切窒息于心底，"她的恋爱的秘密就是这样子的，她似乎要把它带到坟墓里去，一直不要说出口，好像天底下没有一个人值得听她的告诉"。几乎没有人能意识到翠姨心底的强烈爱情，甚至被她热烈挚爱着的"堂哥"也不知她缘何悲寂难耐。人们单调而又寂寞地生活着。日复一日，年复一年。似乎生活中本来就没"爱"只有结婚、闲聊或是忙于其他的礼仪琐事。当人们准备给翠姨和一个又丑又小的男人结婚之际，翠姨却日渐消瘦，悄然病逝家中。就连那位堂哥此后提起翠姨，"虽常常落泪"，也不知翠姨为什么死，"大家也都心中纳闷"。只有我这个略涉世事的孩子惊奇地窥视到了翠姨的一些异常。春天的美与翠姨短暂的青春形成悲哀的对照：

> 翠姨的坟头的草籽发芽了，一掀一掀地，和土粘成了一片，坟头里淡淡的青色，常有白色的山羊跑过。
>
> 这时，城里街头，又装满了春天。暖和的太阳，又转回来了。
>
> 春天为什么不早一点来，来到我们这城里多住一些日子。然后再慢慢地到另外一个城里去，在另外一个城里也住一些日子但那是不能的了，春天的命运就是这么短。
>
> 年青的姑娘们，她们正三两成双，坐着马车，去选择衣料去了，因为就要换春装了。她们热心地弄着剪刀，打着衣样，想装成自己心中想得出的那么好，她们白天黑夜地忙着。不久，春装换起来了，只是不见载着翠姨的马车来。①

---

① 萧红：《小城三月》，《萧红全集》（第2卷），北京燕山出版社，2004年版，第97页。

一个聪明柔婉的乡间女子被无边的、令人窒息的黑暗所吞噬，青春与美无声凋零。是谁操刀杀死了翠姨？实在难以归责。家人似乎都是关怀她、爱她的。“她的母亲关心她的病，问有什么不如意？陪嫁的东西买得不顺心吗？或者是想到我们家去玩吗？什么事都问到了。”也没有谁强迫她嫁人，或者阻挠她恋爱，“我”的母亲甚至在翠姨死后说：“要是翠姨一定不愿意出嫁，那也是可以的，假如他们当我说。”即便如此，翠姨还是去了，怀着对新生活的向往与无奈，对旧式婚姻的恐惧与无望，怀着满腹无以言传的心事去了。传统文化——约定俗成、无处不在的规范，这个无名杀人团，这笼罩一切又窒息一切的无边夜幕吞噬了翠姨。与其说《小城三月》书写了东方女性的爱情悲剧，莫若说是控诉了老旧中国沉滞的传统文化。尽管《小城三月》与《马伯乐》《呼兰河传》风格殊异，但是表达的文化思考是一致的。这三部萧红在生命的弥留之际创作的作品，是萧红意味深长地一挥手，凝聚着这位年仅三十岁女作家对文化的忧思与愤恨，对生命与美深情的眷恋与无望的希冀。

四、“夜的确太冷了，她需要温暖”：巴金的《寒夜》

（一）平实冷隽：巴金的转向

30年代，巴金以迸射的激情、热血的文字书写了叛逆的青春诗篇，《春》和《秋》初步显露出冷静、平实的艺术风格。40年代，巴金连续创作了《憩园》《第四病室》《寒夜》，壮怀激烈的英雄意绪为平庸生活中的凡人小事所取代，滂沱倾泻的诗化抒情演变为细腻深刻的内心刻画，叙事格调也由热烈奔放冷凝为沉郁忧伤地叹惋，风格转向平实冷隽。

一方面，对封建大家庭的问题驻足沉思，突出深化了败落子弟一脉的悲剧命运。封建文化中“福荫后代”“长宜子孙”的观念造就了一批游手好闲的寄生者，这些实际上促进封建大家庭解体的力量本身却包含着难以克服的悲剧性。《激流三部曲》关于克安、克定的书写侧重于揭示封建大家庭的腐朽，《憩园》（也就是原计划中的《冬》）则进一步从个体生命的角度反思了封建文化对人性的摧残与异化。杨老三身上带着五老爷克定的影子，这个被封建文化所腐蚀的生命在大厦倾覆之际生活在怀旧与追悔中，却丧失了改过自新的意志，终于无可救药地死去。封建文化的影响是深远的，姚国栋、小虎所代表的新一代地主阶级也正在走向无可挽回的没落。此外，封建文化也异化了亲情，父亲对儿子的无原则的娇纵、妻儿赶走父亲的悲剧令人胆寒。在《憩园》的叙事中，姚国栋、姚太太、李老汉、杨老三的小儿子等的讲述彼此辩驳，在这样的复调结构中蕴含着作者深刻、多维的人生思考。古典美的意境、诗的韵味、萦回不去的哀婉情调与深蕴的思想相合璧，扩展了巴金创作的艺术境界。

另一方面，对现实社会问题深入发掘、冷静剖析，显示了巴金创作的现实主义厚度。《小人小事》是巴金自己非常珍视的一个短篇小说集，篇章虽短，却通过平凡琐事的描绘，对抗战后期国统区的人情世态绘声绘色、穷形尽相。《猪与鸡》是其中一篇。中年寡妇冯太太本来靠丈夫遗产生活，整天打牌消遣，抗战期间物价飞涨，生活变得艰难起来。她开始在租住的大杂院里饲鸡养猪，意图赚点外快。猪与鸡弄的院子龌龊不堪，四邻于是出来干涉。冯太太一面向房东求情一面耍赖，把驱逐猪鸡的邻居骂得狗血喷头，同时向能搭上话的邻居诉说委屈。确乎是小人小事，却得以窥见国民党统治下民生的艰难与人心世态的炎凉。烽火连天的战争年代，却整日搬演着这类唇枪舌剑的渺小悲喜剧，在对小市民缺乏民族观念的自私自利的行为描绘中，蕴含着作家对社会风气的忧心、对民族命运深重的忧患意识。

1944年，抗战胜利前一年，5月、6月间，巴金在贵阳中央医院三等病房住了十几天，之后假托一个青年——陆怀明赠予自己的日记，讲述了所见所闻，这就是《第四病室》。“我”躺在五号病床上，观察着这个摆着二十四张病床、掺杂着一些内科传染病人的外科病房。医生、仆役来来往往，怀着嫌贫爱富的心理应付病人。金钱的权威远远高于生命，痛苦的呻吟和死亡的悲哀成为主调。公司不肯支付烧伤工人的医药费用，医院就用盐水针来对付，伤者“火毒攻心”，垂死挣扎时被仆役用床单牢牢地捆住手脚。一个器材库员断了左臂，伤未治好，却感染伤寒，无钱购买特效药而命丧黄泉。生存的卑微与无奈也在上演。有些病人付不出小费，仆役就不清理便器，以致被大小便憋得呼天喊地。一个小公务员因父亲患梅毒住院而负债累累，父亲临死还要他借钱买一块好坟地。另一方面，有些阔绰的病人，病好了还把医院当旅馆，兴味盎然地谈论美食和女人，嘲笑病者的呻吟，鉴赏死者的衰亡。骚臭、痛苦、势利令“我”感到“我觉得我好像在地狱里面，我尽看见挖目拔舌的事情”①。《第四病室》所写之人、所述之事多是巴金亲眼所见，冷静而悲哀的观察之下，作家对抗战后期国民党的腐败统治，对贫富悬殊、毫无公正可言的社会现实，对金钱至上的社会风气进行着严肃剖析与批判，他讲到“一间容纳二十四张病床的外科病房，可以说是当时中国社会的缩影。在病室里人们怎样受苦、怎样死亡，在社会里人们也同样地受苦、同样地死亡”②。

巴金说：“在这种黑暗、痛苦、悲惨的生活中闪烁一线亮光，那就是一个善良的、热情的年轻女医生。”杨木华浓发大眼，对病人悉心照料、笑脸相迎，鼓舞“我”增加战胜病痛的信心。然而就连她也不得不叹息“我敌不过金钱”。并且，巴金后来讲，在真人真事的记述中，只有那位女医生杨木华是他的创作。在黑暗的国统区时代，根本连这一抹温暖的亮色都不存在。而作者借杨大夫传达了他自己的理想：“要别人变得善良些、纯洁些、对人有用些。”这个理想相对于《激流三部曲》的青春宣言显得语不惊人，然而在抗战后期国统区的黑暗中却温暖而切实。

如果说《第四病室》以平实、冷静的白描手法呈现了一幅异常真实的人生世相，因而具有厚重的魅力，那么真正以现实主义的深厚度、思想意蕴的丰富性、圆熟的艺术手法成为巴金风格转向界碑的，则是《寒夜》。

（二）家庭的悲哀与社会的怨咒：《寒夜》

《寒夜》的创作是在1944～1946年的三年间陆续完成的。故事发生在抗战胜利前一年的“陪都”重庆，主人公是一对小知识分子夫妻：汪文宣和曾树生。他们同是上海某大学的毕业生，基于“教育救国”的共同理想，他们自由恋爱而结合。战争期间他们携汪母同在四川避难，黑暗的社会现实和尖锐的家庭矛盾构成了内外夹击之势，酿成了一个寒气萧煞的悲剧。汪文宣在艰难的生活中变成一个卑微的小公务员，每况愈下的社会地位、永无休止的婆媳争吵令这个善良、软弱的小人物肺病加重，在胜利的锣鼓声中死去。曾树生仍然年轻、富有活力，却只能是在公司做花瓶以养家糊口。丈夫病入膏肓，婆婆思想腐旧，连十三岁的孩子小宣也是一幅未老先衰的病态，这样了无生气的家庭生活令她感到寒冷、窒息。终于，曾

① 巴金：《第四病室》，见《巴金选集》（第6卷），四川人民出版社，1982年版，第200页。
② 巴金：《第四病室》，见《巴金选集》（第6卷），四川人民出版社，1982年版，第206页。

树生克服了心理矛盾，与年轻的陈经理远走兰州。当她再次回到阔别已久的“家”时，连丈夫的墓地都无法找到，孩子也早已随婆婆远走他乡。“夜的确太冷了，她需要温暖”。

《寒夜》将这个家庭悲剧放置在抗战时期国民党“大后方”的现实社会背景之下，反映了一系列社会问题。国民党的黑暗统治是导致汪文宣和曾树生的悲剧的重要原因。一方面，蒋介石政府在抗战后期囤积居奇、贪污成风，造成物价飞涨，人民生活朝不保夕。巴金在1948年1月《寒夜》再版《后记》中写道：“今天的天气确实冷得可怕，我的手边摊开的一张《大公报》上就有着‘今天在零度以下，两天来收尸共一百多具’的标题。”① 巨大的经济压力也陷这个小家庭于风雨飘摇之中，人人自危，家庭矛盾激化。钱，这根敏感的神经动不动就会引发争吵。生活的艰难也磨灭了汪文宣的个性与理想，他常常感叹“为了生活，我只能忍受”，忍受上司的层层盘剥和人格诬蔑，被迫接受对政界红人阿谀奉承的任务，勉为其难给周主任做寿。胆小怕事的汪文宣身体和心理都迅速衰老下去，这是他和曾树生产生裂痕并最终导致分裂的根本原因。另一方面，国民党统治下的大后方的社会风气奢靡腐化，享乐主义盛行。曾树生即便年轻而有活力，也只能是一个“花瓶”，接连不断的“宴会”“请客”“饯行”使她处于精神的痛苦中，也造成了她和婆婆之间的摩擦、和丈夫之间的隔阂。社会现实批判是《寒夜》的主题之一，对于汪文宣等人而言，“我一生的幸福都给战争，给生活，给那些冠冕堂皇的门面话，还有街上贴的告示拿走了”。作者安排汪文宣在胜利的前夜死去了，而没有“在小说的最后照‘批评家’的吩咐加一句‘哎哟哟，黎明!’，并不是害怕说了就会被人‘捉来吊死’，唯一的原因是：那些被不合理的制度摧毁、被生活拖死的人断气时已经没有力量呼叫‘黎明’了”。② 基于国民党政府的腐败，《寒夜》对胜利后的社会状况有着清醒的预见。活下来的曾树生在胜利后的“寒夜”仍然感到彻骨的寒冷，路人也在感叹“胜利是他们的胜利，不是我们的胜利。我们没有发过国难财，却倒了胜利楣”。

社会问题引发了知识分子处于生存与理想之间的精神矛盾。小说中主要的知识分子形象有汪文宣、曾树生、唐柏青三个。他们曾经有改革教

① 巴金：《〈寒夜〉后记》，《巴金选集》（第6卷），四川人民出版社，1982年版，第481页。
② 巴金：《〈寒夜〉后记》，《巴金选集》（第6卷），四川人民出版社，1982年版，第481页。

育、著书立说的理想，但是社会不但没有为他们提供施展才华的舞台，而且将他们无情地打入艰难的生存境地。他们被迫进入与理想毫不相干的“官”“商”领域，被迫谨小慎微、阿谀奉承，被迫参与各种名目的应酬。汪文宣的痛苦是显而易见的，“从前在上海的时候我们做梦也想不到会过今天这样的生活。那个时候我们脑子里满是理想，我们的教育事业，我们的乡村化、家庭化的学堂”。生活令他感到疲累并且绝望：

> 那些光明、美丽的希望似乎都跟他断绝了关系。他觉得自己就像一个衰老的车夫，吃力地推着一辆载重的车子，一步一步地往前走，他早已不去想什么时候能达到目的地，卸下这一车重载；他也不再计算已经走了若干路程，他只是一步一步缓慢地走着，推着，一直到他力竭的时候。①

而曾树生表面上常常痛快地跳一夜舞，内心也是充满矛盾的，她在临飞兰州的一个晚上，激动地表达了抑制已久的感情，“她再也控制不住自己的感情。她掀开自己的棉被，也拉开他的棉被，把半个身子扑到他的身上，伸出两只膀子搂着他，不管他怎样躲开，她还是把他的脸扳过来。她流着眼泪，呜咽地喃喃说：‘我也并不想去。要不是你妈，要不是大家的生活……我的心里也很苦啊！我一个女人，我……’”② 在整个社会风气普遍丧失精神追求的大环境下，汪文宣清醒地认识到“这个年头，人是最不值钱的，尤其是我们这些良心没有丧尽的读书人”。文本中三个知识分子的命运证明，在当时的社会环境下，“读书人”的理想、良知只能令他们生活得更痛苦，结局更悲惨。唐柏青悲叹到“我得生活啊，著作不是我们的事”，醉酒后被车撞死，汪文宣在物质和精神的双重折磨下咯血而死。曾树生终于认定“我有我的路，我要飞”，然而出路是渺茫的。

社会的黑暗也令婚姻、家庭矛盾更加凸显。汪母看不惯曾树生与外界交往的行为，以曾树生不是“明媒正娶”，而是自由恋爱与汪文宣结合为由对她明嘲暗讽，曾树生则对婆婆的腐旧思想进行了毫不示弱地反抗。汪文宣夹在母亲和妻子之间左右为难，母亲看到他对曾的迁就感到愤恨，妻

① 巴金：《寒夜》，见《巴金选集》（第6卷），四川人民出版社，1982年版，第410页。
② 巴金：《寒夜》，见《巴金选集》（第6卷），四川人民出版社，1982年版，第386页。

子嘲笑他“有这样的母亲就不应该结婚”，她们都为他的软弱而感到失望、孤独。善良的汪文宣陷入了更痛苦的矛盾中，对妻子和母亲满怀愧疚，认为“你们都是好人；其实倒是我不好，我没有用，我使你们吃苦”。生活挤压下的人是辛劳而痛苦的，汪文宣疲于奔命，曾树生忙于应酬，连汪母都要操劳家务，而不同文化观念、人生欲求彼此碰撞，令这个黑暗社会中挣扎的小家庭更加雪上加霜。

《寒夜》体现了社会现实批判的厚度与深刻的思想意蕴，是巴金对社会与人生冷静观察、深入思考的思想结晶，显然与《激流三部曲》的思想意蕴存在差异。然而，“青春”仍然是《寒夜》的主题。汪文宣、曾树生、唐柏青的生存现状与精神世界书写整体上构成了一曲青春消逝的挽歌。在无限伤感的追怀中，蕴含着人物乃至作者对青春的热爱。而曾树生充满生命活力的身体与追求自由、幸福的心灵则潜蕴着青春的热情，她离开“一个垂死的人”的出走某种程度上正是不甘于青春被窒息、磨灭。因而，文本不但没有对这个离经叛道的女人大加挞伐，而且独留下这个真实的生命活下去，在最终离开人去楼空的家庭之际，“她走得慢，然而脚步相当稳”。巴金说《寒夜》“是一本希望的作品”，迎接黎明与希望的正是以青春精神冲破了沉沉夜色的曾树生。

《寒夜》的意境营造也是出色的。这个理想与家庭双重破灭的悲剧似乎始终笼罩在“寒夜”的萧煞中，汪文宣寻找妻子、曾树生寻找丈夫以及文中一次次寒夜中的散步、等待总体营构了“寒夜”的意境。这个“寒夜”不仅仅是一个物理时间，更是社会环境的“寒夜”、心灵体验的“寒夜”。《寒夜》也再次体现了巴金精湛的结构艺术。文本分别以汪文宣与曾树生在寒夜中对对方的寻找开篇和收束，文中有条不紊的铺展了整个家庭的悲剧和个人的悲剧命运，并且将这一切放置在社会环境中，以唐柏青和钟老的故事为辅，从一个小家庭延展到整个社会，从家庭的悲哀发出对腐朽社会的怨咒。从《灭亡》《新生》到《激流三部曲》，再到《寒夜》，巴金实践了他的诺言：“自从我执笔以来就没有停止过对我的敌人的攻击。我的敌人是什么？一切旧的传统观念，一切组织社会进化和人性发展的不合理的制度，一切摧残爱的势力，它们都是我最大的敌人。我始终守住我的营垒，并没有做过妥协”。①

① 巴金：《〈巴金自传〉后记》，见《巴金自传》，江苏文艺出版社，1995年版，第366页。

第六章　解放区的天　明朗的天

解放区文学，指的是1937年抗日战争爆发之后的抗日民主根据地和解放区的文学。解放区作家包括了来自苏区的作家、来自全国各地的左翼进步作家、文学青年和根据地的本土作家。全面抗战开始后，延安一下子成了大多数中国作家、青年心目中的革命圣地。他们历经千辛万苦来到延安，不仅怀着抗战的激情，还带着对于民族未来的诗意的想象，即中华民族的伟大复兴。他们志愿为抗战奉献自己的聪明才智和生命，把抗战救国的理想寄托在这一片红色的土地之上。可以想象，接纳了如此众多的“新鲜血液”，解放区顿时充满了强烈的革命热情与活力。然而问题也接踵而至：人多了，思想难免扞格，文化人之间有时难以团结一致；文化人的习气与根据地的战争环境不太协调，文化人一时适应不了农村和战争生活的种种艰苦粗陋；很多作家对于正面表现战争生活还很隔膜，即使是左翼作家也还仍然停留在写小资产阶级知识分子的精神斗争的阶段，缺乏对于现实战争的切实描写，依然没有进入真正的生活本身；注重“高雅”的文学趣味，与现实斗争脱节，与解放区工农群众的审美习惯不相符……一句话，大部分来到延安的进步作家，他们的文学取向、审美趣味、创作方式都面临着严峻的考验和挑战，而单凭作家本人的自发调整很难达成一致。

1942年5月2日，中共中央宣传部召集延安文艺座谈会第一次全体会议，5月16日、5月23日又召开两次。这就是著名的延安文艺座谈会。在5月2日的第一次大会上，毛泽东发表讲话，说明开会的目的在于研究文艺工作和一般革命工作的关系，求得革命文艺的正确发展，求得革命文艺对其他革命工作的更好的协助。他提出文艺工作者的立场问题、态度问题、工作对象问题、学习问题，是当时关系革命文艺发展因而应该解决的问题。经过与会文艺工作者们的热烈讨论，在5月23日第三次大会上，毛泽东进行了总结，指出革命文艺正确发展的中心问题“是一个为群众的问题和一个如何为群众的问题”，提出了文艺为工农兵服务的方针以及文艺源于生活又高于生活的原理。他号召“中国的革命的文学家艺术家，有出息的文学家艺术家，必须到群众中去，必须长期地无条件地全心全意地到工农兵群众中去，到火热的斗争中去，到唯一的最广大最丰富的源泉中去”。毛泽东这两次讲话，就是对中国现代文学乃至当代文学产生深远影响的《在延安文艺座谈会上的讲话》。这个在中国革命文学史上具有划时代意义的纲领性文献，从当时异常尖锐、激烈的国际国内的民族斗争和阶级斗争的实际出发，运用马克思主义原理，系统地阐释了在新民主主义时期和战争环境中，中国共产党人的革命文艺理论体系和指导文艺运动的文艺政策。

延安文艺座谈会和毛泽东的《讲话》开创了工农兵文艺的历史潮流，大批作家在革命战争中找到了自己的位置——作为“革命文艺战士”，以特殊的方式战斗。文艺为工农兵服务的观念开始深入人心，解放区的作家们在《讲话》的号召下深入生活，并接受了“政治标准第一，艺术标准第二”的新的评价标准和价值观。从此解放区文学掀开了崭新的一页，虽然有政治价值大于审美价值的弊端，但是这些作品新鲜明朗、通俗易懂，为工农兵群众喜闻乐见，达到了很好的宣传教育和娱乐作用。这是文学在战争环境中所做的不得已的调整，不仅是解放区文学，整个中国现代文学的主题都因为抗日战争的爆发由启蒙复归救亡，文学不得不背负上功利性的重负，暂时放松艺术性的追求。

当然，任何理论都不是无源之水。解放区一些作家的创作准备与《讲话》精神存在惊人的契合。1942年春，与毛泽东在延安文艺座谈会上发表讲话的时间大略相似，太行根据地也有一次文艺界座谈会。会上赵树理“在老百姓家里拿来几本这样的书：不知是什么迷信团体的《太阳经》《老母家书》，写着‘洗手开看’的《玉匣记》《选择捷要》，在农村青年手中借来的《秦雪梅吊孝唱本》《洞房归山》，自然还有《麻衣神相》《增删卜易》……《推背图》……一大堆。他说这才是在群众中间占着压倒之势的‘华北文化’！”① 史纪言在《赵树理同志生平纪略》中谈到“毛主席《在延

① 王春：《继续向封建文化夺取阵地》，转引自《杨义文存》（第2卷下），人民出版社，1998年版，第551页。

安文艺座谈会上的讲话》发表以前，他（赵树理）常与人辩论文艺大众化问题，虽然文艺界不给他立案，他却一直坚持。《讲话》传到太行山根据地以后，他读了非常兴奋，他认为毛主席批准了他的主张。”也就是说，赵树理在早期文学活动中“已经准备好了迎接毛主席文艺方向的条件”。无怪乎，1943 年《小二黑结婚》一经发表就成为“方向”。紧随其后，解放区作家表现出了非常明显的划一的时代意识和理想追求，他们以明朗的心境去感受、表现和讴歌解放区崭新的天地和人民，以满腔热忱去展示农民的精神面貌、高贵品质和生命活力，充满了革命理性和乐观精神，创作了一大批老百姓喜闻乐见的小说作品。这些作品确实起到了对旧文化“攻城略地”的胜利，充实、健康了群众的精神文化生活。赵树理的《小二黑结婚》启迪了多少青年关于恋爱自由的情思与遐想，孙犁的《荷花淀》就牵扯了少妇的思念，马烽、西戎的《吕梁英雄传》与孔厥、袁静的《新儿女英雄传》的英雄情怀怎样纵横驰骋在民众的脑海中，柯蓝的《洋铁桶的故事》中飞鸟闻声而落的绝技就怎样令万人神往……

一、新时代与新生活：赵树理的《小二黑结婚》

（一）“文摊”作家赵树理

赵树理（1906～1970），原名树礼，出生在山西省沁水县尉迟村一个农民家庭。他的祖父赵忠方早年在外经商，回乡务农后还兼教私塾。赵树理 6 岁就跟着祖父学会了《三字经》和三圣道教会经。他的父亲赵和清对易卜占星、医术拳术、音乐乐器都很精通，还经常带着儿子参加农村自发组织的娱乐团体“八音会”，使得赵树理从小就多才多艺，不仅通晓农民艺术，特别是音乐戏剧，还会演奏多种乐器，甚至“能一个人打动鼓、钹、锣、镲四样乐器，而且舌头打梆子，口带胡琴还不误唱”。[①]

赵树理 19 岁时考上了长治第四师范，接受了五四新思潮的影响，但是他却发现，父亲对自己视若宝贝的新小说和新文学杂志丝毫不感兴趣。长期受民间文化熏陶的赵树理由此发现了新文化运动的缺失，文学不能忽视

① 王春：《赵树理是怎样成为作家的》，《人民日报》，1949 年 1 月 16 日。

农民的审美趣味与文化需要。赵树理的“传奇”经历也成为创作的深厚土壤。1927年底到1928年初，赵树理参加了四师学生驱逐校长的运动，被迫藏匿到了阳城县山上的寺庙里，1929年又因“共产党嫌疑”被捕入狱，关押到了太原。赵树理在这段流浪生涯里，卖过字画，学过庙堂音乐和制作丸药，当过江湖郎中，做过小学教员，还当过差役，对于中国的时代和社会有了深刻的理解。

1937年赵树理加入中国共产党，开始利用民间戏剧、秧歌、小调进行抗日宣传。从1939年到1940年，赵树理写了几十万字的小鼓词、小小说和小杂文，为当地民众争相诵读。正是在革命的政治需要和农民审美趣味的结合中，赵树理建立了自己朴拙明朗的风格。他自觉的文艺通俗化意识，被确立为毛泽东“讲话”所阐明的文艺路线的成功实践，最终形成了解放区文学的“赵树理方向”。

然而，当赵树理携着一本充满农民式幽默的《小二黑结婚》进入文坛时，他却认真地宣称：

> 我不想上文坛，不想做文坛文学家。我只想上“文摊”，写些小本子夹在卖小唱本的摊子里去赶庙会，三两个铜板可以买一本，这样一步一步地去夺取那些封建小唱本的阵地。做这样一个文摊文学家，就是我的志愿。①

这是一个出身于农民家庭的作家对新文学发展状况的深刻反省。赵树理真正地理解农民、懂得农民，他知道广大农民的审美趣味和需要。新文学运动没能真正深入到城乡下层，为数不多的识字农民的阅读水平还停留在《麻衣神相》《推背图》《玉匣记》之流的宣传封建迷信和礼教的作品上。赵树理把通俗化、大众化的追求建立在他严肃的历史与文化的使命感之上，文学不再是孤芳自赏的阳春白雪，而要成为平民百姓自由、热闹、实用的活动载体。这种文学观念赋予了赵树理的创作划时代的意义。

（二）《小二黑结婚》与新时代

《小二黑结婚》取材于太行山区左权县的一个真实的事件。横岭村民

① 转引自李普：《赵树理印象记》，《长江文艺》，第1卷第1期。

兵小队长岳冬至和同村的漂亮姑娘智英祥自由恋爱，而已婚的村长和青救会秘书等四名村干部也垂涎于姑娘的美丽，便以晚上开会为由批斗岳冬至。岳冬至确实有童养媳，智英祥也被父母包办了婚姻，但边区政府已接连颁布两项婚姻法令，童养媳等包办婚姻都属非法，自由恋爱是合理合法的。会上因岳冬至不服另外四名村干部的指责，他们一怒之下竟将他殴打至死。赵树理在协助公安人员查明事实真相之后，却意外地发现男女双方的家庭、甚至全村人都以他们的自由恋爱为耻，认为教训教训岳冬至是应该的，只是不该打死。这令赵树理感到非常震惊，社会已经进步到文明开化的时代，而横岭村的人民还顽固地抱守着“买妻”“虐妻”甚至“一妻多夫”的陋习，却把婚恋自主视为大逆不道。岳冬至的悲剧不是偶然的，为了移风易俗、教育群众，赵树理把这个现实悲剧写成了《小二黑结婚》。他要把新的婚姻观念和思想灌输进农民的头脑，把更多年轻的生命从社会偏见的血腥和封建思想的束缚中拯救出来。

赵树理对题材进行了大胆的处理，不仅把恋爱悲剧变成了一个大团圆的喜剧结局，还加入了很多富于农村生活气息的细节，用幽默风趣的语言娓娓而谈，更重要的是把人物进一步提升，特别是把男女两家的父母加以典型化，成为愚昧、迷信、顽固、落后的农村风习的“靶子”，在貌似轻松愉快的氛围中将隐在的严肃主题凸显出来：

刘家峧有两个神仙，邻近各村无人不晓：一个是前庄上的二诸葛，一个是后庄上的三仙姑。二诸葛原来叫刘修德，当年做过生意，抬脚动手都要论一论阴阳八卦，看一看黄道黑道。三仙姑是后庄于福的老婆，每月初一十五都要顶着红布摇摇摆摆装扮天神。

二诸葛忌讳“不宜栽种”，三仙姑忌讳“米烂了”。这里边有两个小故事：有一年春天大旱，直到阴历五月初三才下了四指雨。初四那天大家都抢着种地，二诸葛看了看历书，又掐指算了一下说：“今日不宜栽种。”初五日是端午，他历年就不在端午这天做什么，又不曾种；初六倒是个黄道吉日，可惜地干了，虽然勉强把他的四亩谷子种上了，却没有出够一半。后来直到十五才又下雨，别人家都在地里锄苗，二诸葛却领着两个孩子在地里补空子。邻家有个后生，吃饭时候在街上碰上二诸葛便问道：“老汉！今天宜栽种不宜？”二诸葛翻了他一眼，扭转头返回去了，大家就嘻嘻哈哈传为笑谈。

三仙姑有个女孩叫小芹。一天，金旺他爹到三仙姑那里问病，三仙姑坐在香案后唱，金旺他爹跪在香案前听。小芹那年才九岁，晌午做捞饭，把米下进锅里了，听见她娘哼哼得很中听，站在桌前听了一会，把做饭也忘了。一会，金旺他爹出去小便，三仙姑趁空子向小芹说："快去捞饭！米烂了！"

却不料就叫金旺他爹听见，回去就传开了。后来有些好玩笑的人，见了三仙姑就故意问别人"米烂了没有？"①

故事一开篇，赵树理就拉家常般地请出了这两个可笑的人物，一个是真信鬼神，一个是装神弄鬼，他们闹出的笑话早已揭穿了他们愚昧迷信的真面目。在这样的家庭中对儿女婚姻横加干涉的正是在中国农村无孔不入的封建迷信与禁忌。旧中国乡村的封建落后、原始停滞的状态立刻跃然纸上。

小芹是个漂亮的姑娘，"青年小伙子们，有事没事，总想跟小芹说句话。小芹去洗衣服，马上青年们也都去洗；小芹上树采野菜，马上青年们也都去采。"小二黑也是一表人才，"他的漂亮，那不只在刘家峧有名，每年正月扮故事，不论去到那一村，妇女们的眼睛都跟着他转"。这样的两个人自由恋爱、结婚，放在今天是再正常不过的事情，然而在 20 世纪 40 年代初的中国农村可就算得上"伤风败俗"了。村里人都议论纷纷，二诸葛一嫌小芹与小二黑八字不合，二嫌三仙姑名声不好，有人给做媒也不同意，还硬给小二黑收养了一个八九岁的童养媳。小二黑坚决不认账："你愿意养你就养着，反正我不要！"三仙姑听到风言风语都说小二黑要跟小芹自由结婚，赶紧给她找婆家，竟为贪图彩礼，要把小芹嫁给阎锡山部队里的一个退职旅长做填房。小芹的态度是："我不管！谁收了人家的东西谁跟人家去！"

这两个家庭，一个是不管儿子的情感需要和自主选择，为了传宗接代包办婚姻；一个是贪图彩礼和门第，把女儿当货物一般转卖。赵树理将旧中国这两种传统的婚姻模式集中揭示得淋漓尽致。而新一代的年轻人则有了个人意识的觉醒，小二黑和小芹坚决地反抗旧时婚姻的压制，在边区政府的支持与婚姻自由的法令下实现了他们对婚姻家庭幸福的追求。新旧两

① 赵树理：《小二黑结婚》，见《赵树理文集》（第 2 卷），工人出版社，1980 年版，第 1 页。

代农民婚恋观的变迁最终在新政权的介入下完成了。

颇有意味的是，在小二黑和小芹中间还有一对金旺兄弟。金旺的爹原是刘家峧一只虎，当过几十年老社首，捆人打人是他的拿手好戏。金旺长到十七八岁就成了他爹的好帮手。金旺的本家兄弟兴旺也学会了帮虎吃食。抗战初年，汉奸敌探溃兵土匪到处横行，金旺兄弟两个给一支溃兵引路绑票又讲价赎人，做过内线。八路军来了，打垮了溃兵土匪，他们回到刘家峧又混进了民主政权。金旺当了村政委员，兴旺当了武委会主任，连金旺老婆也当了妇救会主席。大家对他们恨之入骨。金旺对小芹没安好心，碰了钉子，每日怀恨，总想设法报一报仇。于是，找机会让武委会开会斗争了小二黑，又唆使他老婆在妇救会斗争了小芹。最后，趁着小二黑和小芹在一个大窑里商量对付三仙姑的法子，金旺兴旺兄弟演出了一场“拿双”的丑剧，把小二黑和小芹捆到了区上。区长主持正义，小二黑和小芹胜利了，小两口成了村里第一对好夫妻。群众斗垮了金旺兴旺兄弟，两个都被县里判了15年徒刑。村政权进行了大改选。这是赵树理借着青年农民的爱情叙事在切实地维护农民的利益。当农村的基层政权掌握在兴旺、金旺这样的人手中时，农民的解放就无法真正实现。共产党在边区农村教育农民、帮助农民翻身，必须保证农村基层政权的纯洁、正确，保证农村基层干部的正直进步。从这个角度来看，赵树理始终关注着农民的命运，他的小说是不折不扣的“问题小说”。

（三）赵树理怎样成为“方向”

当年，《小二黑结婚》的发表还颇经历了一番波折。最早赵树理的手稿由时任中共中央北方局秘书长兼党校教务主任的杨献珍推荐给了彭德怀的夫人浦安修，彭德怀喜不自禁携夫人连夜挑灯阅读，随后由浦安修建议太行新华书店尽快出版。但因为种种顾虑，书店迟迟没有将文稿付梓。三个月后赵树理把文稿取回再次交给杨献珍，她亲自向彭德怀总司令反映了这件事。于是，彭德怀为这本书挥毫题词：“像这种从群众调查研究中写出来的通俗作品还不多见”，并特别说明他这个题词或许能起点作用，对于不懂文艺的自己来说，这是头一次“班门弄斧”，但愿也是最后一次。他专门请中共中央北方局宣传部部长李大章将自己的题词转交给太行新华书店。1943年9月，扉页上印着彭德怀题词的《小二黑结婚》才得以顺利地出版了。

作为一篇雅俗共赏、情节生动的小说，这本只有22页、毫不起眼的土纸铅印小册子刚一问世便得到老百姓的空前欢迎，争相传阅，在田间地头、饭桌炕头念叨《小二黑结婚》的故事情节。太行新华书店的文艺作品一般也就印刷2000册，而这本叫作“通俗故事”的小说第一版连印了2万册还是供不应求。农民们愿意省吃俭用从牙缝里节约点钱去买《小二黑结婚》，在那个时代堪称奇观。与此同时，由武乡光明剧团等根据地文艺团体带头，数以百计的大、小剧团以武乡秧歌、襄垣秧歌、中路梆子、上党落子、蒲剧等地方戏曲的形式，将《小二黑结婚》的故事搬上舞台，广泛传唱，边区老百姓沉浸在《小二黑结婚》的故事里面如痴如醉，怎么看也看不够。

这本小说还得到了毛泽东、茅盾、周扬、郭沫若、孙犁等领导和作家的赞誉，奠定了赵树理在文坛的位置。在1947年7月25日召开的晋冀鲁豫解放区文艺工作座谈会上，主持文联日常工作的副理事长陈荒煤在集中大家的意见后，做了题为《向赵树理方向迈进》的总结发言，提出“应该把赵树理同志的方向提出来，作为我们的旗帜，号召边区文艺工作者向他学习，看齐！为了更好地反映现实斗争，我们就必须更好的学习赵树理同志！大家向赵树理的方向大踏步前进吧！”随着“赵树理方向”的确立，《小二黑结婚》这部赵树理的成名作成了文学经典，被视作代表了毛泽东在延安文艺座谈会讲话精神的文学典范，成为解放区文艺工作者争相学习的范本。赵树理成了解放区无人不知的“大名人”，美国记者贝尔登在他的《中国震撼世界》一书中写道：赵树理“可能是共产党地区中除了毛泽东、朱德之外最出名的人了”。周扬则称赞他是“一位在成名之前已经相当成熟的作家，一位具有新颖独创的大众风格的人民艺术家”。①

自五四文学革命以来，多数表现婚恋题材的作品从个性解放的要求出发，青年男女的爱情或者是相爱而不能结合，或者是结合后却终生不幸，如叶绍钧的《一生》鲁迅的《伤逝》，大都沉浸在阴郁的基调中，让人感到悲哀和黑暗。而《小二黑结婚》却让我们看到了一对男女青年理直气壮地争取自己的幸福，毫不软弱，毫不动摇。关键时刻，人民政权保障了他们的正当权利和要求，使深受封建传统思想毒害的老一辈转变了思想，使破坏青年幸福的封建势力受到了惩罚。这确实是作品最重要的现实意义。

---

① 周扬：《论赵树理的创作》.《解放日报》，1946年8月26日。

然而《小二黑结婚》的意义并不仅仅体现在故事的表层上。赵树理还不动声色地揭示了更为严重的问题，即农村基层干部队伍中混入了流氓恶霸，他们仗势欺人、为非作歹的事实。

虽然赵树理“几乎每一篇小说的写作都是在有着明确的实践需要，针对的是政治发展中必须解决的问题而开展的”，但他并没有用阶级分析的观点看待当时农村的形势，作品就相对显示出了一种“自在”状态，化解了强大政治话语的干预。赵树理用一些相对隐在的方式表达政治立场。比如三仙姑是个不守传统妇道、喜欢寻欢作乐的女性，年轻时为了勾引同村年青后生，经常打扮得花枝招展。在遭到公公斥责后，三仙姑干脆装起神来，更方便村里的后生来找她，“神婆”的身份也不是她把自己打扮得光鲜亮丽的障碍。小说用讽刺的语言写到三十年过后，三仙姑仍然积习未改：“虽然已经四十五岁，却偏爱当个老来俏，小鞋上仍要绣花，裤腿上仍要镶边，顶门上的头发脱光了，用黑手帕盖起来，只可惜官粉涂不平脸上的皱纹，看起来好像驴粪蛋上下了霜。”① 三仙姑明知自己黄花已老，却还在到区里找小芹之前刻意打扮自己：“换上新衣服、新手帕、绣花鞋、镶边裤，又擦了一次粉，加了几件首饰。”② 以至于被区里的人们品头论足，羞得头都抬不起来。叙事用审美观念表达了对三仙姑这个人物泼辣的嘲讽，用由个人思想、生活趣味与时代的巨大落差而产生的喜剧性代替政治说教，普通农民很容易理解并接受。赵树理注重通过不同人物之间的观念冲突、人物自身的思想冲突来表现文化冲突。在鲜明的政治倾向性的影响下，所有冲突都反映了新文化、新政治对乡村生活带来的巨大冲击。也可以说赵树理的小说通过表现文化冲突，使人们更充分地认识现实社会，从而使小说文本产生了多重意义。

赵树理的创作几乎篇篇都是经典之作，《李有才板话》《地板》《邪不压正》《李家庄的变迁》等作品遵循着他自成体系的风格，走向了新中国的文坛。在他的影响下，出现了一批山西农村土生土长的作家，继承和发展了古典小说和说唱文学的传统，擅长讲故事，语言质朴风趣，风格通俗生动，如马烽、西戎、李束为、孙谦、胡正等，被称为“山药蛋派”。这

① 赵树理：《小二黑结婚》，见《赵树理文集》（第2卷），工人出版社，1980年版，第13页。

② 赵树理：《小二黑结婚》，见《赵树理文集》（第2卷），工人出版社，1980年版，第13页。

个流派在新中国成立之后一直是农村题材小说创作的主力军，对整个当代文坛产生了深刻的影响。

二、战地黄花分外香：孙犁的《荷花淀》

（一）孙犁与《荷花淀》

1945年春天，孙犁的短篇小说《荷花淀》在延安《解放日报》副刊发表。小说诞生在硝烟战火中，竟然散发着“清水出芙蓉”的清新韵味，令读者感到耳目一新。

孙犁（1913～2002），原名孙树勋，河北省安平县人，从小体弱多病，但酷爱读书。孙犁出生的孙遥城村在滹沱河岸边，滹沱河水滋养了他的童年和少年时光；1936年，23岁的孙犁在安新县同口镇小学校当教员，白洋淀水乡又沉淀了他浮躁漂泊的青春。他似乎总是跟水有着不解之缘，这也使他表现出了与大多数北方作家不同的细腻温润、秀雅隽永的艺术风格。孙犁的文学人生，开始于1939年。那时是抗战困难时期，他到晋察冀边区政府所在地阜平，在晋察冀通讯社做通讯员，最初写一些小叙事诗、散文，后来才写作小说。1942年孙犁加入中国共产党，1944年到延安鲁迅艺术文学院学习、工作。学习了毛泽东的《在延安文艺座谈会上的讲话》以后，孙犁认识到：“对于作家来说，最主要的，是不使生活中断，长期地深入到群众的生活和斗争里去，熟悉他们的语言，熟悉他们原始状态的文艺，创作的源泉，才能永远像长江大河一样。”① 于是他的写作调动起最熟悉的冀中平原和冀西山区农村生活，而他的文字似乎也在河水湖水的荡涤下洗去战火硝烟，显得纯净明朗。《荷花淀》是孙犁的早期代表作，这篇小说使他蜚声文坛，继而获得“诗体小说”的美誉。

《荷花淀》一开头，就为读者营造了一个清凉纯净的世界：

> 月亮升起来，院子里凉爽得很，干净得很，白天破好的苇眉子潮润润的，正好编席。女人坐在小院当中，手指上缠绞着柔滑修长的苇

---

① 孙犁：《文学和生活的路》，《文艺报》，1980年6～7期。

眉子。苇眉子又薄又细，在她怀里跳跃着。①

孙犁没有一个字写白洋淀的水乡风景，但读者却能读出通篇的水汽氤氲；孙犁没有一个字写女人的相貌性格，却让人感觉必是温柔娴静、容貌秀美之人。这月光之下的农家小院似乎是人间仙境、世外桃源，完全看不到战争的影子。虽然这篇小说是写妻子送丈夫上战场这种在抗日根据地早已屡见不鲜的题材，但诗化的意境使它一出手就如此与众不同：

这女人编着席。不久在她的身子下面，就编成了一大片。她像坐在一片洁白的雪地上，也像坐在一片洁白的云彩上。她有时望望淀里，淀里也是一片银白世界。水面笼起一层薄薄透明的雾，风吹过来，带着新鲜的荷叶荷花香。②

薄雾、清风、荷香、皎月，孙犁以这些富于水乡气息的景物为人物渲染了一个如诗如画的环境。女人一边劳动一边等待晚归的男人，水生的归来也没有打破这静谧安详的意境。

水生是小苇庄的游击组长，他说自己“第一个举手报了名”参军打仗，女人反应是“手指震动了一下，想是叫苇眉子划破了手，把手指放在嘴里吮了一下”。没有反对，女人只是低着头说：“你总是很积极的。”心灵的震动只在细微的动作上体现出来，这个识大体、顾大局的女人在民族大义面前没有任何怨言。虽然家中上有老下有小，水生一走，生活的重担都落在她一个人的肩上，但她只说了一句“你明白家里的难处就好了”，她要的只是男人的理解。慷慨悲歌的场面化作似水柔情，刚毅质朴的水乡男儿与贤淑温柔的农家女子，不用太多的言辞，心灵于默默相对中得以沟通、交流，夫妻之间的融洽无间、难舍难分反倒更加显而易见。在平凡的题材中发掘出充满人情美和人性美的诗意境界，恰恰是孙犁才华所在。

而女人们对丈夫“藕断丝连”的思念似乎也是盛产莲藕的白洋淀所特有的。没过几天，五个丈夫参军的女人就借口送衣裳，偷偷一起划船去找丈夫。寻夫不遇，不料归途中在荷花淀遇上了日军的大船，她们奋力摇

① 孙犁：《荷花淀》，见《孙犁文集》，百花文艺出版社，1981年版，第90页。
② 孙犁：《荷花淀》，见《孙犁文集》（第1卷），百花文艺出版社，1981年版，第90页。

船，“小船活像离开了水皮的一条打跳的梭鱼”，钻进荷花淀深处。谁知她们无意中把敌人引入了战士们的包围圈，她们的丈夫们隐蔽在“宽厚肥大的荷叶下面”打赢了一场漂亮的伏击战。顺着妻子们的眼光，我们看到战士们的作战英勇、身手敏捷，“大声欢笑着，打捞战利品”，还看到水生拍打着水追赶“一包用精致纸盒装着的饼干”。当着区队长的面，水生“带着很大的气”说她们是“一群落后分子”，可是那盒饼干却“顺手丢在女人们船上”。他的气话与其说是责怪她们落后，不如说是对妻子的爱护和担心。如此惊险的战争场面，孙犁却用了这么多的闲笔，不仅冲淡了战争的紧张血腥氛围，更在战争中凸显了夫妻之间的恩爱情深，展示了白洋淀儿女如荷花般纯洁高尚的精神世界。经历过战争场面的女子们也激发出了保家卫国的勇气，半年之后她们也拿起枪，“出入在那芦苇的海里”了。[①]通过水生嫂等妇女们的成长，小说更表现了冀中人民在民族战争中的巨大变化，歌颂了冀中抗日军民在党的领导下英勇抗战的革命斗志以及爱国主义精神。

（二）“诗体小说”的诗意美

《荷花淀》总共只有5000多字，是作家最钟爱的作品，到晚年时还回忆说：“我写出了自己的感情，就是写出了所有离家抗日战士的感情，所有送走自己儿子、丈夫的人们的感情。我表现的感情是发自内心的，每个和我生活经历相同的人，就会受到感动。”[②] 孙犁在“非常态”的战争语境里，书写了人内心对安宁、幸福生活的向往，而这正是人性与人情最朴素和最基本的部分，体现了孙犁“诗体小说”的美学追求与价值。

作为一篇表现战争题材的小说，读者在读完《荷花淀》之后印象最深刻的不是惊险的战斗场面，不是激昂的民族感情，也不是鲜明清晰的人物形象。这也许就是孙犁“诗体小说”独特的审美追求，以散文的笔法写小说，情节性弱而抒情性强。孙犁曾这样阐述他文学写作的审美观念：“我们幼年学习文学，爱好真的东西，追求美的东西，追求善的东西……我们认为文学是追求真善美的，宣扬真善美的。我们参加革命，不是也为这些东西吗？我们愿意看到令人充满希望的东西，春天的花朵，春天的鸟叫；

---

① 孙犁：《荷花淀》，见《孙犁文集》（第1卷），百花文艺出版社，1981年版，第97页。

② 孙犁：《关于〈荷花淀〉的写作》，《新港》，1979年第1期。

不愿意去接近悲惨的东西……”① 因此他笔下的战争场面没有着重描写硝烟烈火、血腥残酷，而是通过人性的展示与情境的描绘，透露出诗意美的特征，以舒缓从容的曲调唱出了时代风云积极乐观的精神。这与同时代其他作家相比显得与众不同。也许是因为他自己并没有亲自参加战争，但更多的还是个性气质使然。孙犁以自己独有的审美方式来写战争，对战争进行诗意化的描写，清新而又不乏刚气，丰富了中国文学对于战争的书写。

在流水般的叙述中，真正感动读者的是人性、人情的真、善、美。

首先，孙犁侧重于从道德伦理的层面阐释中国农民和战争，而非政治。由于道德与代表着正义的政治在价值追求上往往取向相同，孙犁的小说可以脱离政治话语的束缚，去表现战争中的诗意而不与现实龃龉。解放区小说，特别是长篇小说的叙事模式一般都会表现一个由萌芽到成熟的意识形态选择过程，描述在党的教育和领导之下，农民由自发到自觉走上抗争之路。而在孙犁的小说中，农民战士本身就具有崇高道德境界，对抗日没有任何迷惘、犹疑、动摇或退却的情绪，而是生来就有着对同胞和民族强烈的责任感，他们的觉醒几乎不需要外在力量的催化。他们拿起刀枪，走上战场，真正的动力来源于民族精神和道义信念。

这分明是中华民族传统精神的体现，发自人性的真与民族大义、国家存亡系于一线，这样的人物才更纯粹、更纯洁。无论是毫不犹豫地抛妻别子战场杀敌的青年农民，还是毫无怨言、默默承担责任的女人，都有着崇高的精神境界，值得后人尊敬。孙犁将正义的战争转喻为道德的完善，则为人生意义提供了另一种归宿。孙犁发掘出的比革命话语更具有感染力的民间道德与伦理，为民族战争赋予了更为神圣的意义。

其次，孙犁着重凸显人物的人性之善。他曾说过，“善良的东西美好的东西，能达到一种极致。在一定的时代，在一定的环境，可以达到顶点。我经历了美好的极致，那就是抗日战争。我看到农民，他们的爱国热情，参战的英勇，深深地感动了我。我的文学创作，就是从这个时候开始的。我的作品，表现了这种善良的东西和美好的东西。”② 水生的父亲在他离家时，嘱咐儿子放心：“你干的是光荣事情，我不拦你，你放心走吧。大人孩子我给你照顾，什么也不要惦记。”老人以风烛之躯、以长者的责

① 孙犁：《文学和生活的路》，《文艺报》，1980 年 6～7 期。
② 孙犁：《文学和生活的路》，《文艺报》，1980 年 6～7 期。

任感维护着家，水生嫂呢，答应丈夫“千斤担子你先担”的嘱咐，即以坚忍的精神担负着家。孙犁塑造的以水生嫂为代表的女性形象，既保持着宛然若水的温柔体贴、勤劳贤惠，对于丈夫离家参战有无尽的担忧，也有浓浓的思念；又秉承了水内涵的刚健，深明大义勇挑重担，免除丈夫的后顾之忧，面临灾难时依然镇定与从容。从中国传统伦理道德层面来看，这样的女性接近完美。

孙犁对于故乡有着深厚的感情，当他到了延安，隔着时间与空间的距离，他记忆和感情中的人或事也只剩下“善”和“美”了。因此他笔下的人物形象、情境事物，无不体现出了他对家乡故土的思念和想象。发自如此柔软真诚的内心，中国北方农民人性的淳美、善良在孙犁的笔下怎能不展示得极致动人呢?

再次，孙犁擅以景美衬托人性、人情之美。在抗日战争的大背景下，战争生活成了时代的主题，战时特殊的政治文化氛围，包括思维方式与审美心态，直接影响到作家的写作心理、姿态、方式以及题材、风格。即使是表面远离战争现实的创作，也会不自觉地打上战时的烙印。而孙犁一直用心去倾听和传达时代的声音，但对美的执着追求使他无法在作品中直面战争，于是在他的笔下，战争场面就是这样轻描淡写地过去了：“枪声清脆，三五排枪过后，他们投出了手榴弹，冲出了荷花淀。手榴弹把敌人那只大船击沉，一切都沉下去了。水面上只剩下一团硝烟火药气味。”战争如此迅速地结束了，似乎是一件轻松而又欢乐的事情。孙犁执着于自己对于美的感受，将战争的残酷与血腥消解殆尽，同时也避开了战争所真正揭示的人性丑陋。

孙犁将作品中的人物放在“荷花淀”这优美的景色中来描写，追求一种永恒的美与善的力量。他以白洋淀明媚如画的风光为背景，飘飞的芦花、洁白的芦苇荡、粉红的荷花、清幽的荷香，无不衬托出女主人公对正在浴血战斗的丈夫的深情，点缀着她们的日常生活和昂扬乐观的战斗精神。孙犁以平易清雅、凝练微妙、清远深婉的语言，写战火硝烟之中的夫妻之情、家国之爱，凸显了纯美的人性、崇高的品格，情与景融合得自然无隙，如盐入水。

（三）荷韵幽远

在孙犁的第一部小说、散文集《白洋淀纪事》中，《芦花荡》《光荣》

《嘱咐》《采蒲台》等小说都是“诗体小说”的代表作。每篇小说都具有浓郁的浪漫主义色彩和抒情诗的韵致，描绘出一幅幅舒卷从容、气韵生动的时代画卷。孙犁的创作在解放区文学中独树一帜，不仅奠定了他在文坛的独特位置，还开创了一个新的文学流派——“荷花淀派”。当代文坛上的著名作家刘绍棠、丛维熙、韩映山、房树民等都属于这一流派，茹志鹃、王汶石、贾平凹、铁凝也曾受到孙犁风格的深刻影响。

孙犁是少有的能跨越现代与当代文学史、并持续产生影响的作家，他在新中国成立后还奉献出了《风云初记》《铁木前传》《村歌》等小说佳作，80 年之后进入晚年的孙犁转向散文的写作，文字愈发从容练达，至去世前 20 年间出版散文集 10 种。茅盾这样评说孙犁的创作风格：“他的散文富于抒情味，他的小说好像不讲究篇章结构，然而决不枝蔓；他是用谈笑从容的态度来描摹风云变幻的，好处在于虽多风趣而不落轻佻。”① 这位长寿的作家一生从事文学创作 75 年，他从未将写作对象——农村和农民视为“底层”。在他笔下，农村和农民不是自上而下地进行苦难书写的对象，更不是传达个人关怀的抒情对象，农民是和作家一样有血有肉、甚至更值得尊敬的人，他一直跟农民在一起。

“孙犁的作品好，人也好，不多事，把一颗宁静的心全献给了他的人物和文字。他本是陶渊明、王维这样的性格，但卷入到 20 世纪中国最残酷的灾难中，即使描写血与火，也笔墨柔曼，带着深情。”② 这是孙犁被文学史重墨书写的原因，也是《荷花淀》得以穿越时空而经久不衰的艺术魅力之所在。

三、破茧而出的新人：孔厥的《一个女人翻身的故事》

（一）孔厥与他所关注的“受苦人”

孔厥在延安刚开始创作的时候，同赵树理、孙犁一样，热切地关注着解放区的农民。但是与赵树理在实际工作中发现问题和解决问题、孙犁在

① 茅盾：《反映社会主义跃进的时代，推动社会主义时代的前进》，人民文学出版社，1960 年版，第 72 页。

② 沙林：《少年时代靠这些河北作家们的滋养》，《中华读书报》，2005 年 7 月 27 日。

浪漫诗意中展现农民的崇高精神境界不同，作为一个在北方生活的江南文人，孔厥的感情细腻，在他的作品中表现出了对农村女性的特别关注。虽然他的名字在当下已不为人所知，但是作为一名文学家，他对于解放区文学有着不可磨灭的独特贡献。

孔厥（1914～1966），江苏吴县（今苏州市）人，原名郑志万，字云鹏，笔名沈毅、孔厥。他出生在一个城市贫民家庭，父亲郑龙生是水烟店的店员，母亲潘氏是纱厂的缫丝工。他是家里七个孩子中唯一的男孩，幼时又体弱多病，因此倍受父母爱护。孔厥少时学习刻苦，成绩优异，14 岁就在上海商务印书馆发行的《少年》杂志（第十九卷第三期）上发表了小说《镜儿捉贼记》并且获奖，从此矢志文艺创作事业。这一年他考入吴县县中，次年因家境贫寒辍学。之后教过“私塾”. 在商务印书馆做过学徒，后来多方设法才得以重返校园。然而 1932 年春，18 岁的孔厥与一些同学因不满教育制度闹起学潮，要求撤换校长、改革学校，结果与六个同学一起被开除学籍，并被扣押了将近三个月。重病的父亲因此去世，母亲四处借贷托人才把他保释出来。失学后的孔厥迫于生计，做过菜贩，卖过烧饼，扦过制蜜枣用的枣核，这些痛苦的经历使他对国民党统治下的旧社会充满了愤怒和仇恨。

后来孔厥设法考取了免缴膳宿费的江苏省立测量专科学校，1935 年毕业后被派到吴江县（今吴江市）测量队做技术员。但是这时的孔厥已经阅读了一些进步的社会科学和文学书籍，开始追求进步的革命事业。1937 年全面抗战爆发之后，经历了不少失败的办报纸、组织文学社甚至演剧尝试的孔厥从测量队辞职，到宜兴的《抗战日报》做了专职编辑，还参加了上海文化界内地服务团。1938 年夏天，孔厥来到了延安，进入鲁迅艺术学院文学系学习，后来又先后担任鲁艺文学研究室研究员及文学系助教，开始了他的专业创作生涯。

孔厥在延安也称得上是一位多产的作家，创作主要有短篇集《受苦人》《一个女人翻身的故事》，与袁静合作的中篇《血尸案》长篇《新儿女英雄传》短篇集《生死缘》，短篇《火车队长》《双脚跳和迷迷笑》等。新中国成立后的主要收获有长篇《新儿女英雄续传》短篇《荷花女》《青春交响曲》《两女子》《小阿飞日记》《热情奏鸣曲》以及未曾发表的短篇《糟糠妻》《逃犯》《灭共者》《额头有痣的人》等。他也写过唱本、弹词、秧歌剧、电影剧本、话剧以及报告文学等。如唱本《人民英雄刘志丹》

《南泥湾好风光》《吴满有大合唱》（与袁静合作），中篇弹词《一家人》，秧歌曲《组织起来》，五幕歌剧《兰花花》（与袁静合作），电影剧本《淮上人家》（与袁静合作）、根据《生死缘》改写的《中朝儿女》（与袁静合作），报告文学《中原突围记》（与袁静、丁以等合作）以及未曾发表的歌颂彭德怀的大型六幕话剧《红旗漫卷西风》。

延安文艺座谈会之后，解放区的作家普遍把关注的目光投向翻了身的解放区农民，孔厥也不例外。但是他的小说却在表现农民在政治和经济上扬眉吐气的喜悦之外，揭示出农民真正在精神文化、思想意识以及个体主体意识领域的觉醒，这是一个相当痛苦和漫长的破茧而出的过程。孔厥以年轻作家少有的深沉忧郁的眼光，谛视中国农民生活上的苦难、精神上的重负和翻身后的喜悦。孔厥的《受苦人》《凤仙花》《一个女人翻身的故事》等一系列的小说就全面展现了这一破茧成蝶的艰难过程。

中共党史资料中对延安及周边解放区的妇女运动有这样的记载："由于封建残余相当的严重，普遍存在包办婚姻。一般（女性）在幼年由父母包办订婚，很少自由恋爱。与包办相联系的是买卖婚姻，多以'彩礼'形式进行。而且还存在着贩卖妇女、纳妾等违法活动。"① 报纸上残害妇女、虐杀妇女的案件也屡见不鲜。解放区文学涉及女性遭遇和命运的作品也是非常多，如赵树理的《孟祥英》丁玲的《我在霞村的日子》等等。孔厥作品中贵女儿、凤儿和折聚英的遭遇都不是特殊的。他在短篇集《受苦人》的题记中这样写道：

> "受苦人"是陕北土话"农民"的意思；用来做书名，是因为这里大部分人物，都是陕北农民。不过，自从革命以来，陕北农民翻了身，"受苦人"这名词，跟着也失去了原来的意思，而只是一个传统的习惯语了；然而它却自有它的历史意义的。②

《受苦人》用的是第一人称自述的方式，通篇都是血泪的控诉："同志，跟你说说话我倒心宽了，我索性把底根子原由全对你说吧。交新年来我十六岁，你说年龄不够，可是我三岁起就是他的人啦!"当年由地主做

---

① 中央档案馆：《陕甘宁边区抗日根据地·回忆录卷》，中共党史资料出版社，1990年版，第459页。

② 孔厥：《〈受苦人〉题记》，见短篇小说集《受苦人》，上海海燕书店，1947年版，第1页。

主把逃荒来的女人嫁给贵女儿的爹，而“将老换小”，把贵女儿许配给后妈的儿子，她们全家还必须给地主“净还十年工”。他当时就已有十七岁，虽然干活非常卖力，对贵女儿也亲，但是他从小被地主家摧残，落下病根，年纪轻轻就残废了：

双手还直打抖，腿巴子不容易弯，走起路来直橛橛的，怪慢劲儿，死样子。你在他背后唤他，他还得全身转过来：他颈根也不活啦！这真可怕呵，身体残废了，神也衰了；他的瘦脸儿就从此黑里青了，他的颧骨一天比一天显得凸出了，他的黑眼睛也发黄发钝了，他的头发竟全秃光了——只长起一些稀毛！

他没老也像个老人了。①

这完全是旧社会造的孽，本来年轻强壮的男人却成了这样一副人不人、鬼不鬼的样子，被人叫作“丑相儿”。

贵女儿长大些知道了自己跟“丑相儿”的关系之后，极力想要逃避。这本是旧社会的“旧根作下的孽”，然而翻身后“丑相儿”分了田地牛羊，一边拖着残疾的身体不分昼夜地劳作，一边要求囿于传统观念和信守诺言的父亲逼迫贵女儿与他成亲。虽然贵女儿从学校里学了新知识和“新社会法令”，但依然无法抗衡农民的传统观念和道义良知。连她的第三个妈（“丑相儿”妈死后，她爹又娶的）都忍不住开口劝：“拄棍儿还得拄个长的哩，伴伴儿总也得伴个强的呀！……村长说的，那种屁文书，在新社会不作用了”。② 但父亲执拗于那“白纸黑字写下的”契约，给了贵女儿巨大的压力。

贵女儿是个善良的姑娘，虽然对“丑相儿”的外貌有着本能的排斥、恐惧，虽然明知“丑相儿”对她的恩情、亲情都无法转化为自然融洽的爱情，但是当她看到“丑相儿”倍受折磨、痛苦欲绝的样子，还是心软了，答应名义上成亲。她还不满十六岁，然而家人、邻居、亲戚友人似乎都快乐地看着她往火坑里跳，连村长都“不敢说啥”。没想到成亲之后，贵女儿不仅没有机会劝说“丑相儿”另娶个大人，晚上还受到“丑相儿”的逼

① 孔厥：《受苦人》，见短篇小说集《受苦人》，上海海燕书店，1947年版，第33页。
② 孔厥：《受苦人》，见短篇小说集《受苦人》，上海海燕书店，1947年版，第21页。

迫。当争夺中撕烂了婚约文凭的时候，他恼羞成怒，挥斧砍伤了贵女儿。

这个悲剧是旧社会的悲剧，但是到了新社会还不得不为旧悲剧付出新的代价。贵女儿女与“丑相儿”的婚姻，是旧社会种下的“孽根儿”，却又渗透了十三年的亲情。“丑相儿”之残缺丑陋，让她觉得可怖，但这却是在旧社会为家庭付出的代价。封建观念与社会伦理、感情、理智等多重因素纠缠在一起，铸成了女性的悲剧。

女人的悲剧说到底还是因为男人，整个社会的观念没有转变，女性婚姻自主谈何容易。贵女儿走不出女人的旧式命运：“旧社会卖女子的，童养媳的，小婆姨的，还有人在肚子就给定了亲的……女的一辈子罪受不住，一到新社会就撂活汉，寻活汉，跳门蹋户，也不知有好多人，说是双方都出罪啦。可是男的要不看开，女的要是已经糟蹋了，那怎么办!”[①] 她体谅“丑相儿”的痛苦，然而受到伤害的她只能把所有的不幸归结于命运，承认自己的命苦。她的不幸，不仅根源于封建残留下来的“父母之命，媒妁之言”的束缚，更是来自女性无法摆脱现状、随波逐流的生存状态。而造成悲剧、犯了罪的“丑相儿”也并不是坏人。他半辈子辛勤劳作，被地主害得残废，他对贵女儿好，对她的父亲也好。他守着那张象征着贵女儿的耻辱的卖身契，逼迫善良的老汉履行诺言，也是他出于对个人生活的追求，对满足个人欲望的渴望。他生命的全部意义似乎都是建立在这张契约之上的，在封建观念的重压之下造成了人性的异化。由此可见，《受苦人》中的“受苦人”绝不仅仅是贵女儿一人。对于这出悲剧的旁观者们，他们无不对这悲剧的发生袖手旁观，并且习以为常。这才是悲剧的关键所在，如果广大农民的思想观念没有彻底地改变，这样的悲剧还会一个接一个地上演，女性的命运依然无法改变。

从贵女儿的生活遭际之中，我们看到了解放区明朗的天空下的阴暗一隅。在广大农村，落后的意识依然根深蒂固，并紧紧束缚着年轻一代的女性，她们依然无法摆脱受苦受难的命运。解放区迎来的艳阳天最多也是赋予了男人们的明亮，生活表象的明亮，妇女解放的问题不是靠简单的革命、运动就能解决的。孔厥清醒地从农村解放的状况中看到，农村女性虽然在经济上翻了身，但是她们中的很多人在社会、家庭中依然处于被压迫的地位，封建礼教和落后的婚姻观念依旧束缚着农村女性。农民精神文化的贫困是农

---

① 孔厥：《受苦人》，见短篇小说集《受苦人》，上海海燕书店，1947年版，第19页。

民意识觉醒的重要障碍，也是整个乡土中国现代化的一个重要问题。

（二）“新人”破茧而出

但是这样的痛苦是已经翻身的农民，作为开始觉醒的人脱离麻木、忍从的开始，其中已经包含了社会的进步和人对于自我价值的追求。于是，在孔厥的笔下，农民的自我觉醒一步步地走向实现，女性的真正解放也在一步步地走向现实，他用文学的形式揭示黑暗与光明的转换时期农民心灵的苦恼和痛楚，传达着自己对于解放区农民观念意识真正觉醒与成长的呼唤。

《凤仙花》中的凤儿是个十二三岁的小姑娘，一出场就表现得胆怯、固执，完全没有少女的天真烂漫。小说开头就是：“凤仙花，恶鬼抓了她!”原来她饱受继父的封建家庭的迫害，吃不饱饭，穿得肮脏破烂，还被缠了足，心理也受到了严重的压抑。在解放区革命女干部的帮助下，凤儿从拒绝、抗拒到接触、改变，进而勇于追求，青年队的新知识和新生活终于彻底拯救了凤儿的命运。她剪了发、换了装、放了足，脸上也有了笑容，她敢于在魔鬼般可怕的继父面前说出叛逆的话语，挣脱封建家庭的魔掌，最终加入八路军，走上了革命的道路。青年队唱出了：“凤仙花，凤仙花，恶鬼奈何她!”的歌声，这里歌颂的不仅是凤儿勇敢冲破家庭束缚走向革命，更是歌颂党的领导、帮助，是党给予了她生活的希望。女性终于在掌握自己命运、勇敢追求自由的道路上走出了第一步。

解放区女性自我解放事业的真正实现，孔厥是在《一个女人翻身的故事》中完成的。在这篇被称为小说的报告文学作品中，孔厥忠实地记录了女主人公折聚英由原来的难民、文盲、只值两斗粗谷子的童养媳，成长为学习的模范、劳动的英雄、抗日的战士、妇女的先锋，甚至成为边区参议员、全边区百万妇女的代表之一，为受着严重压迫的农村妇女描绘出了一条精彩的人生之路。

折聚英三岁没了爹，九岁跟着娘逃荒到延安。穷人吃不上饭，富人却把粮食囤起来，“减粮不如减口”，只要两斗粗谷子她就被卖给人家做了童养媳。做童养媳的七年暗无天日，小聚英头不敢抬、腰不敢直、气都不敢喘，每天“砍柴担水，推磨滚碾”，“锅锅灶灶，针针线线”地伺候着一家人，可还是经常被打得“眉黑青，眼黑烂”，甚至昏死过去。虽然听说过红军是老百姓的救星，她还是犹豫着。真到她满了十六岁，要跟那个“吃喝嫖赌抽”“坑蒙拐骗偷”的男人成亲的时候，红军的“女宣传”在村里召集妇女开会，号召妇女“放脚闹革命”，争取男女平等，小聚英终于跟红军走了。

折聚英跟着“女宣传”到了苏维埃区政府，不再受公公、丈夫的折磨和虐待了。她去青化砭受训，跟来自边区各地的妇女们一起学习革命的道理和工作的方法，成了革命者的一员。革命的风气改变了家乡的模样，她的公公脾气也好了，捎信说“你就是没吃过咱手心里的奶，你也吃过咱手心里的饭呀”，叫她回乡参加工作，连她的男人竟也参加了红军。折聚英为了教育好这个男人，竟然同意了跟他成亲。可是他很快又露出了流氓嘴脸，不肯归队，过去的劣习又变本加厉起来，甚至叛变去当了民团，攻击区政府要活捉做妇女主任的折聚英，后来被游击队打败了。

1938年折聚英终于迎来了自己的爱情，共同的革命追求让她和延安县的保安大队长张吉厚喜结良缘。婚后折聚英没有享受小家庭的温馨生活，而是更加追求进步，到边区党校学习，后来还考上了女大的陕甘班。完全没有文化基础的折聚英以惊人的刻苦精神克服文化难关，她说别的同学“是喝墨水长大的，肚子里货色那样多，咱不双份用心用功，不行啦!”尽管她“从前冻过，饿过，又被男人毒打过”，身体条件已经很差了，可是她是苦惯了的人，哪怕常常感到疲劳、头昏、筋儿麻、骨殖缝里疼，还是加倍努力学习。终于有一天，她昏倒了，还打摆子、口吐白沫。医生断定“这女子，生理上，心理上，一定都受过大打击，大摧残!”生病之后的折聚英依然坚持着革命工作，教育、组织妇女，动员生产，解决妇女问题等等，她可以堪称是解放区的女英雄了。

对于妇女解放的历史命运，折聚英的反省是最彻底的，她不同于凤儿的犹豫，也不同于贵女儿的屈服，她不仅获得了自由，更有了在事业上的追求，执着而顽强地追求自己新的生命价值，显示出了新一代女性对于女性传统的存在方式的最大蔑视和挑战。折聚英完全摆脱了对男性的依附，初步具备了自我认同的现代女性意识。虽然成为“半边天”并非对于女性最好的结局，但是与那些一生不得自主、受尽压迫欺凌的女性相比，这已经是巨大的进步了。

从《受苦人》到《一个女人翻身的故事》，孔厥有意识地关注了几千年封建桎梏下农村女性的命运与前途。我们从中体味到非常的压抑与难言的苦痛，聆听到深重的叹息，也看到希冀、追求与努力。经济、政治上的“解放”为女性解放提供了必要条件，而主体精神上的解放、社会文化的解放还有漫长艰难的道路亟待探索。当然，女性解放仅仅是一个子课题，人的解放或者说农民的解放是解放区文学的基本主题。

解放区的天是明朗的天，解放区文学涌现了一批描写农民“翻身得解放”的作品，记录了中国共产党领导下的翻天巨变：农民在政治上和经济上第一次扬眉吐气，翻身做了主人，农民的社会身份和精神世界发生了巨大变化。孙犁以清新质朴的笔致刻画了战争中人情人性的美，赵树理、孔厥则以更为朴拙、凝重的话语敏锐地捕捉到了农民现实生活的新变化，而且还细心地感受到了农民精神文化、思想意识的觉醒与个体主体意识的萌芽、成长。在经历了经济上的减租斗争之后，农民的翻身意识进一步发展、深入，提出了精神翻身、人性幸福的更高层次要求。赵树理、孔厥等作家侧重农民在精神文化、思想意识上的翻身解放，体现出了一种迥异的、可贵的精神文化需要与人性意识。也正是有了精神解放的探求，人的解放才是全面的，解放区的天空才是真正明朗的。

解放区文学更令人瞩目的成就在于将新文学一贯追求的“大众化”落到了实处。郭沫若评价赵树理的一段话是发人深思：

作家的通病总怕通俗。旧式的通俗文作者，虽然用白话在写，却要卖弄风雅，插进一些诗词文赞，以表明其本身不俗，和读者的老百姓究竟有距离，五四以来的文艺作家虽然推翻了文言，然而欧化到比文言还要难懂。特别是写理论文字的人，这种毛病尤其深沉，装腔作势，矫揉造作，瞎缠了半天，你竟可以不知道他在说些什么。这种毛病，有时候似乎明知故犯，似乎是“文化人”“理论家”“文艺家”那些架子拿不下来，所以尽管口头在喊“为人民大众服务”，甚至文章的题目也是人民大众的什么什么，而所写出来的东西却和人民大众相隔得何止十万八千里！……知行确实是不容易合一。这里有环境作用存在。在大家都在矫揉造作或不得不这样的环境里面，一个人不这样就有点难乎为情，这就如在长袍马褂的社会里面一个人不好穿短打的一样。

因此我很羡慕作者，他是处在自由的环境里，得到了自由的开展。①

① 郭沫若：《读了〈李家庄的变迁〉》，《北方杂志》，1946年9月版，第1、2期。

这个评价适用于解放区文学的整体风格。

解放区文学诞生于战火纷飞之中，却不为战争的伤痕所累，洋溢着乐观的、大胆创新的可贵精神。解放区文学以其扑面而来的新鲜的、民间的、泥土的气息感染人，以骄人的成就和辉煌的业绩有力地推动了抗日战争和解放战争的胜利。作为40年代中国救亡文学主潮中的一支生力军，它以不同于国统区文学的全新的主题、全新的人物和全新的风格写下了20世纪中国文学的全新一页。

第七章 迎接新中国的太阳

几代人披荆斩棘，多少年浴血奋战，新时代的太阳正待升起。解放区作家成为迎接新中国太阳的最直接的创作主体，现代小说在致力肃清残余势力的同时，也见证着功勋，开辟着崭新的道路。“土改”运动是胜利的果实，也是胜利的保障。丁玲多次参加河北地区的土地改革运动，创作了《太阳照在桑干河上》。小说深入发现：土改运动使农民阶级推翻地主的统治，获得经济独立和政治自由，同时也改变了农民因袭的封建思想和既有心理程式，使农民在获得阶级解放的同时，有可能获得人的尊严、人的自由。柳青的《种谷记》涉及社会主义建设中一些问题的雏形，更具前瞻性。这部早期的反映合作化的小说，尽力诠释、憧憬、寻找着新的生产方式、新的社会图景，同时也尊重了人与乡土社会的真实。如果说《种谷记》以生活的忠诚进行着朝向未来的书写，迎接新中国的太阳，那么，马烽、西戎、柯蓝、孔厥等解放区成长起来的青年作家则在新中国的曙光穿破黑暗之际，按照历史的要求，以极强的党性，胜利者的姿态和豪情记录着这个血与火交织的时代，讲述着人民苦难中的挣扎，敌人丧心病狂的侵略，建构了新英雄传奇，建构了新中国的壮丽史诗。

至此，现代小说历经披荆斩棘的思想革命，浴血奋战的革命战争，闪耀着胜利的光芒，而文化的军队确实是“团结自己，战胜敌人不可少的一支军队”。新征程上，这支军队仍在开拓进取，勇往直前。

一、“太阳”照耀下的土改运动：丁玲的《太阳照在桑干河上》

（一）《讲话》指导下的“土改杰作”

1942年，随着整风运动的开展和《在延安文艺座谈会上的讲话》的发表，新的文艺政策和文学写作规范对解放区作家提出要求，当然包括丁玲。“我们要战胜敌人，首先要依靠手里拿枪的军队，但是仅仅有这种军队是不够的。我们还要有文化的军队，这是团结自己，战胜敌人不可少的一支军队”，① 因而“中国的革命的文学家、艺术家，有出息的文学家、艺术家，必须长期地无条件地全心全意地到群众中去”。② 丁玲多次来到农村，与农民群众结合。她大约用四年多的时间写了一系列的先进英雄人物的特写、报告。1944年，发表报告文学《田保霖》，热情表现边区先进人物，曾获得毛泽东同志的好评。1945年，她从延安来到晋察冀，主编文学杂志《长城》，并和逯斐等合作，写了三幕话剧《窑工》。这些自然是“到火热的斗争中去，到唯一的最广大最丰富的源泉中去”的实践，更深入的体验生活是在1946年到1948年。1946年5月4日，中共中央发表了《关于土地问题的指示》（即《五四指示》），将抗日时期的减租减息政策改为没收地主土地分配给农民，土地改革运动就此开始。丁玲多次参加河北地区的土地改革运动。张家口温泉屯土改中运动的热情、工作的复杂带给她巨大的创作热情与丰厚的生活基础。1948年9月，丁玲奉献了反映土改运动的优秀长篇小说《太阳照在桑干河上》。1951年，《太阳照在桑干河上》荣获斯大林文学奖二等奖，成为享誉世界的名篇。同时获奖的还有贺敬之、丁毅的歌剧《白毛女》周立波的长篇小说《暴风骤雨》，这是我国作家的作品首次获得国际文学奖。

对于这部小说，丁玲“原计划分三个阶段写，第一是斗争，第二是分

① 毛泽东：《在延安文艺座谈会上的讲话》，见《毛泽东选集》（第3卷），人民出版社，1991年版，第864页。

② 毛泽东：《在延安文艺座谈会上的讲话》，见《毛泽东选集》（第3卷），人民出版社，1991年版，第864页。

地，第三是参军”，实际上只写了“斗争”的复杂曲折，“参军”和“分地”成为尾声。《太阳照在桑干河上》全书58节，20万字，展现了在中国共产党领导的土改运动下的一幅阔大的农村社会的立体画卷。土改运动给这个村子带来巨大的震动，张裕民、程仁等农民和钱文贵、李子俊等地主构成一对基本矛盾。然而作者并非在简单的阶级划分下脸谱化地描写人物，而是深入刻画人物心理，按照生活的真实处理人物关系，无论正面与反面，人物活灵活现，呼之欲出，作品因而具备了厚重的品格。

《太阳照在桑干河上》的人物关系纵横交错，构成一幅时代浪潮冲击下正在解体的宗法制社会的立体图画。地主与农民在财产上有差异，并存在实际的剥削与被剥削关系，但是这种关系建立在血缘基础之上，这是当时农村社会的真实状况。暖水屯这个小村形成了一个相对封闭的宗法小社会，“村上就这二百多户人，不是大伯子就是小叔子”，“大家都是一个村子长大的，不是亲戚，就是邻居”。村民绝非是阶级可以断然划分的。例如地主钱文贵的哥哥钱文富是贫农，亲家是富裕中农顾涌，远方兄弟钱文虎是村工会主席，儿子参加了八路军，女儿嫁给了村治安员张正典。钱文贵虽然是村中八大尖的第一尖，但在土改的屡次斗争中，每每凭借着宗法关系网得以逃脱。他处心积虑利用侄女拉拢农会主任程仁，同时又算计着让她引诱小学教师任国忠为他效劳。而在受剥削的农民方面，宗法关系则成为他们难以摆脱的心理障碍。比如李子俊家的佃户，多是他的本家，他们到李子俊家去清算时，李子俊老婆带着孩子磕头流泪，大爷兄弟说软话攀交情，又想着她是个女人，平时对自己小恩小惠，都不好意思拿地契，纷纷退了回去。

在真实的社会关系图谱下，全书四、五十个人物大多眉目清晰，主要人物更是个性分明。张裕民是暖水屯的第一个共产党员，他沉着、老练、忠心耿耿，虽然有过一些缺点，发动群众斗地主时一度思想模糊，怕斗不倒钱文贵自己不好办，但他大公无私，冲锋在前，一旦思想明确，下了决心，便勇猛顽强，坚决果敢。因此，他在群众中有威信，在干部中有号召力，在村里处于举足轻重的地位。和张裕民一样从小受地主剥削的长工程仁，朴实憨厚，对地主阶级有本能的仇恨。因为和钱文贵的侄女黑妮的关系，他在斗争中也有思想矛盾，总感到有什么东西“拉着他下垂”，但他还是在斗争的暴风雨中站稳了自己阶级的立场，坚决和广大群众一道，向地主阶级进行勇敢的斗争。他和张裕民如同璞玉．虽有瑕疵，终掩不住本身的光辉。关于正面人物何以并非完美的英雄，丁玲曾经讲到这样一段话：

> 《太阳照在桑干河上》是我以农民、农村斗争为主体创作的长篇小说。我的农村生活基础不厚，小说中的人物同我的关系也不算深。只是由于我同他们一起生活过，共同战斗过，我爱这群人，爱这段生活，我要把他们真实地留在纸上，留给读我的书的人。我不愿把张裕民写成一无缺点的英雄，也不愿把程仁写成了不起的农会主席。他们可以逐渐成为了不起的人，他们不可能一眨眼就成为英雄。但他们的确是在土改初期走在最前边的人，在那个时候实在是不可多得的人。后来我又参加过两次土改；近二十年来我绝大部分时间也是在农村，接触过各种各样的人，其中大多数是农民或农民出身的人；我遇见过比张裕民、程仁更进步的人，更了不得的人；但从丰富的现实生活来看，在斗争初期，走在最前边的常常也不全是崇高、完美无缺的人；但他们可以从这里前进，成为崇高、完美无缺的人。①

实际上，另一个方面——地主阶级的人物也是各具性格的。恶霸地主钱文贵是最突出的代表。丁玲曾经这样说过自己塑造钱文贵时的想法：

> 写一个恶霸地主吧！我考虑来考虑去，我想，地主里有很多恶霸，但是在封建制度下，即使他不是恶霸，只那种封建势力，他做的事就不是好事，他就会把农民压下去，叫人抬不起头来……我认为：在某种意义上，他比恶霸地主还更能突出的表现了封建制度下地主阶级的罪恶。②

钱文贵称霸一方，“暖水屯的人谁该做甲长，谁该出钱，出伕，都得听他的话。”他不做官，也不做乡长、甲长，也不做买卖，也不是财产最多、最富的人，可是人都得恭维他，给他送东西，送钱。他“就有这么份

---

① 丁玲：《太阳照在桑干河上·前言》，见《太阳照在桑干河上》，人民文学出版社，1979年版，第2页。

②、孙瑞贞等整理：《丁玲谈自己的创作》，袁良骏编：《丁玲研究资料》（乙种），天津人民出版社，1982年版，第215页。

势力”，“大家都说他是一个摇鹅毛扇的，是一个唱傀儡戏的提线的人”，“村子上的人谁也恨他，谁也怕他”。[①] 但他却并不是使用暴力手段欺压农民来获得自己的霸权的，而是通过建立农村关系网，与地方政权相勾结，确立自己的威势。他还运用各种手段奸诈狡猾地抗拒土改斗争：土改之前他就让儿子钱义去参军；土改时又搞美人计逼迫侄女黑妮去找农会主任程仁；伙同白娘娘、任国忠搞迷信，播谣言；利用女婿张正典欺压贫农，妄图转移斗争目标。直到土改接近尾声，农民被调动起来，揭发钱文贵的罪行，钱文贵在批斗会上仍然能逞着他的威风，从心理上压制着农民。“他站在台口，牙齿咬着嘴唇，横着眼睛，他要压服这些粗人，他不甘心被打下去”，“那两颗豆似的眼珠，还在有力地睃着底下的群众。这两颗曾经使人害怕的蛇眼，仍然放着余毒，镇压住许多人心”。[②] 透过钱文贵这种阴险、狡诈的地主形象，我们看到中国农村社会内部的复杂性。土地改革风起云涌，然而农民在经济、政治和精神上仍然受着深重的压迫，单纯追求阶级解放的运动是不可能使农民完全摆脱受压迫的境况的。除钱文贵外，作者还写了其他几个不同特点的地主：胆小绝望的李子俊，凶险厉害的江世荣，对农民恨得咬牙切齿的侯殿魁等。

正是这两个阶级、两类人物的斗争构成了《太阳照在桑干河上》的主线，展开了波澜壮阔的历史画卷，而作品更具魅力的是对人物心灵的开掘。

（二）生活真实下的灵魂真实

丁玲曾讲“我有一个习惯，每写一篇小说之前，一定要把小说中出现的人物考虑的详细：我自己代替这小说中的人物，是想在那时应该具哪一种态度，说哪一种话，我爬进小说中每一个人物的心理，替他们想，应该有哪一种心情，这样我才提起笔来”，“最重要的就是要钻到人心里面去，你要不写出那个人的心理状态、不写出那个人灵魂里的东西，光有故事，我总觉得这个东西没有兴趣。”[③]《太阳照在桑干河上》正是在这样的创作

---

① 丁玲：《太阳照在桑干河上》，见《丁玲文集》（第1卷），湖南人民出版社，1982年版，第509页。

② 丁玲：《太阳照在桑干河上》，见《丁玲文集》（第1卷），湖南人民出版社，1982年版，第528页。

③ 转引自冬晓：《走访丁玲》，《开卷》杂志（香港），1979年第5期。

理念下塑造了闪光的、具有持久魅力的“复杂”的人物。

小说以一个后来被错划成富农的富裕中农顾涌，在附近村子听到土改斗争的风声开篇，并且选择他作为贯穿全书的一条重要线索。这自然不只是因为他的身份使他对土改十分敏感，更因为他和农村各阶层保有密切复杂的联系，而对这种人采取什么态度，也直接关系到党在农村中的阶级政策，关系到土改运动能否顺利开展。顾涌的创作灵感来自这样一件事：在一个村子里，她看到人们拿了一个富裕中农的地，并让他上台讲话，“那富裕中农没讲什么话，他一上台就把一条腰带解下来，这哪里还是什么带子，只是一些烂布条结成的，脚上穿着两只两样的鞋。他劳动了一辈子，腰已经直不起来了。他往台上这一站，不必讲什么话，很多农民都会同情他，嫌我们做得太过了”。① 生活给予了丁玲真实的创作源泉，同情与理解令顾涌角色的书写具有人道主义的光辉。他十四岁就替人放羊，哥哥替人揽长工，兄弟俩受了四十八年的苦，把血汗和希望洒在了贫瘠的土地上，换来了一些土地。他基本不雇工，家里无论男女老少都要劳动，省吃俭用地积攒，后来又有了两个大院。从阶级成分上来看，在贫农与地主构成的敌对的阶级关系中，他处于中间地位。如果从政治和精神层面来看，顾涌无疑也是受压迫的阶层。他不情愿地将二姑娘嫁给了钱家，虽然名义上是做了亲家，但钱文贵瞧不起她，两家从无来往，自家的梨树被钱家的柳树压折，他也敢怒不敢言。对农村的土地改革运动，顾涌怀着一种矛盾的心理，一方面他受着地主阶级的压迫，从维护自身利益出发，他希望能推翻像钱文贵这样称霸一方的地主的统治。但另一方面，对土地的渴望和热爱，全家人多年的艰辛劳动攒下的家业又使他对土改存有惧怕。尽管如此，凭着善良纯朴的性格，他同意大儿子去当兵，同意三儿子参加村里的活动，在工作组的动员之下，他还愿意自觉献出一部分土地。无疑，对于顾涌勤劳质朴、节俭本分的优秀品质和不屈不挠、充满希望的精神，丁玲是赞赏的。

李子俊的老婆更是写得惟妙惟肖，入木三分。丁玲称她是个“要强”的女人，在娘家时什么也不会做，但嫁到李家来，丈夫是个大烟鬼，又要钱，年年卖地，还往往被人戏耍。她就宁可自己吃苦，什么事都自己学着做，自己下厨，收租时自己上前，好多攒些私房钱，以备不时之需。她还

① 丁玲：《生活、思想与人物》，《人民文学》，1955年第3期。

是一个聪明的人，敏锐地感到了大风暴的到来，但她绝不像丈夫那样怯懦，她想方设法地要躲过这场突如其来的浪潮：她出门总是笑脸迎人，拼命展示着自家弱势的一面；她让丈夫出门去避难，自己却在家拼命说好话求人，因为她深知别人不好难为一个妇道人家；她变得大方了，常找旧衣服送人，给雇工做好吃的；她变得和气了，看见干部就拉话，请他们到家里喝酒；她还更加勤劳了，家里一切活她都干，甚至还到地里去帮着拔草，帮着打场。当意识到灾难怎么也逃不过去时，李子俊女人没有怨天尤人、唯唯诺诺，而是选择了挺身而出，在风雨中躲闪煎熬。“她从不显露，她和这些人中间有不可调和的怨恨，她受了多少委屈呵！她只施展一种女性的千依百顺，来博得他们的疏忽和宽大”。当种种手段都失灵的时候，她虽然表面上还要强装笑脸，内心却恶毒咒骂斗争她的农民——“果树园闹腾起来啦”把一个地主婆在土改中的心理揭示得淋漓尽致：

满脸堆上笑，做出一副怯生生的样子，向什么人都赔着小心。

没有什么人理她，李宝堂也装着没有看见她，却把脸恢复到原来那么一副古板样子了。

她瑟瑟缩缩地走到任天华面前，笑着道：“如今咱们园子不大了，才十一亩半啦，宝堂叔比咱还清楚啦，他爹哪年不卖几亩地。”

……

在树上摘果子的人们里面不知是谁大声道：“嘿，谁说李子俊只会养种梨，不会养葫芦冰？看，他养种了那么大一个葫芦冰，真真是又白又嫩又肥的香果啦！”

“哈……”旁树上响起一片无邪的笑声。

这个女人便走到远一点的地方坐下来。她望着树，望着那坠在绿树上的红色的珍宝。她想“以前，谁要走树下过，她只要望人一眼，别人就会赔着笑脸来奉承来解释。怎么如今这些人都不认识她了，她的园子里却站满了这么多人，这些人任意上她的树，践踏她的土地，而她呢，倒好像一个不相干的讨饭婆子，谁也不会施舍她一个果子。”①

---

① 丁玲：《太阳照在桑干河上》，见《丁玲文集》（第1卷），湖南人民出版社，1982年版，第440页。

黑妮是丁玲在小说中倾注感情最多的人物。在土改时，丁玲看到从地主家的门里走出一个女孩子来，长得很漂亮，“女孩回头看了我一眼，我觉得那目光表现出很复杂的感情……马上我的情感就赋予了这个人物，觉得这个人物是应当有别于地主的”。① 丁玲塑造的黑妮形象，对她饱含着真挚的同情与赞美。黑妮虽然是钱文贵的侄女，但她丝毫没有沾染上地主阶级的坏习气。她“有一双水汪汪的眼睛”，说话带着银质的声音，随着“一年年长高，变成了美丽的少女”，“她很富有同情心，爱劳动，心地纯洁”，她念书“比哪个都念得好，回到家里还常常出来玩，喜欢替旁人服务……只要接触她一二次后，就觉得她是一个好姑娘”。反而由于亲眼看到地主的罪恶，真心对她好的人都是下层的农民，她的感情是倾向农民的。她最喜欢的人是种菜的大伯钱文富，愿意听他的话，跟他做伴。她和烧饭的长工程仁是好朋友，经常帮助他，后来两人相恋。妇女主任董桂花病了，她来看望，替她烧米汤喝，还送她颜料、花线、鞋面布。在土改运动中，黑妮积极加入到土改浪潮中去。在识字班中，她义务教书，钱文贵想让她去勾引程仁替他办事，黑妮坚决地回绝，程仁为避嫌而疏远她，她就不去找程仁，独自忍受着内心的巨大痛苦。当土改取得胜利后，黑妮由衷地高兴，她坚定地选择和自己喜欢的忠厚却贫穷的大伯一起生活。妇女主任董桂花的心声表明了丁玲的态度：“这姑娘确实不坏嘛，她伯父不好，怎么能怪她呢？”

相比较同时代其他反映土改斗争的小说（例如《暴风骤雨》），《太阳照在桑干河上》站在更高的角度看到，土改运动使农民阶级推翻地主的统治，获得经济独立和政治自由，同时也改变了农民因袭的封建思想和既有心理程式，使农民在获得阶级解放的同时，有可能获得人的尊严、人的自由。这正是作品所以葆有持久的艺术魅力的最重要的原因。

（三）土改小说姊妹篇：《暴风骤雨》

《太阳照在桑干河上》创作于土改运动开始后不到两年的时间，反映的主要是土改早期的社会状况，可谓带露折花。当然，这样一场规模浩大、影响深远的运动举世瞩目，此后大量的土改小说涌现出来，或者是从小处着眼强调土改运动给民众生活带来的可喜变化，如孙犁的《秋千》赵

① 丁玲：《生活、思想与人物》，《人民文学》，1955年第3期。

树理的《田寡妇看瓜》等，或者从历史潮流的角度肯定土改的顺应历史、顺应民心，如赵树理的《李家庄的变迁》周立波的《暴风骤雨》。其中，《暴风骤雨》与《太阳照在桑干河上》都是在《讲话》指导下，以一个乡村获得宏观的角度反应土改运动初期的小说，结构与叙事存在种种相同，并且同在1951年获斯大林文学奖。谈到《太阳照在桑干河上》，另一部经典之作《暴风骤雨》是无法绕过的。

周立波，原名绍仪，以英文“liberty”（自由）为笔名，曾因组织工人罢工被捕，1934年加入左联，又参加中国共产党。1939年，周立波抵达延安，投入到自我重塑与现实斗争中。1942年，参加延安文艺座谈会，1944、1945年，他随王震将军的三五九旅南下支队转战湘粤。1946年10月，到松江省尚志县（今黑龙江省尚志市）元宝区元兴屯参加土改运动。1947年7月完成《暴风骤雨》上卷初稿，又到五常、拉林、苇和、呼兰等地考察，充实上卷、续写下卷，于1949年5月完成全书。周立波和丁玲一起开创了解放区文学中赵树理式写作之外的另一条道路：干部知识分子在农村社会运动中汲取灵感与“生活”的写作。然而《暴风骤雨》与《太阳照在桑干河上》的艺术风格又是不同的，前者以其平易质朴、开阔刚健树立起另一面旗帜，二者因而互相成为有趣的参照。

《暴风骤雨》的阶级阵线是分明的。“天下两家人，穷人和富人，穷人要翻身，得打垮地主”，地主和农民是两个截然对立、水火不相容的阶级阵营。人物形象也因“阵营”而对垒分明。赵玉林是工作队到元茂屯之后第一个被发动起来的农民。他以往一年忙到头，顾得上吃，顾不上穿，一家三口都光腚，绰号“赵光腚”。韩老六勾结日本宪兵队长强迫他一连出了四回劳工，差点丢掉了性命。地扔了，家里七岁的小丫头也活活饿死了，还被韩老六罚跪在碗碴子上，精神和肉体上受尽了折磨。在工作队小王的劝导下，赵玉林义无反顾地加入了革命队伍。他带头揭发韩老六的罪状，在抓捕和批斗韩老六时勇敢机智，担任主任兼组织委员，一心扑在工作上，最后，在抵抗韩老七匪帮袭击元茂屯的战斗中，为革命献出了宝贵生命。“一籽下地，万籽归仓”，元茂屯掀起了学习赵玉林、为赵玉林报仇的斗争热潮，农民积极加入农户，参加共产党。第二部中的郭全海就是在沿着赵玉林的生命轨迹前进。当然，农民的觉醒与进步离不开正确的领导，工作队队长萧祥排除工作队急于求成的思想，分派队员与农民同劳动、交朋友，是土改工作的核心。作为英雄人物的对立面，地主阶级的代表韩老六是万恶不赦的罪魁祸首，“好事找不到他，坏事少不了他”。他外号韩大棒子，当过伪满村长，给日本人当狗腿子，甚至把亲生女儿也奉献给日本人，对农民却狠毒无比，全村农民几乎家家都受过他的迫害，有的甚至家破人亡。“必须集中，还要典型化”，作者有意设置了这样一个形象以激起人们对地主阶级的仇恨，农民要想“翻身”、获得梦寐以求的土地，获得经济和政治上解放，就必须彻底推翻地主阶级的统治。

《暴风骤雨》中还有一类更具喜剧色彩的风俗人物，如老孙头。这位旧社会的车把式既直爽豁达，又随机应变，既见义勇为，也胆小顾己。他的内心深处藏着翻身的热望和明确的是非，这使他始终关心革命的进展，始终跟着潮流前进，但又始终处于潮流的边沿，以自己认为安全的方式参加斗争。特殊的生活经历，使他很圆滑，私心重，嘴硬胆小，有时在幽默中不免带点江湖味道。经历之多，使他相信“发财得靠命”；阅世之深，使他看穿狗腿子打出财主鼻血是“周瑜打黄盖”的把戏；见多识广，他在“唠嗑会”上给人们讲“熊虎之战”“熊掰棒子”，一针见血；他揭露了腐败分子把持大会是“兔子多咱也驾不了辕”；最后，“太公八十遇文王”，这位五十一岁的老农争着抢着要报名参军了！他是滑稽可笑的，又是可爱的。小说中从接工作队，斗地主，直至商量如何分配果实，几乎都有老孙头在场，也因为他的在场，这些场面都生机勃勃了。老孙头的生活原型是孙永富，当年工作组是他用大车接进村，又是他用大车送走的。人物老孙头活脱来自那片土地，青布长袍子，土话乡音，入风入俗，丰满而具有立体感。特别是在《暴风骤雨》电影中，著名演员赵子岳的出色表演，更让人们对老孙头这个形象久久难忘。

当年，土改干部的行囊中必备《太阳照在桑干河上》，还有《暴风骤雨》。《暴风骤雨》有着饱满的政治激情和浓厚的东北地方色彩，以另一种风格记录了土改的波澜壮阔。当年周立波在元宝镇“深入”生活，白天调查，晚上记录。他离开元宝镇时，搜集积累的生活素材装了整整三麻袋，这三麻袋的丰富矿藏蕴藏着《暴风骤雨》浓墨重彩的生活画面。直到今天，读《暴风骤雨》，如同脚踏那片土地，乡音在耳，这是《暴风骤雨》独特的艺术魅力。

二、合作化的萌芽：柳青的《种谷记》

（一）“长期在农村做实际工作”的柳青

柳青，原名刘蕴华，1916 年 7 月出生在陕西省吴堡县寺沟村一个富裕中农家庭。① 这是陕北的一个偏僻山村。从地处黄河之滨的吴堡县城宋家川北行一百余里山路，一个山村坐落在土坡上。村边有一条石沟，沟底有泉，清流潺潺，沟上有一座古寺，天长日久，僧去寺空，俗人定居。久而久之，形成村庄，取名寺沟。寺沟村有二十几户人家，其中有一排四孔窑洞，院落打着土围墙，门口盖有门楼。这户殷实的人家有八个儿子，排行第四的就是柳青。当时的中国，夜色沉沉，风雨如磐，天灾、人祸、兵匪、官绅不断袭扰。在一次躲避匪患中，父亲伤了腰，二哥刘协华伤了一只手。在又一次避祸中，妈妈为照顾受伤丈夫和二儿子，竟来不及抱走幼年柳青。第二天家人回来，见可怜的孩子还在动弹、微泣，男孩安然活下来了，八岁被送进本村小学读书。1928 年在米脂东街上高小时，刚刚十二岁的柳青光荣地加入了中国新民主主义青年团。这和他的大哥刘韶华有直接关系，刘韶华在省城做教员，见多识广，思想进步，是地下党党员。父母过世以后，这个长子就是实际上的家长。1903 年，在大哥的支持和帮助下，柳青考取了绥德陕西省第四师范学校，当时学校的领导人是倾向进步的爱国人士李子洲先生。柳青在这里接触到不少进步书籍，思考着人生中各种各样的问题。然而，1930 年下半年的一天，国民党反动派对这个学校进行了猝不及防的大搜捕和查封。1931 年下半年，柳青考入陕西第六中学，读了三年初中。

1934 年下半年至 1938 年上半年，柳青经历了“一二·九”运动、“双十二”事变，感受到“七七”事变后西安蓬勃发展的抗日形势。这期间，他积极参加政治运动，听从组织分配，严肃认真地对待革命工作，并且开始拿起笔写作。他主编的《学生呼声》当时在西安是个颇有影响的宣传阵

① 柳青生平参见蒙万夫等：《柳青生平述略》，见《柳青写作生涯》，天津百花文艺出版社，1985 年版。

地。在时代精神的洗礼和社会狂风暴雨的冶炼下，1936年，他光荣地加入中国共产党。也是在这一年，他在上海出版的《中学生文艺季刊》秋季号上发表了《待车》，“柳青”首次作为正式笔名出现。1938年，柳青来到革命圣地延安。1939年，他以极大的兴奋和热情奔赴抗日前线。1940年5月，任《华北新华日报》驻晋冀鲁豫边区政府筹备处特派员。9月至10月，他又回到延安，后来在“中华全国文艺界抗敌协会延安分会”工作。辗转之中，柳青创作了短篇小说集《地雷》中的大部分作品。然而，柳青对这个时期的生活与创作并不十分满意：“我到实际斗争中去是看别人工作，在部队里是马上来马上去的客人，在农村里是把两手插在裤袋里站在旁边看群众开会。”①

整风运动后的1943年3月，柳青带着一封写得清清楚楚的“长期在农村做实际工作”的介绍信到了米脂县，县上分配他到吕家崄乡政府当文书。柳青不再以一个文艺工作者的身份游来游去。除了要完成上级党和政府交给的各项任务，他还经常拖着一根对付狗的棒子到各村奔波，老百姓关于写介绍信、开路条、吵嘴打架、种棉花的方法，以至于娃娃头上长了一个疮能否治疗都来找他。在这期间，他生活上的优待没有了，在乡下的头半年确实让他吃尽了有生以来从未吃过的苦。高粱饭、钱钱饭（黑豆压得像麻钱一样大小和小米混合起来做的稀饭）、山药蛋（马铃薯）、糠炒面和干白菜组成的伙食加上经常爬坡登山、跨沟跄水各村流动的体力活动，已令人不堪承受，况且，黑夜常常通宵召开党的支部会和小组会。柳青思考了一个严肃的问题：

> 我和工农兵有没有感情？这种感情产生于正确的阶级观点。这种观点使一个人首先发生强烈的革命要求，而不是个人的创作要求。这就是说：首先要看群众以为痛苦的，我是不是以为痛苦，群众觉得愉快的，我是不是觉得愉快。如果是，那就能搞下去，就能忍受物质的困难；如果不是，那就无论主观上和客观上都搞不下去。我不痛快，他们也不需要我，这样子作为革命工作之一的创作也就谈不到了。②

① 柳青：《毛泽东思想教导着我》，《人民日报》，1951年9月10日。
② 柳青：《毛泽东思想教导着我》，《人民日报》，1951年9月10日。

在吕家崄乡首先发动的减租斗争中，在如火如荼的群众性的反奸斗争中，柳青是组织者，也是积极参加者。他夜以继日地工作，和乡村党员干部、群众积极分子一同背着铺盖走过街头，睡在一盘炕上，与他们成了知痛知热的朋友。冬天穿一身黑粗布棉衣，夏天穿黑粗布单衣，手里拿着捅鞭，端起一杆农民式的烟锅，他已经全然像一个农民了。柳青意识到，把写作摆在第一位，一切为了搜集素材，是不能写出好作品的。只有深入生活，做生活的主人，在工作和生活中理解人物，认识事物，分析研究，品评是非，才有可能出好作品来。当然，并非"长期做实际工作"就能够自然而然地把握人物，柳青在深入体验上是下了功夫的。有个叫常向贤的地主，剥削雇工很厉害，而且惯于玩弄贫雇农妇女，为了了解他，柳青曾把铺盖搬到麻家渠地主院里。还有一次他到富农常国雄家，故意在那里吃了一顿饭，用心观察他吃饭时小老婆怎么侍候。了解贫苦农民更为便利，他很随便地到常加富、常加侠、常加会的家里，看他们租多少地，交多少租，怎么样过日子的。平时，在开各种群众、干部会时，他一边察言观色、思考问题，一边做着笔记，有时记一些有趣的话，更多记人、记事。他还常和别人谈论自己的写作计划、故事构思，听的农民往往当成是实有其事，他们感叹着、评论着，追问着，带给柳青新的思考与启示。一个个故事，一个个人物就这样形成、清晰起来，构成了柳青写作的丰富宝藏。

1944 年春天，柳青遇到一个村主任，此人为了不让别人使唤自己的毛驴，千方百计不参加变工队。这个人、这件事触动了柳青的灵感，使他想起了很多的人和事。这年夏天，柳青打算以此为素材写一个短篇小说。然而，太多的材料涌上笔端，一提笔就写了三、四万字。后来发现，作为积极人物代表的农会主任形象却显得太单薄了。于是柳青下决心写作长篇，这就是《种谷记》的发端。

（二）"我的头一个习作"：《种谷记》

《种谷记》被柳青称为"我的头一个习作"，[①] 实则是丰厚的生活积累结成的第一个果实。

王家沟村主任王克俭的原型就是上述"保卫"毛驴的村主任。王克俭

---

① 柳青：《转弯路上》，见《中华全国文学艺术工作者代表大会纪念文集》，新华书店，1950 年 3 月版。

是富裕中农，旧社会当过甲长，也当过四福堂财主的佃户和收租人。他不愿自己的驴被人使唤，一直用“驴怀了骡子”来搪塞，想方设法不参加变工队。这是一个私有观念很重的小生产者。当农会主任王加扶带回乡里的指示，为避免小学生零散请假影响学业，要求今年扩大变工队集中时间种谷的时候，安排中谷进度的农户计划竟然被他的儿媳妇儿撕去做鞋底了。王克俭不是正面英雄人物，但这个形象带着来自生活本身的鲜活和复杂性。王加扶是《种谷记》中最早出现的出色的干部。他踏实肯干，为工作可以忘掉家务杂事、疏忽给孩子看病。他铭记区长的话：集体劳动不仅是改变劳动方式，而且改换人的脑筋。在这样的理念下，他联络各个变工组，在村民大会上一呼百应，组织种谷变工队的空气笼罩整个王家沟。然而，变革绝不是一帆风顺的，人物关系也绝不是截然两分的。富农王国维把王克俭看成“有一颗狐子心，却配着一副鸡肠子”的“有心没胆”的角色，挑拨他和农会干部的关系。王克俭只有和旧皮帽下还留着小辫子的看皇历专家王存恩说说心里话，风潮之下，终不免“随潮流走”，勉强加入了变工队。正当王加扶笑谈合作化的理想时，发生了伊克昭盟（今鄂尔多斯市）蒙民反抗官府，杀死蒙旗指挥官的事变。富农王国维乘机散布谣言，说官府平息“叛乱”，会进攻边区。王克俭的思想发生动摇、反复。他找来上小学的外甥，要抢在大动乱前种谷，致使人心惶惶，八户人家随之脱离变工队抢种。在民情激愤、怨声载道之际，区长和乡长来到王家沟，罢免了王克俭的村主任职务，选举劳动模范协助王加扶开展变工种谷。小说在王加扶等人身上发掘集体生产的社会动力，又在王克俭一群人身上揭示多年沿袭下来的小农业生产者根深蒂固的观念与意识。

《种谷记》展示了柳青当乡文书三年间体验到的农村世界，人物与场景带着浓重的陕北农村的乡土气息。村民在小学校窑洞开会争论、变工队在山地种地吃饭说笑、桃花镇罗马大会，王家沟桥头人市等场景的描写使人仿佛置身其中。特别是桥头人头涌动、指责王克俭脱离变工队种谷的描写，可谓绘声绘色。人们摔臂顿脚、唾沫飞溅，似乎要把小桥震塌。有人指责王克俭“袖里藏宝剑，杀人不漏风”，有人嘲讽他“怀娃娃婆姨赶集，人里边看不出人”，乡音土语中见情绪。人声喧哗之中，王加扶却在冷静思索：王克俭不是地主死心塌地的狗腿子，村中积极分子不识几个字，不能撂开他。王存恩老汉则意欲回护王克俭，被人们揭了他“脑筋太古”的短儿，嫌边区历书没有“黄道黑道”内容，死抱着大清皇历的老底等等。

关键时刻见人物性格。新的时代因素、新的政策精神融入陕北农村风俗画中，政治宣传与艺术魅力相得益彰。

值得注意的是，《种谷记》所反映的不是早期的土改运动，变工队、互助组在一定程度上是合作社的雏形，是实现合作社的基础阶段。这个主题直接来自党的政策。1943 年，毛泽东在陕甘宁边区劳动英雄大会上指出：

> 在农民群众方面，几千年来都是个体经济，一家一户就是一个生产单位，这种分散的个体生产，就是封建统治的经济基础，而使农民自己陷于永远的穷苦。克服这种状况的唯一办法就是逐渐地集体化：而达到集体化的唯一道路，依据列宁的说法，就是经过合作社。①

因而，《种谷记》要解决的矛盾超越了土改小说中的农民与地主之间的土地矛盾，仅靠一种农民情感、塑造一个“逼真”的农民形象不再能够解决问题。新的要求是：如何塑造具有社会主义精神的新农民形象。这显然不同于农民对土地自发的热爱，更是一种新的本质的生成，柳青对此是谨慎的。小说的主人公农会主任王加扶是情节展开的中心，但并不是完美无缺的“新人”。王加扶不具备带领群众走向集体耕种的魄力，小说写出了他在理想与现实、集体与家庭之间的犹豫。他向往着社会主义的远景，可是在现实矛盾面前却只能抱怨自己的能力不足而缺乏自信。小说将新的希望给予新生的力量：王存起夫妇一个是模范，一个是妇女主任。而小说中对两人的描写非常简略：“任何意见工作布置下来，王加扶想起行政（王克俭）便灰了心，好像已经宣告了失败；但当他一想起存起儿，便立刻有了生气……”，“她（存起媳妇）的风度、身材和她抛向模范的含情的视线，引起了农会的无限的羡慕。他从对光辉未来的憧憬一下回到现实：他婆姨直到他来开会时还坚持不给三栓吃药……”② 王加扶是属于“现在”，而王存起夫妇是属于未来的，这显示了柳青忠于生活的谨慎。同属于未来的还有王加扶对新社会的憧憬：第十五章王克俭终于参加了变工，

① 毛泽东：《组织起来》，《毛泽东选集》（第 3 卷，抗日战争下），人民出版社，1991 年版，第 931 页。

② 柳青：《种谷记》，见《柳青文集》（第 1 卷），人民文学出版社，2005 年版，第 96、110 页。

王加扶在兴奋之余，开始想象集体生产的景象。他觉得这景象很快就将实现在王家沟的山头上了，人民将以全新的劳动姿态来点缀那些黄秃秃的山头。想到这里，王加扶感到难以抑制的兴奋：

“几时咱们和公家人一样”，他说，天真地憧憬着：“一村就是一家，吃在一块，穿在一块。种地的种地，念书的念书，木工是木工，石匠是石匠，管粮的把仓，管草的捉秤。六老汉照旧打钟。存恩老汉识几个字，要是愿意，就让他给咱们写账，克俭哥给四福堂讨了半辈子租粟，对粮食有经验，给咱管仓库，他和存恩老叔对，在一块办事也相宜……”①

理想是现实生活的擎动力。存起儿夫妇与理想图景召唤着王加扶婆娘、行政、存恩老汉的成长。作者没有向理想贸然突进，很大程度上尊重了现实的状态与成长的过程。小说前半部分以大量篇幅对王克俭一家、王加扶一家进行细致描绘。这种描绘显然来自柳青对农民生活的熟悉与忠诚。小说第七章写王存起领导变工组的困难：

他们顶你，驴推磨似的和你绕圈子，拉谈半天还停留在原处。模范常常奇怪：他们的脑子似乎有种特别的构造，怪话、逗笑的话用不着寻思，自自然然从他们嘴里倾流出来，而正经道理，你打破头盖，也无法填进他们脑里。心还都不宽，想住什么永忘不了，眼光不放远着，只瞅眼前。②

小说也写到王加扶遇到困难时的犹豫不决，以及对比之下赵德铭的孤傲与脱离群众。小说第十九章的开会场面即写到王加扶领导的无力：

“往后有事，咱们不要乱吵，吵顶甚哩？不管开会、拉谈，朝人家念书人、工作人学习，一个说罢再一个，咱总是山驴野马一样嘶声叫唤……”

---

① 柳青：《种谷记》，见《柳青文集》（第1卷），人民文学出版社，2005年版，第310页。
② 柳青：《种谷记》，见《柳青文集》（第1卷），人民文学出版社，2005年版，第309页。

众人不知道他说这话的真意，立刻有七嘴八舌吵起来。等不得打钟便来的这些人，正是人市上吵得最凶的那些人，他们好像打官司一样话多，唯恐自己说少了吃亏。①

小说结尾程区长出面来解决问题，集体种谷得以进行。《种谷记》尽力诠释、憧憬、寻找着新的生产方式、新的社会图景，同时也尊重了人与乡土社会的真实。作为早期的反映合作化的小说，《种谷记》以生活的忠诚进行着朝向未来的书写，迎接新中国的太阳。

（三）从《种谷记》到《创业史》

"一九二九年，就是陕西饥饿史上有名的民国十八年。阴历十月间，下了第一场雪。"《创业史》以回望的姿态总结历史，梁三老汉的"创业史"概括了中国农民的历史命运："十年过去了""给吕二财东干活的第三年""又过了三年""又过了两年"……梁三老汉的"创业史"宿命似的完成了一个循环，他卖掉了大黄牛赎回了生宝，退租了十八亩稻地，一切又回到了原点。"这是命运的安排，梁三老汉既不气愤，也不怎么伤心，好像境况的这一发展是必然的一般，平静而且心服。看破红尘的梁三老汉，要求全家人都不必难受，他认为和命运对抗是徒然的。"然而，"二十年过去了"，紧接着是"一九四九年的夏天"。梁三老汉的儿子梁生宝大喊："解放啦！——"，"世事成咱们的啦！——"新时代产生了新农民。柳青曾讲过这样一段话：

《创业史》这部小说要向读者回答的是：中国农村为什么会发生社会主义和这次革命是怎样进行的。回答是通过一个村庄的各阶级人物在合作化运动中的行动、思想和心理的变化过程表现出来，这个主题和这个题材范围的统一，构成了这部小说的具体内容。②

如果说梁三老汉的"创业史"回答了一个"为什么"的问题，那么梁生宝的"创业史"则是要回答"怎么样"的。《创业史》对《种谷记》最

① 柳青：《种谷记》，见《柳青文集》（第1卷），人民文学出版社，2005年版，第190页。
② 柳青：《提出几个问题来讨论》，《延河》，1963年第8期。

明显地超越就在于理直气壮地塑造了梁生宝——一个全新的农民形象来领导合作化运动。而这种理直气壮来自生活。现实生活中王家斌领导互助组，并且获得了丰产。柳青在王家斌身上抓到了社会主义新人的本质，并且强调了王家斌自觉的成长。柳青以王家斌为原型塑造了《创业史》中突出的新农民，并专门写了《王家斌》介绍他王家斌的事迹。梁生宝“新人”形象的塑造是在多向关系的书写中完成的。梁三老汉一心要做“三合头瓦房院的长者”，希望儿子顶家立业，充满羡慕地观看郭世富盖瓦房。梁生宝一心扑在工作上，显然与父亲式的“旧”农民不同。其次，梁生宝与“老”党员郭振山也不尽相同。郭振山是“土改英雄”，在土改运动中的表现突出，成为蛤蟆滩的一大能人，然而土改运动后，却“给自己当家，不再给贫下中农当家了”，醉心于自己的小五年计划和郭世富竞赛去了。他甚至和富农姚士杰一起参加了郭世富的新房上梁庆功招待宴席，并与后两人并称为“蛤蟆滩三大能人”。可见，土改推翻了地主，可是并没有改变农村的传统伦理秩序。梁生宝的出现是必要的——梁生宝对发小家是淡漠的，一心投入到领导互助组帮助贫农彻底翻身上。他对党的政策有着自觉的思考。当他在区公所前院看到兄弟因为财产闹纠纷时，他想到的是私有财产的罪恶，当新买来的稻种引起了村民们的极大兴趣时，他想到党就是根据庄稼人愿意多打粮，愿意增加收入这一点提出互助道路来的。

特别是对改造农民精神有着深刻思考：

> 大伙这种亲密无间、乐乐呵呵的情绪，深深地感动了年轻的领导人，生宝精神非常振奋，并不是因为自动要求他领导的人服从，而是他又从这种现象获得一个新的认识。以前，他以为要改造农民，好嘛，在近几十年内，准备着年年冬季开通夜会吧！现在，他看出一点意思来了，改造农民的主要方式，恐怕就是集体劳动？不能等改造好了才组织起来吧？要组织起来改造吧？①

梁生宝“新人”的完成在于党、社会主义工作对个人的转变与升华。当“梁三老汉在众人的注目下，提着一斤豆油，庄严地走过庄稼人群”，梁三老汉认可了梁生宝，这意味着梁生宝得到了农村伦理的认可与接受。

① 柳青：《创业史》，中国青年出版社，2000年版，第335页。

而虎头老二的认可则显示了新社会带给这位“新人”的尊严与威信：

> 眼前站的是民国十八年来到蛤蟆滩的小叫化子嘛。可怜娃子后来给人家看桃园，后来割牛草卖给没娃的庄稼人，后来当吕老二的长工、佃户，后来怕抓兵，是个钻终南山不敢在平原上露面的黑人。现在蛤蟆滩人人尊敬他，个个喜爱他。秋收后，在总路线的风声传到蛤蟆滩以前，像有人故意要试验梁生宝的德行深浅似的，生宝屁股后每天跟着几个卖地的人。全村人盯着他：看两代表打下那么多粮食，他不卖地做什么呀？人家生宝始终不搭手买地，说他的粮食准备着做来年互助组的生产投资呀。①

《种谷记》谨慎对待的问题，终于在《创业史》中得到了响亮的回答。而这个回答仍然来自作者对生活的深入观察与体验，《创业史》的写作建立在柳青扎根农村的“长安十四年”。1952年，初到长安县（今西安市长安区）的柳青任县委书记，并立即参加了县委正在举办的互助组长训练班，深入农村参加基层互助组的整顿工作，随后，柳青和长安县委工作组一起下到王莽村，帮助建立全县第一个试点初级农业合作社，协助制定了“三年计划”。1953年，柳青辞去长安县委副书记的职务，移居皇甫村从头到尾参加了从互助组到合作化的整个运动过程。散文集《皇甫村的三年》记录这一过程，以及其间柳青的问题与思考。《创业史》中的许多人物，如梁生宝、郭世富、郭振山、梁生禄、任老四等都能在这篇作品中找到原型。可见，对于辉煌巨著《创业史》，《种谷记》不仅做了主题上的探索、艺术上的奠基，更重要的是坚定了“长期在农村做实际工作”才能有好作品的创作理念。

① 柳青：《创业史》，中国青年出版社，2000年版，第469页。

三、英雄传奇的初步建构：袁静、孔厥的《新儿女英雄传》

（一）新英雄传奇的发生

1937年到1949年，硝烟弥漫，中国人民坚持了八年反抗日本帝国主义侵略的战争，接着为争取民主与自由进行了三年国内战争。古老的土地在重获自由的阵痛中孕育了无数可歌可泣的革命英雄。中华儿女承担起救世济民的时代责任，这些“中国人民的脊梁”的出现担负了广大人民群众的大恐惧、大灾难、大希望。解放区军民惊心动魄的斗争生活为新英雄传奇提供了创作的土壤，在新中国的曙光穿破黑暗之际，建构新的英雄传奇成为时代的需要。解放区新英雄传奇的创作主力是一批参加革命的新文学作家，如马烽、西戎、柯蓝、孔厥。他们出生于一二十年代，在抗战爆发之际参加革命队伍，参与救亡宣传活动，接受了战争的洗礼，有着独特的战争体验。在延安的鲁迅艺术学院，他们作为部队战士开始文学创作，1942年的《讲话》精神贯彻了他们的创作思维。这些作家没有丁玲那样敏锐的批判意识、超人的政治敏感和可贵的艺术胆识，也不具备孙犁创作抒情小说的文学素养，但是他们有坚定的政治理念、战士一般的组织纪律性。

“战斗的时代，英雄的时代”，要创作“战时的英雄文学”，“塑造农民的战士的英雄形象”，这些解放区成长起来的新作家，按照历史的要求，以极强的党性，胜利者的姿态和豪情记录着这个血与火交织的时代，讲述着人民苦难中的挣扎，敌人丧心病狂的侵略。一方是善良质朴的人民，一方是失去人性的野兽。阶级、革命、反抗、进攻等成为作品的关键词，这种写作有着不容怀疑的正义性和革命性。因了正义和革命的名义. 又使之成为一种崇高的姿态。英雄传奇小说不遗余力地传播、赞扬着那些挽人民于水火之中、救民族于危亡之刻的革命英雄们。叱咤风云的英雄纷至沓来，使我们感到一种壮烈的威严，一种昂扬的豪情。《吕梁英雄传》《洋铁桶的故事》《新儿女英雄传》等英雄传奇小说的出现，通过全国范围的讲述与阅读，其理想向上、激情昂扬的英雄主义精神、集体主义精神和自我牺牲的伦理道德最大限度上挖掘着整个民族的精神资源，激发着人民的潜在力量，鼓舞了人民大众的革命士气。

前述《洋铁桶的故事》在新中国成立前的韬奋书店、新华书店、东北书店都曾印行。1945 年春，马烽和西戎合写的《吕梁英雄传》先后在解放区的《晋绥大众报》和国统区的《新华日报》上连载。1946 年和 1947 年两年，晋绥边区吕梁文化教育出版社、东北书店、新华书店，苏中韬奋书店、大连大众书店分别出版过《吕梁英雄传》的单行本。《新儿女英雄传》写成后，最先是在报纸上连载的，初版由上海海燕出版社于 1949 年印行，后又多次再版。其中的相当一部分作品被改编成电影、连环画等艺术形式。文化界围绕这些作品所进行的评论也极大地扩张了他们的影响范围。坚持理想主义和英雄主义的抗战文学的大旗猎猎飘扬，新英雄传奇感应着时代中的理想主义和乐观主义的情愫而呈现出勃勃生机。新英雄传奇小说成为一道悲壮雄伟大气磅礴的风景。

新英雄传奇的一个重要特征是承袭了旧小说、通俗小说的创作手法，而非五四以来新小说借鉴西方小说的艺术表现。作家的取舍是自觉的，袁静曾经谈道：

> 我从小喜爱中国古典小说，如经典著作《红楼梦》《水浒传》等。我认为这些古典小说，人民喜闻乐见，适合中国人民大众的口味。这些书有许多优点和特点。比如说，它刻画的人物，性格突出，栩栩如生。但是，它不像某些翻译小说用冗长的、枯燥的文字去描绘人物的心理和性格特征；而是通过人物的生动对话，人物的特殊行为来刻画人物的性格。我在写《新儿女英雄传》之前，反复细读这些优秀的古典小说，得到很多教益。①

可见，“人民喜闻乐见”“中国人民大众的口味”是描写新英雄的小说所以采用传奇形式的原因。然而，正如周扬所指出的，“利用旧形式也并不是停止于旧形式、保存于旧形式的整体，而是要在艺术上、思想上加以改造，在批判地利用和改造旧形式中创造出新形式。”用当时流行的话语讲，这是一个“旧瓶装新酒”的问题。新英雄传奇的艺术主体是“英雄传

① 袁静：《谈我的读书》，见《〈新儿女英雄传〉评论集》，海燕书店，1951 年版，第 171 页。

奇”，思想主体则必须是“革命”，无产阶级政治意识形态的介入与引导赋予传统的英雄传奇全新的内涵。当时的评论突出肯定了新英雄传奇的这一艺术转换，1947 年 1 月 30 日重庆《新华日报》刊出的关于《吕梁英雄传》的评论讲到：

> 这是一本从形式到内容整个属于人民的，是从人民中来又回到人民中去的作品，作者组织那样庞大而又头绪纷繁的材料的能力，熟悉群众的生活及其语汇各方面的独到之处，以及向大众化通俗化、利用旧有的民间形式，而又能够脱颖而出，不完全为其所限制所拘束的努力，是值得人感佩的。

新英雄传奇是解放区小说自觉的通俗化、大众化追求取得的硕果，在沿袭传统文学创作手法的同时，作家赋予了传统的故事以新的面貌与内涵。在当时，新英雄的传奇故事给人民极大的鼓舞与激励，也在现在乃至将来，提醒我们铭记，引发我们思考。

（二）《新儿女英雄传》

1949 年 5 月到 7 月的《人民日报》连载了袁静、孔厥再度合作的小说：《新儿女英雄传》，同年由上海海燕书店出版，一时间备受称颂。郭沫若称赞它“人物的刻画，事体的阐述，都很踏实自然，而运用人民大众的语言也非常纯熟”，并与《水浒传》等优秀的古典小说相提并论，认为“人们久在埋怨‘中国没有伟大的作品’，但这样的作品的确是在产生了”。[①] 小说的成功不仅来自对反抗侵略的英雄儿女的传奇书写，也来自人物成长、爱情纠葛带来的故事性。

小说是以“牛大水二十三岁了，还没娶媳妇”开篇的。牛家日子过得艰难，老爹不给大水娶个媳妇死不合眼，而大水何尝不愿。来逃难的杨小梅与大水情投意合，牛大水的表嫂也想说合小梅与大水的婚姻。然而，小梅的母亲嫌贫爱富，坚持把女儿嫁给了何庄豪绅自卫团团长何世雄的“护院”、地痞张金龙。冀中白洋淀地区中共党员黑老蔡、杨小梅的姐夫发动

① 郭沫若：《〈新儿女英雄传〉序》，见《新儿女英雄传》，人民文学出版社，2004 年版，第 1 页。

农民组织抗日自卫队，牛大水积极参加。此时，杨小梅不堪丈夫张金龙的虐待，逃至姐夫处投身革命，被安排在县训练班。杨小梅与同在一起学习的牛大水，提升了思想，加深了感情。张金龙在小梅争取下，先是勉强抗日，而后旧习不改，投奔汉奸何世雄。小梅因此与张金龙脱离关系。

1942 年，日军发动残酷的“五一大扫荡”，活埋干部和游击队员，抓走了牛大水。大水和难友用水打湿关押他们的土坯墙，挖洞逃脱。归队时，大水再次被捕，汉奸何世雄、张金龙认出他后，软硬兼施，用尽毒刑，他宁死不吐一字。正当要被砍头喂狗的危急时刻，游击队劫走何世雄的儿子何狗皮，换回了血肉模糊的牛大水，随后牛大水被转移到白洋淀苇塘冰面，吃冰冻的窝头和冰凌养伤。伤愈后，牛大水和小梅的感情加深了，他们在老蔡领导下投入战斗。小梅深入虎穴，做争取申家村伪村长的工作，被日军饭野小队长撞见并看中。游击队将计就计，让牛大水的弟弟牛小水化装成新娘，花轿鼓乐送进洞房，打死了日军小队长，攻占了几个岗楼。胜利的欢声笑语中，牛大水和杨小梅举行了婚礼。不久，他们有了一个儿子，取名小胖。小梅并没有停止工作，她潜入城关策动伪军反正，被张金龙抓去，严刑拷打面前宁死不屈。这时传来日军投降的消息，牛大水的游击队改编为民兵第一连，从北门攻打县城，打死了张金龙。牛大水被日军司令砍伤腿部，仍然夺过东洋刀把化装潜逃的日军司令和何世雄劈死。此时，三个奉命处决杨小梅的伪军也被她反正了。大水、小梅、小胖一家团聚，“天明了，城头上飘扬着鲜亮的红旗”。《新儿女英雄传》塑造了人们熟悉的英雄。尚未觉醒时的牛大水老实厚道，勤劳肯干，但“农民意识”深固，他却胆小怕事，一心只惦记着地里活儿，盼望守着“五亩苇子地”过小日子。他不担忧整个民族的命运，也不知道什么是民族责任。这个生活化的普通人充满了朴素的人情意味：当要派他到县上受训时，大水想到的是“他爹年纪大了，兄弟还小，自己又是穷家难舍，热土难离，心眼儿里也很活动”。因为这个平凡的青年公民是读者“熟悉”的，他的英雄化的转变才令人感动。在“精神之父”——党代表黑老蔡的启发教育下，牛大水经过严厉的道德训练，识字、学习文化、接受了革命理论、祛除了故土难离的旧思想和落后的农民意识，克服了纪律观念淡薄的坏习气。在农民游击队中，牛大水经受住了严酷的考验，在老排长的指导下还掌握了作战本领。小说结尾写到胜利的场景：大水想着很高兴，颤抖的手按过小胖，亲亲他的小脸儿说：“可不是！咱们吃点苦不要紧，只要革命成了功，这些孩子们，将来可幸福啦!”这位在黄土地上辛勤劳作的朴素农民已经具备了政治家的远见卓识，身体力行地成了现代政治革命信仰的传达者和实践者。英雄的“新”的书写策略是巧妙的，恰如郭沫若所言：“这里面进步的人物都是平凡的儿女，但也都是集体的英雄。是他们的平凡气质使我们感觉到亲热，是他们的英雄气概使我们感觉崇敬。这无形之中教育了读者，使读者认识到共产党员的最真率的面目，读者从这儿可以得到很大的鼓舞，来改造自己和推动自己”。

《新儿女英雄传》讲述了人们喜闻乐见的爱情故事。大水与小梅参加了革命，随着农民武装的不断发展，社会上的一切恶势力被扫光，人民也得以安居乐业。小梅和大水在共同的战斗中加深了感情，他们闯过一次次的生死难关，最后虎口余生，有情人终成眷属，一对恋人终获团圆。大水发自内心地对小梅感叹：“要不是参加革命. 咱们俩怎么也到不一块儿!”牛大水和杨小梅的爱情依附于代表和平与正义的革命才得以完满结局。二人尽管心心相印，但幸福的时刻一再延宕，就是因为革命尚未成功。即使成立了家庭、有了孩子，也一再面临生离死别，直到革命胜利的时刻，一家三口才得以团聚。而此时，牛大水亲着儿子的脸蛋，仍然念念不忘的是革命。革命的英雄传奇借用了古典小说中“落难公子与小姐”经受戏剧性波折最终团聚的模式，而大团圆的关键已然不是主人公寒窗苦读金榜题名和英明君主相助，而是革命的成功与否。这样的处理满足了读者的期待，更突出了革命对个人幸福的意义与价值。

《新儿女英雄传》的成功还在于传奇性与趣味性的交叉书写。如果说雁翎队在苇影荷光中伏击敌船，牛大水在阎王殿般的刑场上沥血骂敌，游击队卧冰潜伏，牛小水化装成新娘上花轿，是传奇性的，读来兴味盎然。那么，日常性的、趣味性的书写则令人感到亲切、温暖，特别是富于民间意味的语言更为叙事锦上添花。例如，写小梅在张家受尽窝囊气，无处倾诉，“连嘴都快要生锈啦”；写张金龙浑身匪气、嘲笑他“别以为屎壳郎掉在白面里，就显不出黑白”；写小梅给大水做了新鞋，说他的鞋“张着个大老虎嘴儿”。外地商人对扫荡的伪军说“我大哥是你朋友”，以金钱当大哥，送钱买命，趣味性的语言道出了世相的真实，传奇与趣味两种笔致往往交叉在一起。小说第六回“水上英雄”，雁翎队伏击敌船，一种笔致写战斗，“……见一个日本鬼子趴在船尾巴上瞄着枪呢。他连忙翻进船里，鬼子一回头，尖刀已经插进了这鬼子的后心窝，再一刀，就死了”，“汽船里面，歪三倒四的好几个死尸”“船底里流了好些血，死人身上叫铁砂子打的一片一片，全是窟窿眼儿。[1] 大家快活地敛了枪和子弹，把死尸都咕咚咕咚地扔到河里”，英雄儿女的杀敌场面堪称畅快淋漓。另一种笔致则带有质朴、平实、欢快的情致。伏击胜利，二十条小船从一字走成人字，他们获得了“雁翎队”的美誉。景色更是美不胜收，“苇叶子唰唰唰地响，风吹过来一阵清香味儿。原来是苇塘东边，南北两大片荷花都开了。望过去，千朵万朵，在风里摇摆”。美景中，两个妇女一前一后划着小船到荷花丛中去了，在大水担心的责问下，秀女调皮地说：“我们摘菱角，碍你什么事儿?”[2] 候敌间隙，队员们嬉水的描写也是出色的：

> 小水打了几个扑腾，从水里钻出头来，用手在脸上抹了一把，喊：‘咱们比赛！看谁游得快！’他仰八脚儿打水，哗哗哗地游去。好些个人追他，有的平凫，有的歪着脑袋侧棱子凫。瘦骨嶙峋的赵五更在顶后面，像个蛤蟆似的，两腿一曲一伸，只蹿到顶前面去了。
>
> …… ……
>
> 一会儿，水面上静悄悄的，两只“绿头公”从水里钻出来，直起身子拍着灰翅膀，快活地叫了两声，头上一撮毛儿，绿的冒金星。[3]

这种刚柔并济的书写令《新儿女英雄传》具有传奇与生活双重的美，几乎无处不在。

甚至新婚之夜的儿女私语都糅合着甜蜜与刚毅，“她脸儿贴着大水的脖子说：‘你真坚决！真是好样的！你是烈火练过的真金啊！’”可以说，“《新儿女英雄传》糅合了《吕梁英雄传》和孙犁‘白洋淀纪事’的双重情趣”，[4] 吸收了两种艺术风格而独具魅力。

解放区文学英雄传奇小说的创作是五十年文学中战争题材小说的先导，新英雄传奇真正的发达是在1949年——新中国成立之后。《铁道游击队》《红旗谱》《林海雪原》《野火春风斗古城》《敌后武工队》《烈火金刚》等大量新英雄传奇的出现。它们多承接着《新儿女英雄传》的艺术道路发

---

① 袁静、孔厥：《新儿女英雄传》，人民文学出版社，2004年版，第73页。
② 袁静、孔厥：《新儿女英雄传》，人民文学出版社，2004年版，第73页。
③ 袁静、孔厥：《新儿女英雄传》，人民文学出版社，2004年版，第75页。
④ 杨义：《杨义文存》（第2卷下），人民出版社，1998年版，第665页。

展而来的，继承了解放区英雄传奇小说的基本主题——讴歌抗日英雄和武装革命斗争的胜利，情节结构上也是传奇性的人物与故事，无论是作品的思想内蕴、情感向度还是价值判断都呈现出明显的继承性。相比之下，乐观的英雄主义、理想的浪漫主义似乎更为突出，情感基调更加高昂。相对迎接胜利的歌声，真正的胜利者之歌更加嘹亮。

参考文献

[1] 鲁迅:《鲁迅全集》，人民文学出版社，1981 年版。
[2] 王富仁:《鲁迅研究的历史与现状》，浙江人民出版社，1999 年版。
[3] 鲁迅博物馆、鲁迅研究室编:《鲁迅年谱》，人民文学出版社，1981 年版。
[4] 朱正:《鲁迅传》，人民文学出版社，2013 年版。
[5] 冰心:《冰心文集》，上海文艺出版社，1982 年版。
[6] 周明:《记冰心》，湖南人民出版社，1987 年版。
[7] 林乐齐、郁华编:《冰心自叙》，团结出版社，1996 年版。
[8] 杨义:《中国现代小说史》，人民出版社，1998 年版。
[9] 严家炎编:《彭家煌小说选》，人民文学出版社，1987 年版。
[10] 严家炎编:《彭家煌》，华夏出版社，1997 年版。
[11] 巴金:《巴金全集》，人民文学出版社，1989 年版。
[12] 巴金:《巴金论创作》，上海文艺出版社，1982 年版。
[13] 巴金:《创作回忆录》，人民文学出版社，1982 年版。
[14] 贾植芳:《巴金写作生涯》，百花文艺出版社，1984 年版。
[15] 李存光:《巴金》，北京十月文艺出版社，1994 年版。
[16] 方铭编:《蒋光慈研究资料》，知识产权出版社，2010 年版。
[17] 马德俊:《蒋光慈传》，安徽人民出版社，2001 年版。
[18] 蒋光慈:《蒋光慈文集》，上海文艺出版社，1983 年版。
[19] 丁玲:《丁玲全集》，河北人民出版社，2001 年版。
[20] 袁良骏编:《丁玲研究资料》，天津人民出版社，1982 年版。
[21] 周立波:《周立波选集》，湖南人民出版社，1983 年版。
[22] 胡光凡:《周立波评传》，湖南人民出版社，1986 年版。

［23］唐金海、刘长鼎编：《茅盾年谱（上、下）》，山西高校联合出版社，1996 年版。
［24］叶子铭：《论茅盾四十年的文学道路》，上海文艺出版社，1959 年版。
［25］丁尔纲：《茅盾的艺术世界》，青岛出版社，1993 年版。
［26］孙中田：《论茅盾的生活与创作》，百花文艺出版社，1980 年版。
［27］邱文治：《茅盾小说的艺术世界》，百花文艺出版社，1991 年版。
［28］洪子诚编：《二十世纪中国小说理论资料》第五卷，北京大学出版，1997 年版。
［29］柔石：《柔石小说全集》，中国文联出版社，1996 年版。
［30］柔石、冯铿：《晨光——柔石冯铿遗稿》，书目文献出版社，1986 年版。
［31］萧红：《萧红全集》，哈尔滨出版社，1991 年版。
［32］［美］葛浩文：《萧红评传》，北方文艺出版社，1985 年版。
［33］季红真：《萧红传》，人民文学出版社，2001 年版。
［34］皇甫晓涛：《萧红现象——兼谈中国现代文化思想的几个困惑点》，天津人民出版社，1991 年版。
［35］萧军：《萧红书简辑存注释录》，黑龙江人民出版社，1981 年版。
［36］马烽、西戎：《吕梁英雄传》，人民文学出版社，1978 年版。
［37］《延安文艺丛书》编委会：《延安文艺丛书·小说卷》，湖南人民出版社，1984 年版。
［38］蓝海：《中国抗战文艺史》，山东文艺出版社，1984 年版。
［39］康濯编：《中国解放区文学书系·小说编》，重庆出版社，1992 年版。
［40］柯蓝：《柯蓝文集》，河北人民出版社，1996 年版。
［41］柯蓝：《洋铁桶的故事》，人民文学出版社，1963 年版。
［42］刘白羽：《刘白羽文集》，华艺出版社，1995 年版。
［43］刘白羽：《刘白羽散文选》，人民文学出版社，2009 年版。
［44］孟广来、牛运清：《刘白羽研究专集》，解放军文艺出版社，1982 年版。
［45］沈承宽、黄侯兴、吴福辉编：《张天翼研究资料》，中国社会科学出版社，1982 年版。
［46］沈承宽、张大明、吴福辉、黄侯兴编：《张天翼论》，湖南文艺出版社，1987 年版。

[47] 沈承宽等编：《张天翼文学评论集》，人民文学出版社，1984 年版。
[48] 张天翼：《张天翼文集》，上海文艺出版社，1985 年版。
[49] 沙汀：《沙汀文集》，上海文艺出版社，1986 年版。
[50] 黄曼君、马光裕编：《沙汀研究资料》，中国社会科学出版社，1981 年版。
[51] 吴福辉：《沙汀传》，北京十月文艺出版社，1990 年版。
[52] 巴金：《巴金全集》，人民文学出版社，1989 年版。
[53] 巴金：《巴金论创作》，上海文艺出版社，1982 年版。
[54] 巴金：《创作回忆录》，人民文学出版社，1982 年版。
[55] 贾植芳：《巴金写作生涯》，百花文艺出版社，1984 年版。
[56] 李存光：《巴金》，北京十月文艺出版社，1994 年版。
[57] 赵树理：《赵树理文集》，工人出版社，1980 年版。
[58] 黄修己：《不平坦的路——赵树理研究之研究》，天津教育出版社，1990 年版。
[59] 黄修己：《赵树理评传》，江苏人民出版社，1981 年版。
[60] 郭志刚、章无忌：《孙犁传》，北京十月文艺出版社，1990 年版。
[61] 孙犁：《孙犁文集》，百花文艺出版社，1981 年版。
[62] 孔厥：《受苦人》，上海海燕书店，1947 年版。
[63] 孔厥：《凤仙花》，上海海燕书店，1947 年版。
[64] 孔厥：《一个女人翻身的故事》，人民文学出版社，1982 年版。
[65] 艾克恩：《延安文艺运动纪盛》，文化艺术出版社，1987 年版。
[66] 蒙万夫等：《柳青写作生涯》，百花文艺出版社，1985 年版。
[67] 范伯群、孔庆东主编：《通俗文学十五讲》，北京大学出版社，2003 年版。

后　记

长期以来有一个想法：现代中国革命不仅仅是工农战争星火燎原的过程，也不仅仅是金戈铁马的南征北战，还作为珍贵的文化记忆渗透在各种各样的艺术方式中。

时光荏苒两年有余，终于从小说的角度完成了对革命文化大略轨迹的描画。书稿即将付梓，忐忑有余：现代中国革命文学记忆显然不是这么简单，或者说，这种描画未若滴水之于汪洋。本书中研讨的任意一个作家，学术界的成果都称得上丰硕，鲁迅、茅盾、巴金等大家的研究成果更是汗牛充栋。而本书的意义正是在于“简略”，勾画一条大致的轨迹，获得“过程”的感知。这是书稿写作的初衷，也是对忐忑之情的抚慰。同时，革命是严肃的，但那是前辈生命的严肃，理想与奋进的严肃，不是板着面孔的严肃。从小说的角度认识革命文化，看到的是鲜活的“人”的生命力量与价值选择，是作品对思想的丰满与复杂的呈现。尊重这样一个有趣的、有生命、有意味的视界，我们的写作放弃了枯燥的口吻，偏向于追求生动、活泼的讲述。愿与读者一同领略革命文化中飞扬的青春与光辉的理想，热血的呐喊与深沉的思考，感受几代人的激情与梦想、忧伤与感怀。

石家庄铁道大学的李扬博士对书稿的谋篇布局、章节设置提出建议，第六章的初稿也来自她。在此携第二作者贺莹博士对她表示诚挚的感谢！与此同时，李扬博士另有著作从戏剧角度对革命的文化记忆做了梳理，与本书可谓姊妹篇，而两书参与者都是精神上的姐妹。在书稿写作过程中，李扬、贺莹、崔文君与我多次交流，互相支持与鼓励，为寂寂学术道路的踽踽而行增添了温暖与力量。此外，我的好友，廊坊师范学院的杨英老师对资料的搜集、文稿的校对做出贡献。耿耿星河，青灯黄卷，一并纪念共同的热爱、纯净的友谊。

同时感恩生活的美好与命运的眷顾。感谢引导我们的师长和一直支持我们的亲人，还有快乐的孩子们给了我们深情的怀抱和生命的深刻体验。

感谢廊坊师范学院文学院院长许振东教授的无私支持与热情帮助，感谢河北大学出版社对书稿出版付出的辛勤劳动。

尽管我们很是努力，但毕竟水平有限。本书还会有很多改进和提升之处，恳请方家赐教。

王宁

2015 年 11 月 30 日